魔法学校と呪いの少女

淡雪みさ

富士見L文庫

CONTENTS

人物紹介

ミア
フィンゼル魔法学校に「落ちてきた」少女。記憶を失っている。【知(ち)の部屋(クラス)】の一年生として、学校に潜り込むこととなる。

ブルーノ
【オペラ】の三年生。魔法使いには珍しい離島の出身。闇の魔法を得意とする。

テオ
【オペラ】の三年生。ブルーノとはルームメイトで、ともにミアの面倒を見ることに。

アブサロン
養護教諭。ミアを保護し、彼女が学校に潜り込むのを手助けする。

カトリナ
【知の部屋】の一年生。名家・イーゼンブルク家の令嬢で、学年トップクラスの実力をもつ。

スヴェン
【オペラ】の四年生。学内のカフェ【魔法使いの弟子】でアルバイトをしている。

イザベル
【オペラ】の四年生。カトリナの姉。生家であるイーゼンブルク家を嫌っている。

ドロテー
【オペラ】の五年生。左目を常に包帯で隠している。

ラルフ
【オペラ】の五年生。学内最強の魔法使い。気まぐれにしか姿を現さない。

エグモント
魔法省長官。ミアを追っている。フィンゼル魔法学校の卒業生で、アブサロンと面識がある。

用語

マギー

レヒト国・リンクス国が存在する惑星。

レヒト

上空が分厚い雲に覆われた、荒廃した国。十五年前に王政が廃止され、魔法の使用が広く認められるようになった。

リンクス

マギーにある、もう一つの大国。

闇の魔力・光の魔力

魔法を発動する礎となる力。闇の魔力はレヒトで用いられ、光の魔力はリンクスで用いられる。離島には魔力を生み出す精霊がいないといわれており、離島出身の魔法使いはごく少ない。

フィンゼル魔法学校

レヒト国内最高峰の魔法学校。数々の試験をくぐり抜けた、精鋭が集まっている。

オペラ

フィンゼル魔法学校内の自治組織。優秀な成績を挙げた生徒のみが所属できる。【オペラ】には王立魔法図書館の閲覧資格と、魔法省の幹部になるための試験を受ける資格が与えられる。

フィンゼルの獣

学内に生息するといわれる危険な魔獣。過去に二度生徒を襲う事件を起こしているが、未だ捕捉されていない。

魔王

かつてのレヒト国国王にして、フィンゼル魔法学校の創設者。予知魔法を使うことができた。

トーアの魔法使い

魔王が残した絵本の中で語られる存在。「マギーと魔法使いを滅ぼす」とされている。

Prolog

一筋の狙撃魔法が空を切った。空気が歪むかのような揺れが周囲に広がり、次に、何度も同様の狙撃が繰り返される。

狙われているのは突如上空に出現した一人の少女、ミア。腰まで伸びるブロンドヘアとライトブラウンの瞳が特徴的な十六歳だ。

ミアはほうきにまたがって飛行しながら、地上からの攻撃を避けていた。

「ええっと……こういう時は何だっけ。いつも読んでた本までは地球から転移させられなかったんだよなぁ……あ、そうだ、あれだ！　〝ジーレン・リバイル〟！」

魔法の杖を握り直し、攻撃が仕掛けられている方向に向けて構えて呪文を唱える。すると、杖先から一条の輝く光が放たれ一直線に地上へと向かっていった。

この呪文は地球にいた頃に勉強したものだ。自信はなかったため、咄嗟に発動できたことには心からほっとした。

当たったという確かな手応えがあったが、どうやら地上の相手は一人ではなく複数人いるようで、すぐにまた狙撃魔法が矢のように襲ってくる。

数が多すぎる。逃げた方が賢明だろう。

「私、一応この星の救世主なのに何で来て早々こんな目に……！」

ミアは止まない攻撃にうんざりして文句を言った。

防御魔法を利用して作った盾で狙撃を防ぎつつ、ひとまずできるだけ遠くへ逃げねばとほうきのスピードを上げる。

――『ミア、あなたがマギーを救うのよ』

自分の命と引き換えにミアを生かし、そう言い残した母はもういなくなってしまった。

だからミアは、母との最後の約束を果たすためここへ戻ってきた。

まだこの星でやらなければならないことがある。だから、ここで死ぬわけにはいかない。

＊　＊　＊

「エグモント様、何者かが我が国の領空に出現しました」

魔法省長官のエグモントは、その報告を耳にしてぴくりと眉を動かした。

「空に？」

「はい、空にです。防衛軍が狙撃魔法で攻撃を続けているのですが、どうにも撃ち落とせないようで……」

「空というのは、何かの間違いでしょう。あの厚い雲の近くはとても生物が生存し続けられる寒さではありませんし、恐ろしい強風が起きているはずです。どんな魔法を使おうと、空からレヒトに侵入することは不可能ですよ」

「しかし実際に……」と言って口ごもる部下を一瞥し、万年筆を置いたエグモント。椅子から立ち上がり、魔法省の最高位の幹部のみが身に纏う華美な制服のマントを翻し、カツカツと靴音を立てて部屋を出て屋上階へと移動する。廊下の途中にいた部下たちはエグモントの姿を見るなりさっと頭を下げた。彼らはエグモントに怯えていた。

「僕が魔法で撃墜しましょう。無能な防衛軍には任せていられませんからね」

エグモントが空へ向かって杖を構えた次の瞬間、漆黒の、隕石のような魔力の塊が一直線にミアへと向かう。それはさきほどまでの攻撃とは違い、明らかに異質で強力な魔法だった。

見るからに防ぐことが困難なものが近付いてくるため上空のミアは警戒して構えたが、時は既に遅く――魔法による攻撃はミアの腕に直撃し、ほうきが弾き飛ばされる。

衝撃で気を失ったミアが落下していくのは、レヒトの国。魔法の惑星マギーにある一国――地球上に不規則に出現する【誘いの扉】を越えた先にある、荒廃した国だった。

空が光った日

「唱えるだけで願いが叶うなら。そう思ったことはありませんか？」

冷え切った教室内を、天井に吊るされた不気味なランプが橙色に照らしていた。同じ空間を共有する五十名の生徒たちは黒を基調とした制服に身を包み、魔法の杖を古びた勉強机の前方に置いている。

「信じることが重要です。有り得ないという先入観で物事を見ない。いいですか」

詠唱の担当教員の魔法使いは、魔法の杖をトントンと教卓に当てる癖があった。その一定のリズムが生徒たちの眠気を誘う。

レヒトの国で初めて設立された歴史ある魔法学校であり、多数の試験で高水準を記録した国内で最も〝可能性のある〟魔法使いの卵たちが揃う、名誉ある教育機関。その一年次で習う【詠唱学】は、魔法学の基礎であり覚えることの多い科目である。

分厚い教科書をぺらぺらと捲る者、入学後さっそくできた友達と手紙のやり取りをする者、先生の目を見てしっかり話を聞くやる気に満ち溢れた者。授業を受ける態度は様々だが、彼らの心に共通して在るのは選民意識と〝この学校に入学したからには偉大なる魔法使いになれる〟という自負心だった。

「繰り返しますが、詠唱をするうえで重要なのは、有り得ないと思わないことです。可能性を信じること、それが詠唱を成功させるコツです」

今日もレヒトの国の上空は厚い雲で覆われており、この惑星マギーの唯一の衛星からの光を遮っている。空の上は変わらない闇夜。〝レヒトの国に朝は来ない〟という言葉もあるくらいだ。

入学して二週間。徐々に新しい学校生活にも慣れつつあり、生徒たちはこの変わらない日々を楽しんでいた。

しかし、この日は少し違ったのだ。

――――空が、――――光った。

厚い雲を吹き飛ばすように、空間を裂いて無から有を生み出すように、ほんの数秒、レヒトが光に照らされた。生徒たちは立ち上がって窓へと駆け寄り、詠唱の教師も口をぽかんと開けたまま窓の外を見上げる。しかしその現象はすぐに終わりを迎え、辺りは暗くなった。

ざわつく生徒たちの大半は怯えていた。闇の国とも呼ばれるレヒトの民にとって自然の光は不吉なものであるからだ。

「……席に戻ってください。授業を続けますよ」

教師が一度教卓に置いた杖を持ち直すのを合図に、生徒たちは不安そうな顔をしながら戻っていく。

学内は防衛魔法による強力なシールドで守られており、多少の異常現象で大きな影響が出るとは考えにくい。問題なく授業を再開できると判断した教師は、「十二ページを開いてください」と生徒に教科書を開かせるのだった。

＊＊＊

がたんごとん、がたんごとん。もくもくと煙を上げながら、学校の敷地内を走る蒸気機関車が目の前を通り過ぎてゆく。線路は途中から上空へと浮き始め、蒸気機関車もそれに合わせて坂を上がるように登っていった。

この魔法学校に通う新三年生であるブルーノは、光った空を見つめているうちに蒸気機関車に乗りそびれてしまった。

と、その後ろから、靴の踵を踏んだ状態でそこへ走ってくる男子生徒がいた。少しウェーブのかかったグレーの髪を持つ彼の両腕には、フェニックスのタトゥーが彫られている。気温の低いレヒトの国で登校時ローブも纏わず半袖で来るのは彼くらいのものだ。

「クソ、乗り遅れた！」

彼は上空へと見えなくなっていく蒸気機関車を見上げ、悔しそうに吐き捨てる。その後、ずっとそこにいたにもかかわらず蒸気機関車に乗らずに空を見上げていたブルーノによやく気付いたらしく、

「……………ブルーノ、お前何やってんの？」

と不可解そうに近付いてきた。

「テオか」

ブルーノは久しぶりに会う同級生である彼の名を呼んだ。

「向こうが光った気がした」

「そりゃ、ライトで照らされてるからな」

「そうじゃない。空が光ったんだ」

「空が？」

ありえないとでも言いたげに眉をひそめたテオは、「見間違いじゃねえの」と鼻で笑って、結びかけていたネクタイを結び、靴を履き直した。

「どうだったよ、長期休みは」

三年生の授業開始日は二日後。長期休みを終えての新学期である。長期休みは学年が上がる際の一度しかなく、大抵の生徒は実家に帰省する。

「一年生はもう授業始まってるらしいぞ。お前入学式来なかったから新入生の知り合いいねえだろ」

「必要ないだろ。年下は嫌いなんだ」

「お前そんなんだから顔はいいのに彼女いねえんだよ。もっと他人に興味持てって。可愛い子も結構いたぞ。紹介してやろうか」

「いらない」

テオはいつもの調子のブルーノの返答に「つれねーの」とケラケラ笑う。

「旅行とか行った？」

「手続きが面倒だ」

「ま、そうね。俺は離島行ってきたケドね。彼女と」

ふふんと得意げに笑ってみせるテオ。興味がないので「そうか」とだけ返事して特に話を広げずにいると、テオはつまらなそうに唇をとがらせた。滅多に会えない彼女とのデートの話を聞いてほしくて仕方がないのだろう。

しかし、ブルーノとしては、あまり離島の話を聞きたくなかった。

そうこうしているうちに、霧の向こうから次の蒸気機関車がブルーノたちの元へやってくる。プーー、と間抜けな音を立てて停車した蒸気機関車。車内は空いていた。向かい合って座り、荷物は自分の隣に置く。

「俺魔法史のレポートやってねえわ」

「二日で終わる量じゃないぞ」

「まあ、大丈夫っしょ。あのセンセー優しいし」

「生徒の未提出を無条件に許容する教師は〃優しい〃ではなく〃怠惰〃と言うんだ」

「そんな風にクソ真面目だから友達いねーんだよ、お前」

やれやれとまるで自分が正しいかのような発言をするテオに、ブルーノは呆れる。

ゆっくりと前へ進んでいく蒸気機関車。位置が高くなるにつれて、この学校の上空からの景色がよく見える。学校の敷地内は百万を優に超える数のライトによって四六時中豪華に煌びやかに照らされており、レヒトの国で最も美しい景色と言われている。二年間通い、もう三年目になるブルーノにとっては見慣れたものだが、それでも久しぶりに見ると圧倒されるものがあった。

蒸気機関車は徐々に降下してゆく。メインの校舎に入るための校門が見えてきた。

【フィンゼル魔法学校】――校門前に存在感のある大きさで書かれたその文字の羅列は、この魔法学校の名前である。

まず向からのは校舎の横にある男子寮だ。学校の生徒五百人が住む男子寮の最上階にある二人部屋にブルーノとテオは住んでいる。一面ガラス張りのその部屋に住むことが許されるのは、学年のツートップのみだ。

広い室内はおそらく休み期間中に不法侵入したであろう悪戯好きの妖精ピクシーたちによって散らかされている。これは毎度のことなので予想はできていたが、テオはぐちゃぐちゃに裂かれた状態で床に落ちている枕を指先で拾い、「ここのセキュリティ、どうにかならねーのかよ」と勘弁してくれという風に項垂れた。学内の野良ピクシーたちは魔力が強く、寮内のセキュリティを突破してくる。そのうえピクシーは小型で可愛らしく女子の心を奪うことがうまいため、野良猫同様、餌付けされており寮の近くを離れない。

鞄から魔法の杖を出し、少し時間はかかるにせよ修繕魔法で一気に部屋を片付けようとしたテオを、ブルーノは止める。

「後にしないか。うまいワインを持ってきてるんだ」

テオは可笑しそうに片側の口角を上げた。

「俺おめーのそういう意外と雑なとこ好きよ」

荒れ果てた部屋の中で唯一無事だった大きな円卓を挟んで向かい合う二人。テオが杖を軽く動かすと、食器棚に仕舞われたワイングラスが二つ、彼らの目の前へと飛んできた。

「すげ、これ高ぇやつじゃねーの」

「誕生日だったからな」

　この国ではビールやワインなどのアルコール度数の高くない酒は十六歳から飲むことができる。今年十八歳になるブルーノは十六歳の頃からワインが好きで、誕生日には毎年自分に向けて高価なものを買っていた。

　今回は、この国で唯一雲の薄い場所、わずかに星の光が入ってくる南の地方で取れたブドウで作られたワインである。星明かりの下で育ったブドウは貴重で、この国の民が知らない夜空の輝きの香りがするというので試しに一度飲んでみたいと思っていた。

「マジ久しぶり。家じゃ飲めねーもん」

「弟たちか」

「それもある。つか、俺んち誰も飲まねえから置いてねえし」

　瓶口の段差の部分にソムリエナイフの刃を当てて、まずは半周、封に切れ込みを入れる。

「それに、ここで飲むワインが一番うまい」

「……そうだな」

　景色を一瞥(いちべつ)して言ったテオに、ブルーノは笑って同意を示す。コルクを抜いて、テオと自分のワイングラスに中身を注ぐ。

「乾杯」

かちんとグラスの合わさる音がした、その時。

——天窓を突き破り、

——降ってきた〝ソレ〟。

ブルーノの目にはスローモーションのように映った。視界に広がる暗い金色。それが女の髪であることに気付くのに数秒。構える間もなく、ブルーノの体に少女一人が落ちてくる分の衝撃が走った。

＊＊＊

(痛……くない？)

柔らかい感触がして、少女はおそるおそる目を開ける。

そこにはブラックブルーの髪をした青年がいた。きりっとした眉に高い鼻、美しいバイオレットの瞳——いわゆる美形だ。異性が放っておかないであろう容姿をしている。

どうやら目の前の、端整な目鼻立ちをした彼が落ちてきた自分を受け止めてくれたらしい。見惚(みと)れかけていたところをはっとして慌ててお礼を言おうとしたが——それよりも先に青年の方が厳しい声で問うてきた。

「お前……誰だ？」

答えようとしたが答えがぱっと出てこず、一度口を閉ざす。

「……ミア」

少女に唯一分かるのは、自分の名前のみだった。

「ここはどこ？」

「分からないのか？　どうやってここへ来た」

怪訝そうに眉を寄せた青年の表情からは彼が不機嫌なことが読み取れた。横を見ればワイングラスが割れており、床にワインが広がっている。ミアはそれを見て、どうやら自分は彼の楽しい食事の時間を台なしにしてしまったらしいと気付く。

――しかし、思い出せないものは思い出せない。

「……私、今まで何やってたんだろう」

思い出そうとすれば頭が痛む。ミアは自分の頭を押さえ、目を瞑って痛みに耐えた。

「あぶねー！　俺が防御魔法でガラスの破片弾いてなかったら今頃全員大怪我だぞ」

隣から別の青年の声が聞こえてきて、驚いてそちらへ目を向ける。

「いやー刺激的な新学期の始まり方だな。空から女の子が落ちてくるなんてなかなかねーよ」

ウェーブのかかったグレーの髪をした彼の制服の着崩し様を見て、ミアはどこに目をやっていいか分からず視線を泳がせた。

「俺はテオ、そっちはブルーノね。お前、記憶喪失ってヤツ？　すげえな、映画でしか観(み)たことねえわ」

テオは思いがけない出来事を楽しむようにクックッと笑い、杖先を振って床に零(こぼ)れたワインを魔法で元に戻す。その様子を見たミアはぎょっとした。触れずにワイングラスを修復したことに驚いたのだ。

「面白がるな。こいつは侵入者だぞ」

ブルーノはテオとは違い険しい表情で起き上がり、まだ膝の上にいるミアに問いかける。

「ここまで来た経緯は。誰かに飛ばされたのか？　自分で飛んできたのか？」

「……誰かに狙われて、逃げてたような……でも、何で狙われてたのか思い出せない」

ミアはたどたどしく、ゆっくりと質問に答えていく。その様子を椅子に腰かけたまま見下ろすテオは、「制服着てねえけど、多分この学校の生徒じゃね？　いじめで飛ばされたとか」と言った。

「……養護教諭の元へ連れていく。俺たちにはどうしようもない」

ブルーノがミアを立たせる。ブルーノを下敷きにしたため、幸いにもミアに怪我はなかった。

ガラス張りの広い部屋を出たミアは、ブルーノたちに連れられ長い渡り廊下を歩いていった。廊下の天井と壁にはところどころ見たことのない生き物の姿が彫刻されており、薄暗いために不気味な雰囲気を醸し出している。

窓の外は人工的な光で一面キラキラと輝いており、宙に浮く奇妙な形のランプがふよふよと移動している。あれは何かと聞こうとしたが、隣を歩くブルーノは怖い顔をしており、とても何か質問できる空気ではなかった。

しばらくして、学校の保健室に到着した。ひんやりとした空気が流れる廊下とは違い、保健室の中は暖かく、白いカーテンで仕切られたベッドがいくつも並んでいる。そして、壁にミアにはよく分からない符号のような文字や、図形のようなものが刻まれていた。

「あとは任せていいですか。アブサロン先生」

ブルーノが養護教諭に寮の最上階にミアが降ってきたこと、記憶を喪失しているようであることを伝える。

養護教諭の名前はアブサロンというらしい。テラコッタ色の短髪の若い男性だ。耳にぶら下がるローズクォーツのピアスを揺らし、クスクスと色気のある笑い方をしている。

「うん、いいよ。色々分かったらまた呼び出すね。それまで例の依頼をこなしておいてもらえるかな。君たちなら一時間くらいで終わると思うから」

「げ、例の帽子泥棒のゴーストの話っすよね。俺二年の時あいつに帽子取られたから苦手なんだよな〜」

「そうそう。あのゴースト、最近また悪戯に生徒の帽子を奪い始めたから新入生たちが困っててね。よろしく頼むよ」

テオとアブサロンが話すのをミアは黙って聞いていた。会話の調子から推測するに、テオたちとアブサロンは仲がよさそうだ。

ブルーノとテオが保健室を去った後、アブサロンはゆっくりとミアの方に向き直る。

「寝ている生徒もいるから、奥の部屋で話そうか」

ミアはアブサロンに連れられるまま、保健室の奥の個室に入った。個室の中には客人を迎えるような大理石のテーブルがあり、その周りを取り囲むようにしてふかふかのソファが並んでいる。隣にはぎっしりと本が詰まった棚も置いてあり、アブサロンが読書家であることが窺えた。

「さて。記憶がないってことだったよね。何が原因で発症したかは覚えてる?」

思い出そうとしても思い出せないので困っていると、アブサロンはすぐに聞き方を変えてきた。

「ぼんやりとでもいい。一番最近のことで思い出せるのは?」

ミアはうーん、と唸った後、何とかわずかに覚えていることを絞り出す。

「空の上を飛んでたような……。それもめちゃくちゃ天気が悪くて、寒い空だった」

ふむ、とアブサロンは何か思いついたように頷く。

「なるほどねえ、知らずに違法飛行でもしてたのかもしれないね。この国の上空は許可なく飛んじゃいけないエリアがあるんだよ。間違えてそこに入って防衛軍に狙撃されたんじゃないかな。……どうやって入ったのかは謎だけど」

「でも、これは記憶が変になっているだけかも。ほうきに乗って空を飛ぶなんてことできるわけないし」

ミアの言葉を聞いて、アブサロンはきょとんとする。しかし、すぐに合点がいったように指を鳴らした。

「ああ、君、魔法の存在すら忘れちゃったわけか。面白い記憶のなくなり方だ」

「魔法？」

「魔法っていうのは……いや、ここで話してたら長くなるね。後であいつらにでも聞いて。ブルーノとテオはうちの学校でも指折りの生徒だからね。魔法については彼らが詳しい」

さきほどテオが、まるで部分的に時を戻すかのようにワイングラスを直していた。魔法というのはあのような不思議な力のことを言うのかもしれない。しかし、ミアの覚えている限りでは、世界にそんな力は存在しなかったはずだ。

「……それにしても、君、嫌な魔力の匂いがするね。体で痛いところはない？」

アブサロンの問いに、ミアはボロボロになった服の袖をまくり、二の腕にある傷を見せた。ジンジンと痛むそこには抉られたような傷があり、血も流れている。

「道理で。それはマーキングだよ。ぼくの大っ嫌いな男のね」

ゆるりと口角を上げたアブサロンは、棚に置いてあった包帯を手に取ると、優しく傷口を覆うようにしてミアの腕に巻いた。すると不思議なことに、あっという間に痛みが引いていく。

「……これが魔法？」

「はは、新鮮な反応だなあ。ご明答。その包帯は魔法でできていてね。痛み止めの作用があるんだ。外したらまた痛くなっちゃうから気を付けてね。本当はぼくの治癒魔法で傷自体を治してあげたいところなんだけど……残念ながら、あいつのマーキングに干渉することはぼくにもできない」

「あいつ？」

「エグモント――魔法省の長官だ。ぼくのかつての学友でもある。あいつに一度狙われちゃったら逃げるのは相当難しいよ。君に何か余程の事情があったとしても情状酌量はしてもらえないはずだ。あいつは暴君だし、人の話を聞かないから」

よく分からないが、何やら偉そうな役職に就いている人間から狙われていることを知りミアは怯える。

「……じゃあ私、捕まる？」

「うん、死刑かな」

「ええ!?」

愕然（がくぜん）とする素直なミアの表情を見てアブサロンはぶっと噴き出し、声をあげて笑った。

あははは、と肩を揺らして笑い続けるアブサロンを見て冗談だと理解したミアは少しむっとし、軽く睨（にら）む。

「ごめんごめん、すごくいい反応するからからかいたくなっちゃって。違法飛行程度で死刑にはならないよ。……でも、逃げたってことだったら、あいつの気分次第で本当に死刑もありえるかもね？」

「それは困る。私、何か絶対にやらなきゃいけないことがあった気がするんだ。それに、自分が何をやらかしたのかすら覚えてないのに捕まるのは嫌。もしかしたら、違法飛行したっていうのも誤解かもしれないし」

記憶はないが、〝やらなければならないことがある〟ということに関しては強い確信がある。ミアが強く主張したことに、アブサロンは意外そうな顔をした。

「……君の言うことにも一理あるね。ぼくとしてもこの学校の生徒くらいの年齢の女の子を残虐なあいつに引き渡すのは気が引けるし、法を無視して裁きを与えるあいつの姿勢には思うところが色々ある。この国は革命以来、厳格な法治国家を目指していたはずだからね」

アブサロンは少し考えるような素振りを見せた後、いいことを思いついたとでも言うように、笑顔でぱちんとまた指を鳴らした。

「記憶が戻るまでなら、この学校内で面倒を見させてもいいよ」

「……この学校内は安全なの？」

「確実にとまでは言えないけど、他の場所よりはかなり見つかりにくい。この学校はかつての王族が建てたものだから、王族の結界魔法がまだ残ってるんだ」

アブサロンはそう説明しながら棚からティーカップを取り出し、リラックス作用があるという魔法茶を調合しミアに渡した。突然見知らぬ場所に落ちたうえ、いきなり知らないことばかり聞かされ動揺しているミアを気遣ってのことだろう。

ミアとアブサロンが魔法茶を飲みながら話し合っていると、こんこんと外から扉を叩く音がし、ブルーノとテオが保健室に入ってきた。

「早かったね」

アブサロンは気だるげに白衣のポケットに手を突っ込んだまま振り向き、ブルーノとテオを個室の中へ招く。

「どうだった？」

「あのゴースト、ガキのくせに風魔法がうまくて厄介なんすよね。ちょい苦戦しました」

「被害届が出ている分の帽子は取り返しました。そちらはどうでしたか？」

ブルーノがちらりとミアの方に目をやる。

「大した異常はなかったよ。骨も折れてないし、普通に生活できると思う」

アブサロンの答えに、ブルーノはそこではないという顔をし、「記憶はどうにかならなかったんですか」とすかさず確認する。

「記憶の方はすぐには戻りそうにないね。まぁ、そっとしておけばいい。記憶が飛ぶなんてよくあることだろう？」

「ねぇよ……」

アブサロンに聞こえない程度の声でぼそりとツッコミを入れるテオ。聞こえているのかいないのか、アブサロンはその言葉には反応せず、優雅に魔法茶を啜った。

「学内のデータを見たけれど、この子のような生徒はいないようだね」

「は？　生徒じゃない？」

「どうやら外部の人間らしい。加えて、国内でそれらしい行方不明者の捜索願はまだ出ていない。今できることはあまりないかな。彼女の記憶が戻るのを待とう」

「治安部隊に預けないんですか」

「いやー、この国の治安部隊は手荒な手段を取りがちだしねえ。ぼくとしても女の子をあれには引き渡せないよ」

ね、とアブサロンがソファに座っているミアに目配せをしてきたので、こくこくと何度も相槌を打つ。しかし、ブルーノはその対応に納得がいかないようだった。

「そもそもどうやって外部の人間がこの学校の結界を破ってうちの寮に……」

「さぁ？　ぼくには何とも」

にこにこしながら肩をすくめるアブサロンを見て、ブルーノは厳しい口調で言った。

「あなたはいつも適当すぎる。もっと真剣に考えてください」

「ブルーノは相変わらず堅いね。だめだよ、君くらいの年齢のうちはおふざけも楽しまなきゃ。青春は一度きりだよ？」

軽く受け流すアブサロンに、ブルーノは不愉快そうに眉を寄せる。

「とりあえず、君たちはしばらくこの子の面倒を見てよ。ミア、分からないことはブルーノたちに聞いていいからね」

アブサロンがミアの方を向いてテオとブルーノの二人を指差す。少し甘く作ってもらった魔法茶を飲み終えたミアは頷いた。

「待ってください。部外者をこの学校の敷地内にいさせることにはそれなりの危険性があります。そもそも記憶がないのが本当かどうかも――」

「これは顧問命令だよ？」

ブルーノの言葉を遮るように、彼の顔の前に人差し指を立ててニヤリと笑ったアブサロン。しばらくその顔を睨みつけた後、諦めたように頭を押さえたのはブルーノの方だった。

　ミアはブルーノとテオに連れられ、今度は大食堂とやらへ向かうことになった。大食堂ではまるで魂を宿しているかのような火の玉が飛び交い、食事をする生徒たちを明るく照らしている。ここに入るには生徒の証（あかし）として制服の着用が義務付けられているらしく、保健室に置いてあったサイズの合わない制服をアブサロンから借りてきた。

　ブルーノとテオは、空いていた端っこのテーブルの席にミアを座らせる。妖精たちが食事を運んでいる物珍しい光景にミアが驚いていると、テオが質問を投げかけてきた。

「お前さ、何だったら覚えてんだっけ？」

「……名前がミアなこと」

「それだけかよ」

　それだけじゃどうしようもねぇな、とテオは苦笑いした。

「フィンゼルに飛ばされる前どこに居たかも覚えてないのか？」

「フィンゼル……？」

　ブルーノの発した単語を首を傾（かし）げながら繰り返したミアに、テオが説明を加える。

「フィンゼル魔法学校——ここの名前だよ。一応国内最高峰の魔法学校だし、知らねーヤツいねぇと思うんだけど」

「魔法……」

「あ、そうだ、お前何か特殊な魔法使えたりしねぇの？　出身地によって特徴的な魔法使う奴もいっからさ。そこから特定できるかもしんねぇ」

ミアは首からぶらさがった鍵をきゅっと握った。

「……魔法なんて使わない」

「あ？」

「私がいたのは、こんなに暗くなくて、時計も十二時までしかなくて、太陽が昇ってて、魔法なんて誰も使えないところ」

テオがぽかんとした。

大食堂の壁にある時計の短針は、〝XIII〟という数字を指している。

「……タイヨウ？　なんだそりゃ」

妖精が宙を舞い、籠に入れた食事を持ってくるが、テオは真剣にミアの発言に耳を傾けてくれているようでそれには手を付けない。

その直後、テオとミアの正面の席に座っているブルーノがぽつりと問いかけてきた。

「太陽系の話をしているのか？」

「あ？　太陽系？」

ミアよりも先に馬鹿にしたような半笑いで反応したのはテオである。

「おとぎ話だろ。太陽系なんて」

「……だな。こいつは一時的に記憶が混乱しているんだろう」

言ってみただけだ、と言って背もたれに背を預けるブルーノ。

ミアは自分の知る太陽系のことをおとぎ話として片付けられたことに困惑したが、自らの記憶はいまいち信用できないため、それ以上何も言わなかった。


大食堂を出ると、柔らかそうな羽をしたフクロウが一直線にこちらへ飛んできた。その嘴(くちばし)には手紙が挟まっている。

「アブサロン先生の使い魔じゃん」

テオが使い魔から手紙を受け取る。メモ書き程度の短さの手紙に目を通したテオは、それを魔法で燃やしてから、ブルーノとミアの方を振り向いた。

「アブサロン先生からの伝言だぜ。しばらくミアを寮で預かれってよ」

「俺たちの部屋に泊めろということか？」

「いや、さすがに寝る時は保健室で預かるつもりだったみてーだけど、長期休み中の魔法大会で負傷者が多いらしくてさ。今は保健室のベッドに空きがねぇって」

ブルーノがあからさまに顔をしかめる。その様子を見たテオがなだめるように言った。

「ま、俺たちの仕事みたいなもんだから仕方ないだろ。んな顔すんなって」

「仕事？　テオたちは働いてるの？」

制服を身に纏っており、見るからに〝生徒〟であるテオが口にした仕事というワードが気になり、ミアは口を挟んだ。

「この学校にはオペラっつーのがあって……まぁ、一言で言えば学校内の治安維持グループだな。伝統的に三年、四年、五年各学年の成績優秀なツートップ合わせて六人で活動してる。で、その顧問がさっきのアブサロン先生」

ミアの落下も学校内で起きたことだ。事件性のありそうな事柄であれば、オペラが担当しても不自然ではない、とテオは言う。

「俺たちはオペラの役割を担っている間、学校内で大きな問題が起きたら困る。起きたとしたら対処しなきゃなんねえ。じゃねぇと、魔法省のトップ層になるための試験を受ける資格を失うんだよ」

魔法省という単語を聞いてミアはぱっと顔を上げた。自分を狙うエグモントがいるところであるためだ。

「魔法省ってやっぱり凄いところなの？」

「お前魔法省まで忘れてんのかよ。この国で一番権力のある行政機関だぜ？　それに、魔法省の最高幹部のうちの一人になれば、王立魔法図書館の全区画に入ることもできて――」

「テオ。余計なことをベラベラ喋(しゃべ)るな」

何でもミアに教えようとするテオをブルーノが制止する。

「堅いこと言うなよ。これくらいなら外部の人間も知ってる話だろ」

「そいつには今必要のない話だ」

「いやまぁ、そうだけどよ……」

ブルーノがピリピリしているのを感じ取り、ミアは居心地が悪くなった。テオは比較的話しやすい雰囲気だが、ブルーノは侵入者であるミアをあからさまに警戒しており、敵視しているのが見て取れる。

（当然といえば当然だけど……）

少し不貞腐(ふてくさ)れるミアの隣で、テオがふと思い出したように言った。

「あ。つーか俺、魔法史のレポートやってくるわ」

その能天気な言葉を聞いたブルーノがテオを止める。

「……ちょっと待て。やらないつもりなんじゃなかったのか」

「さすがに全くやってねえのはやべーだろ。途中までやって出す」

じゃあな、と左手をポケットに入れたまま、右手を軽くひらひらと振ってその場を離れるテオ。ブルーノは、はぁと浅い溜(た)め息を吐いて髪をかき上げた。

ブルーノが黙って歩き始めるので、ミアもおそるおそるその後に続く。互いに無言のまま廊下を歩いているうちに、煙で形作られたかのような真っ白な人間がふよふよと空中を飛んでいるのが見えた。その姿は消えたり現れたりを繰り返している。周りを歩く生徒たちはその存在を特に気にする様子もない。あれがさきほどブルーノたちの言っていたゴーストというものだろうか、とミアは思う。しかし、無愛想なブルーノにその推測の当たりはずれを確かめる勇気までは湧いてこなかった。

「その鍵はどこの鍵だ？」

　不意にブルーノが立ち止まり、ミアに聞いてきた。余程気になったのか、ミアの首にぶらさがるネックレスに繋がった鍵を手に取り、まじまじと見つめてくる。

「この国ではあまり見ない類の金属だ。家の鍵なら、ここからお前のアドレスを特定できるかもしれない」

　不思議とミアはその鍵が母の形見であることを覚えていた。母親の顔も思い出せないのだが、鍵が大事なものであるという感覚は強く残っている。

「これは家の鍵じゃない。お母さんの形見」

　ブルーノはそれを聞いて興味を失ったかのようにミアの鍵から手を離した。ミアの住所が分かるヒントとなり得ないのであれば用がないと思ったのであろう。

　ミアはまた無言で歩き始めるブルーノに小走りで付いていき、今度こそ勇気を出して話しかけてみた。

「……あの、よかったら、すごく今更なことを聞いていい？」

「何だ」

「魔法って何？」

周りの人間が当たり前のように使っている魔法という概念について、ミアはまだよく分かっていない。自分が忘れてしまったこの世界で、今頼れるのはアブサロン、ブルーノ、テオだけだ。そしてアブサロンは、魔法についてはブルーノやテオに聞けと言っていた。

ブルーノがあからさまに面倒そうに大きな溜め息を吐くので、ミアは言わなければよかったとすぐに後悔した。しかし、ブルーノは辺りを見回し中庭にあるベンチが空いているのを確認すると、そこを指差して言った。

「長くなりそうだ。そこで説明する」

アブサロンに面倒を見ろと言われている以上、最低限のことはしようとしてくれているようだ。

外灯の炎に照らされた中庭では、毒の花(ギフティゲ・ブルーマ)という花の漆黒の花びらが風で美しく舞っている。毒の花はレヒトの国花だとブルーノが教えてくれた。

中央を流れる川のほとりでは、人の形をしているが肌の色が水色の者たちが水を飲んでいた。彼女たちはウンディーネやローレライというこの学校に住まう水妖らしい。ミアたちがベンチに腰を掛けると、その音に驚いたウンディーネたちが川の中へと逃げていく。
「魔法は誰しもが持っている、魔力を利用して発動させる術だ。魔法には大きく国民性が出る。俺たちの国レヒトの民の基本的な属性は、闇だ。逆に、海を渡った向こうにある隣国リンクスは光の魔力を主軸として魔法を発動させる」

この世界の人間のほとんどは、通常魔力を持って生まれるらしい。本土の人間たちは精霊の吐き出した魔力を体内に取り込み生きていく。全ての魔法の礎となる、まず最初に必ず持っていなければならない魔力は、【光の魔力】か【闇の魔力】のどちらか。人々は生後数ヶ月のうちにそのどちらかを取り込み、次に、大地に溢(あふ)れる他の種の精霊由来の魔力を取り込む。そしてその両方を合わせることで、様々な種類の魔法を発動するという。

ただ、本土とは違い、離島には魔力を持たない人間が多いらしい。一説では、この世界に魔力を生み出している精霊たちが離島にはいないためだとか。

レヒトの国にのみ闇の精霊が、リンクスの国にのみ光の精霊が存在する。故に、レヒトの国民の魔法の礎は闇の魔力に、リンクスの国の魔法の礎は光の魔力になったらしい。

「魔法の種類は豊富だ。分類するなら火の魔法、水の魔法、氷の魔法、風の魔法、雷の魔法、月の魔法、雪の魔法、花の魔法……目的で分けるなら攻撃魔法や防御魔法、召喚魔法などという言い方をする。テオの言っていた通り、出身地によって特殊な魔法を使う魔法使いも存在する。スポーツと同じで、魔法使いによって得手不得手もある」

「……やっぱり、説明を聞いても思い出せない」

誰もが魔力を持っていて、魔法が身近なものだったなら、自分も使っていなかったはずがないのだ。自分の記憶は何か変だ——と感じたミアは、ふと思いついてブルーノを見上げる。

「見せてくれない？　魔法を。見れば思い出すかもしれない」

ブルーノは至極面倒そうに立ち上がり、ローブから杖を取り出して軽く先端を回した。すると、黒い靄のようなものがくるくると旋回して風を起こし、毒の花の花弁を規則的に舞い上げていく。この学校の入学試験でも頻出する、基礎的な風の魔法のようだ。

「——すごい」

初めて魔法らしい魔法を見たミアは感動した。

「素敵な力だと思う。やっぱり思い出せないけど、私魔法が好き」

はしゃぐミアとは対照的に、ブルーノの表情は曇った。

「……俺は俺の魔法が嫌いだ」

冷たい声でそう言いきったブルーノ。その苦虫を噛み潰したような表情を不思議に思い、すかさず伝えた。

「私は好きだよ」

こんなにわくわくする力をどうして嫌いになれるのだろう。

「さっきみたいな魔法、もっと見たい」

純粋な好奇心からそうお願いしてみた。ブルーノはミアの態度にわずかに戸惑うような目を向けてきたが、すぐにミアから目をそらした。

「思い出せなかったならもう終わりだ。魔法は楽しむものじゃない」

そう言って廊下へ戻ろうとするブルーノの上着の裾を摑んで引き止める。

「もう一回だけ。もう一回だけ魔法を見せてくれたらもう言わないから」

好奇心旺盛なミアを振り解くよりも魔法を発動させた方が早いと感じたらしいブルーノは、諦めたように杖を一振りする。

「シュライア・イリュージョン」

――ブルーノの呪文と共に、ミアの視界いっぱいに広がるドラゴンの巨体。

青漆の鱗がきらきらと光り、オレンジ色に燃える炎のような瞳がぎょろりとミアを見下ろす。まるで地獄から飛び出してきたかのような威圧感。ミアはそのあまりの大きさに、開いた口が塞がらなかった。

ドラゴンが口を開き息を吐くと、火がつきそうなほどの熱風が吹き抜ける。

「あつっ！」

慌てふためくミアの隣でブルーノが杖をもう一度振ると、ぶわりと花びらが散るようにしてドラゴンの姿が消えていった。

「な、な、何あれ」

動揺したミアが足をガクガクさせながらブルーノにしがみついて聞くが、ブルーノの方は至って冷静だった。

「今のはただの、相手に幻影を見せる魔法だ」

幻影と言うにはあまりにもリアルだった。ドラゴンの息の熱さもミアはしっかり感覚として覚えている。あれほど大きな生き物を、あんなにリアルに再現するとは――。

(ブルーノってすごい魔法使いなんだ)

成績優秀者であることは聞いていたが、それを改めて実感した。ぼうっと中庭を去っていくブルーノの背中を見つめていたミアは、置いていかれそうになっていることに遅れて気付き、慌ててその背を追いかけた。

廊下へ戻ったその時、ミアの横を茶色の毛をした大型犬がすごいスピードで走り抜けていった。その生き物が通り過ぎた後の風で髪が大きく揺れる。

「犬!?」

首輪も付いていない犬が校舎内を走っていることに驚いたミアだが、ブルーノは特に焦っていない様子だった。

「アブサロン先生の使い魔の一匹だな。校舎内ではよく見かける。あの人はすぐ使い魔を放し飼いにするんだ」

「使い魔って、ああいう動物のことを言うの？」

「仲よくなれば主人の言うことを聞く習性がある魔法生物のことだ。探しものを手伝ってくれたり一緒に戦ってくれたりすることもある」

さっき見たフクロウのような生き物も使い魔と呼ばれていた。この国ではどうやら様々な魔法生物を飼うことができるらしい。

「私も飼ってみたいかも……」

「あいつらは気まぐれだ。懐くまでが大変だぞ。主人を嫌いになれば断りなしに自然へ帰っていく。理由がなくても突然いなくなる事例もたまにあるそうだ。俺は飼ったことがないから詳しくは分からない」

自分が飼うならどんな見た目の生き物がいいかな、とミアは想像を膨らませるが、ブルーノの方は興味なさげだった。

そこでミアはふと思い出す。

「あ、私、アブサロン先生に制服返しにいかないと」

あくまで大食堂のゲートをくぐるために借りていた制服であり、洗わなくてもいいので早めに返してほしいと言われていたのだ。

「なら付いていくが」

「道は覚えてるしいいよ」

「お前が道に迷う心配はしていない。部外者が勝手に校内を動き回るなと言っているんだ」

ミアを警戒しているブルーノはどうしてもミアから目を離したくないようだった。監視されているような居心地の悪さを感じながらも、ここで断ればより怪しまれると思い大人しく受け入れる。

保健室の前まで来た後、ミアは中で着替えるからと言ってブルーノを部屋の前で待たせ、自分だけ中へ入った。

「アブサロン先生、私決めた！」

そして、入るなりアブサロンにそう伝えた。

「記憶が戻るまで魔法の練習する」

「へえ？　この短時間で魔法に興味が出たのかい」

本を読んでいたアブサロンは面白そうに本を閉じ、ミアの方に椅子ごと体を向ける。

ミアはさきほどのブルーノの魔法に魅せられていた。あのような魔法を使ってみたい──記憶を失ってから初めて抱いた憧憬である。

「きっと私も魔法を使っていたんだよね？　だったら、魔法の使い方を思い出したい。ここで隠れている間に例のエグモントって人より強くなったら、ちゃんと私の話も聞いてもらえるかもしれないし」

「え？　あいつより強くなる気なの？」

ミアは真剣だが、アブサロンにとってその発言はとてもおかしいものだったようで、弾けるように大笑いした。ベッドで寝ている生徒もいるのに、とミアはひやひやする。

「いいね、最高だ。あの生意気なエグモントが君みたいな年下の女の子にぶちのめされる姿、見てみたいものだよ」

アブサロンはそう言って、制服を返そうと着替えの準備をするミアを手で制止する。

「それなら、記憶が戻るまでうちの学校の生徒のふりをするのはどうだい？　それでオペラを目指すんだ」

「オペラを？」

「学内の治安維持組織オペラには特権がある。かつて魔法書を独占していた王族が建てた図書館、王立魔法図書館の一部への出入りを許されるんだよ。書物の持ち出しは禁止だし、読んだ内容は他人に教えちゃダメな決まりだけどね」

ミアはそれが自分に何の関係があるのか理解できず首を傾げる。アブサロンはふふっと悪巧みをするように笑って説明を加えた。

「魔法攻撃による記憶喪失なんていう普通じゃありえない状況についての記述も、そこならあるかもしれないってことだよ」

合点がいったミアはじゃあオペラになる！　と言いたいところだったが、すぐにハッとして消極的な態度を取った。

「でも、オペラってブルーノと同じくらい優秀じゃないとダメなんだよね？」

ブルーノに見せられた高度な幻影魔法を思い返すと、自分がすぐにあんな魔法を使えるようになるとは到底思えない。

しかし、アブサロンは容赦のないことを言ってくる。

「エグモントに勝つつもりなら、オペラにくらいなってもらわないと困るよ。エグモントはこの学校のかつてのオペラだからね」

ミアに衝撃が走った。ようやくどれほどだいそれた発言をしたのか自覚したのだ。

「……やっぱり無理かも……」

「何弱気になってるの？　あいつをぶちのめすところ、ぼくに見せてくれるんだよね？」

前言撤回はさせないよ、と意地悪く笑うアブサロン。どうやらミアのエグモントに勝つという発言が余程気に入ったらしい。

ミアは焦って汗をかきながら、どうにか逃げ道を探そうとする。

「オペラになれるのって三年生からだよね？　三年生の授業にこっそり紛れるの？　私、魔法の知識ほぼゼロなのに」

「一年生のうちに優秀な成績を収めれば、二年次に上がる頃にはオペラ見習いになれる。

王立魔法図書館の一部に入れるのは見習いも同じだよ。一年生の授業に紛れてゆっくり魔法の勉強をしながらオペラを目指すといい。そうこうしてたら何か思い出すかもしれないしね」

これ以上どう説得しようとしても言いくるめられる気がして、ミアは諦めたように口を閉ざした。

あのレベルに到達できる自信はないにせよ、もしも自分がブルーノのように魔法が使えるようになったらと想像すると、やはり気持ちが高揚する。目指すならあそこがいい——そう思ってしまう自分もいるのだ。

「……頑張ってみる」

ものすごく小さな声で言ったミアに、アブサロンは「そうこなきゃね」とにやりと片側の口角を上げたのだった。

＊＊＊

一方その頃、魔法省では。

定例会議中、機嫌よくサインをしていたエグモントが、ふと万年筆を走らせる手を止めた。周りはその様子の変化に怯(おび)え、顔を見合わせる。

「ど、どうなさいましたか、エグモント様」

「――いや」

撃墜したはずの侵入者の気配が、消えないどころかどこかでわずかに動いたのを感じたのだ。考える素振りを見せたエグモントは、ふ、と少しの面白みを感じているかのように、口元だけで笑った。その微笑は冷たく美しく、周囲をほうっとさせる。

「この僕の一撃を受けてまだ生きているとは、興味深いですね。しかし野放しにはできません」

エグモントがすっと手を上げると、空中に毒の花の模様が浮かんだ。

「侵入者の体のどこかにはこの印が刻まれたはずです。死なない限り消えない印が。捜し出して殺してください」

苛烈な内容に反してあっさりと下された指示を聞くやいなや、部下たちが動き出す。エグモントの命令とあらば、一分一秒でも早く遂行しなければならない。

「鬼ごっこをしましょう、侵入者さん」

椅子の背もたれに背を預け、豪華な天井を見上げたエグモントは、クスクスと楽しげに笑った。

「楽しませてくださいね」

知の部屋(クラス)

「ミアに生徒のふりをさせる？」

保健室の中へ入ってこいと言われたブルーノは、アブサロンから突飛なアイデアを急に聞かされ、呆(あき)れ返ったような声を上げた。後から呼び出されてやってきたテオもあんぐりと口を開けている。

「こいつは魔法を使えないんですよ？　とてもフィンゼルの授業に付いていけるとは思えません」

「知(ち)の部屋(クラス)ならどうだい」

冷静に反論するブルーノに、魔法茶を淹(い)れながらご機嫌な様子で答えるアブサロン。

フィンゼル魔法学校では、一つの学年の中でも生徒は【占(せん)の部屋】【体(てい)の部屋】【北(ほく)の部屋】【知の部屋】に分けられる。

【知の部屋】とは、魔法ではなく座学を重視するクラスであり、特徴として、親がフィンゼル魔法学校に多額の支援をしている裕福な家庭の子女が多い。

「そもそも、試験を突破してもいない部外者を、一時的にでも生徒として認めるのは常識的に考えてありえません」

ブルーノは断固反対といった様子だ。

「ハラハラして楽しいだろう？　最近刺激がなくて退屈だと思っていたんだ。知の部屋一年の担任は僕の元同級生だから、その好みでちょっと脅したら……いや、頼んだら快く了承してくれたよ」

が、アブサロンに常識など通用しない。

「もう頼んだんスか!?」

「ああ。思い立ったらすぐ行動するのが一番いい」

ね、とにこやかにミアの頭を撫でるアブサロン。

いつもふざけた調子のテオもこればかりは簡単にうんとは言えない様子で、ぶんぶんと手を顔の前で横に振る。

「いやいやいやいや……だめっしょ。それ、バレたら誰の責任になるんすか？　俺ら？　オペラの先輩たちにはもちろん共有しますよね？」

「んー。それはちょっとなあ。五年のラルフは滅多に連絡取れないし、ドロテーは生徒に対して不誠実なことは嫌いだし、四年のスヴェンは驚くほど口が軽いから変に共有すると逆にリスクになりかねない。イザベルも隠し事は苦手な方だろう」

ミアの知らない名前が複数出てきた。ブルーノやテオ以外のオペラの話だろう。

難しい顔をしているテオに、アブサロンが付け足す。

「それに君たち何でもできちゃうから、神経をすり減らすような経験はまだないでしょ。修行だと思えばちょうどいいよ。オペラでい続けたいなら、君たちも〝成果〟をあげないとね」

「……俺らだけでこいつの面倒を最後まで無事に見れたら、オペラとしてもっと評価してくれるってことですか？」

「その通り。君たちならできるだろう」

「隠し通せなかった場合、アブサロン先生のせいにしますからね？」

「ああ、それは構わないよ」

全く悪びれずにあっさりとそう言ってのけるアブサロン。テオは渋い表情をしたが、頭をガシガシと掻（か）いた後、自分を納得させるようにぶつぶつと呟（つぶや）く。

「……まぁ、魔法が使えるようになったら記憶も取り戻すかもしんねぇしな……」

そこで、テオの隣のブルーノがミアに疑いの目を向けてきた。

「これはこいつが言い出した話ですか？」

「いや、入学の件はぼくが提案したよ。魔法を練習したいと言い出したのはミアだけどね」

「……なおさら怪しい。この学校の生徒になって内部状況を探れるよう誘導したのでは？」

じろじろと嫌な視線を向けてくるブルーノを見て、ミアは慌てて否定した。

「違うよ！　純粋に、魔法について学びたいと思ったの。ブルーノの魔法を見てすごく綺麗だと思ったから」

「おいおいブルーノお前のせいじゃん。どーしてくれんの？」

テオがからかうようにブルーノの肩に腕を乗せてその顔を覗き込む。ブルーノは一抹の責任を感じたのか黙り込んでしまった。

「ま、さっさとミアの記憶が戻って元の場所に帰れるようになればいい話か。案外数日で色々思い出すかもしんねぇし。もしもの時に責任を取るのがアブサロン先生で、あくまでも記憶が戻るまでってことなら俺は別にいいかな」

「本当？　ありがとう！」

嬉しそうにはしゃぐミアの明るいお礼を聞いてテオは苦笑する。その横でアブサロンはしめしめと口角を上げている。ブルーノはまだ納得がいっていない様子ではあるが、顧問の指示であれば仕方がないと諦めたのか、改めて自分たちの目的をアブサロンに確認した。

「記憶喪失が事実だったとして。俺たちは学校内での問題に対処するオペラとして、こいつが外部の人間であることを周囲に隠したまま記憶が戻るまで面倒を見なければならない、ということですか？」

「ブルーノはいつも物事の理解が早くて助かるなあ」

壁に背を預けて立ったアブサロンがうんうんと満足気に頷いた。

「んじゃ、いい感じに話はまとまったってことで。俺今日クラスメイトにユニコーンの餌やり頼まれてるんで行ってきまーす」

さっきから時間を気にしていたらしいテオがそう言って無理やり話を終わらせ、保健室を出ていった。

テオは落ち着きがないなあ、とその後ろ姿を見ながらミアは思った。

一年生の授業が始まって、既に二週間が経過していた。そんな中新しく入ってきたミアは、案の定浮くことになった。事故による怪我を理由に二週間休んでいた――ということになっている。

担任のバルバラとは少し話をしたが、彼女はミアをあまりよく思っていないようだった。深く関わりたくないと言わんばかりに必要最低限のことしか言わず、聞かずにミアを【知の部屋】の教室へと案内した。バルバラはアブサロンに脅されてミアの不正入学に加担している身だ。このような態度でも当然ではある。

「我がレヒトの国は十五年前まで王政でしたが、魔法軍の反乱により革命が起き、王族が滅びました。現在最大権力を持つ行政機関は魔法省であり、魔法軍は防衛軍と名を改め現在も活動しています。二十三ページを開いてください」

【知の部屋】は聞いていた通り座学が多く、魔法を使った授業をする気配はない。魔法史や魔法薬学の記号だらけの黒板を写したり、呪文の暗記をしたりと、初めてのミアにとってなかなか苦痛な授業が続いた。

しかし、この授業を通して記憶にないこの地の知識を詳しく知ることはできた。

ミアが今いるのはマギーという惑星に存在する二つの大国のうちの一つ、レヒトの国だ。

レヒトの国は王政廃止と同時に身分制度が廃止され、ようやく一般人も自由に魔法を使えるようになり現在に至る。かつては王族が魔法書を独占し、貴族や軍関係者、兵器開発者以外の一般人の魔法の使用はかなり制限されていたようで、魔法学校に貴族以外の人間が入学できるようになったのもつい十数年前のことらしい。

高度な魔法の使用が一般人や企業にも解禁されてからは急速な国内の発展が進んでおり、農業や工業、医療にも魔法が使用されている。戦時中のレヒトは強力な魔法兵器の開発に力を入れていたため、自然環境や生態系の保護については後回しになる傾向があったようだが、最近は自然や魔法生物保護のための守護省という機関ができ、環境問題にも取り組んでいる。

そんな座学ばかりが続き疲れ果てていたミアにとって、【魔法生物研究学】の授業で初めて実習が行われることはとても喜ばしいことだった。実習内容は、フィンゼル魔法学校の敷地内にある森に集合し、四人グループで貴重な魔法生物フェザースケイルを観察し記録を提出するというものだ。

四人グループのメンバーはあらかじめ決められており、まだクラスメイトの名前を覚えていないミアは困ってしまった。しかし、同じグループの生徒がミアを見つけて名前を呼んでくれたため、なんとか合流することができた。

「ああ、本当に楽しみ。私、将来魔法生物学者を目指しているの。学校の敷地には他の地方にはいない特殊な生き物も生息しているから、フィンゼルを志望したのよ」

「あら素敵。けれど、敷地が広い分『フィンゼルの獣』のような危険な生物が出てきてもおかしくはありません。自主研究の際にはお気をつけあそばせ」

ミアより先に集合していた他の二人の女生徒は見た目にも喋り方にも気品があり、いかにも元貴族といった風貌だった。ミアは何となく恥ずかしくなり、ここまで走ってくる間に乱れた前髪を慌てて整える。

二人の会話に交ざるため、気になった単語について問いかけてみた。

「ええっと、フィンゼルの獣って何？」

魔法生物の研究について話し込んでいた二人はようやくミアの方を向き、少し呆れたように教えてくれた。

「昔この学校の生徒を襲った恐ろしい魔獣よ。つい昨日習ったでしょう？　教科書にも写真つきで載ってるわ。さてはあなた、寝てたわね？」

図星を指され、ミアはごまかすように苦笑いして頭を掻いた。

その直後、二人がはっとした様子でミアの後方を見つめる。

「カトリナ様だわ！　飛行魔法で到着されたようね」

「ドキドキするわね、あのカトリナ様と同じグループだなんて」

ミアが後ろを振り返ると、ちょうどほうきから降りてこちらへ向かって歩いてくる、気の強そうな美少女がいた。血のような赤い目とグレーの髪が特徴的で目を引くものがある。

「……あの子が今日同じグループのもう一人？　可愛い子だね」

「嘘、知らないの？　カトリナ様よ？　名家イーゼンブルク家のご令嬢。知の部屋の名に恥じない知識量があることもさることながら、幼い頃から様々な英才教育を受けていて、魔法剣術などの武術にも長けているの。今年の入学式の新入生代表挨拶もカトリナ様だったわ」

「イーゼンブルク家は身分制度が廃止されて貴族に制約が課された今もなおご活躍なさっている数少ないお家だし、遡ればかつての王族とも遠い血縁のある由緒正しき一族なのよ。あなたも、あのカトリナ様とご一緒できることに感謝なさい」

次々とカトリナについて説明してくる二人に圧倒されながら、ミアはもう一度こちらへ歩いてくる彼女に目を向けた。カトリナの周りにはなぜか大人数の女生徒がおり、荷物を持ってあげているようだった。

「あら、初めて見るお顔ですわね」

ミアを見たカトリナがそう言うと、途端に周囲の生徒の一人がミアを叱りつけた。

「あんたカトリナ様にご挨拶してないってどういうこと!? 登校できるようになったのならすぐカトリナ様にご挨拶すべきです!」

「落ち着きなさい。彼女もこれからご挨拶してくれるのでしょう」

そんな彼女の怒りを鎮めるように言ったのはカトリナだ。

カトリナは少し視線を下降させ、ミアの首にぶらさがる鍵を目にしてぷっと噴き出した。

「その安っぽいアクセサリーはどこで手に入れましたの？ 知の部屋の生徒にはふさわしくありませんわ。わたくしにきちんとご挨拶してくだされば、それよりは何十倍も高価な質の確かなものを差し上げてもよろしくてよ」

母の形見であるはずの鍵をバカにされ、ミアはかちんと来てカトリナを睨(にら)む。

「あら、何ですのそのお顔。まさかわたくしのことをご存じないのかしら。……って、そんなわけないですわよね。なんてったってイーゼンブルク家の娘ですもの」

くすくすとおかしそうに笑うカトリナの隣で、他の女生徒たちも同様にミアを嘲笑(あざわら)っているようだった。

カトリナたちのそんな高飛車な態度に腹が立ったミアはぴしゃりと言い返す。

「自分の荷物も自分で持てない人のことなんて知らないけど？」

ミアの言葉に、カトリナの周囲の生徒たちがしんと静まり返った。

カトリナがひくりと口角を引きつらせ、冷たい声で問う。

「……あなた、どこの家の子かしら？」

ミアの態度をよく思っていないことが一発で分かる目付き。ミアを見下しているかのような、自分の味方にならないのなら排除したがっているような、そんな目だ。

「それって、そんなに必要な情報なの？　この国の身分制度はもう廃止されてるんでしょ」

ミアは反発心を疑問として投げかけた。記憶がないミアは自分の家族や家柄のことを答えられないため、質問を回避したい気持ちもあった。

カトリナに射抜くような視線を向けられミアは内心少し怯んだが、それを表に出さないよう必死に睨み返す。

その時、【知の部屋】一年の担任であり、魔法生物研究学の担当教員でもあるバルバラの使い魔、淡いピンク色の羽毛を持つオウムのような鳥が生徒たちの前に降り立った。サイズはミアの知るオウムよりも大きく、冠羽の先から火花が散っている。バルバラは時折授業でこの使い魔を用い、生徒に伝言するらしい。

『知の部屋一年生の皆さん、こんにちは。前回の授業でもお伝えした通り、全員揃ったグループから自由に森に入り、フェザースケイルを探して観察を行ってください』

バルバラの指示が終わると、カトリナの周りにいた生徒たちは解散し、それぞれ自分のグループの元へ向かう。

フェザースケイルは、羽の生えた翼で空を飛び、鱗で覆われた体で水中を泳ぐこともできる魔法生物だ。色とりどりの羽や鱗を持ち、鮮やかで美しい見た目をしている。近年はフェザースケイルの鱗を使った魔法薬が流行しており、そういった意味でも再度注目されている生物と言える。

昔はレヒトの国内に広く生息していたようだが、戦時中に行われた魔法兵器開発の影響で森の生態系が壊されたらしく、現在は絶滅危惧種——フィンゼルの敷地内にある森にしか生息していない貴重な魔法生物である。

（授業で習ったくらいの知識はあるけど……）

ヒントなしで広大な森の中からフェザースケイルを見つけるのは至難の業だ。どうすればいいのだろう、とちらりと同じグループの生徒たちの様子を窺うと、他の子たちは既に作戦を練っているようだった。

「二十年前の研究者たちの論文では、フェザースケイルは森の中でも特に暗い湖沼で生活をしているとのことです」

「しかしそれは二十年前のものでしょう？　今は環境も大きく変わっておりますし、私が見つけた文献では……」

授業で習った事柄をただ暗記しているだけでなく、自主的に論文などに目を通して自分たちの知識量を増やしている様子が窺える。

（これが知の部屋の生徒……）

ミアはその真面目さに感心し、このクラスに付いていくにはもっと頑張らねばならないと感じた。

「どう思います、カトリナ様？」

女生徒の一人が意見を求めると、カトリナは得意げな顔でポケットから虹色の鱗を取り出した。

「それは……！」

「フィンゼルに生息するフェザースケイルの鱗ですわ。この課題内容の発表があってすぐ、家の者に頼んで入手させましたの」

「貴重な鱗を短期間で入手できるなんて、さすがイーゼンブルク家ですね」

体の一部分さえ手元にあれば、その生き物の習性を読み取ることができる魔法もある。一年生はまだ授業で習っていない高度な魔法だが、先のことまで予習しているカトリナには使えるようだった。

「フィンゼルの森にいるフェザースケイルには特殊な習性があるようですわね。暗い湖沼にいるのはかつて他の地域に住んでいたフェザースケイルと変わらないようですが、特に電気を発生する魔法植物の傍を好むようですわ」

鱗から読み取った情報をグループの生徒たちにすらすらと伝えたカトリナは、森の地図を取り出して奥の方の湖沼に赤丸を付けた。

「早速ここへ向かってみましょう。他のグループに後れを取るわけにはいきませんもの」

生徒たちはこくこくと頷きカトリナに付いていく。

向かうのは暗い森の奥深くだ。ミアは正直少し怖かったが、グループ内の他の生徒たちは何とも思っていないようで、他愛もない話をしながら道を進んでいく。

「さすがカトリナ様ですわね。課題内容を知ってすぐ行動する勉強熱心なところ、尊敬しますわ」

「来年度のオペラ見習い候補の一人はカトリナ様で決まりですよ。入学試験の成績もずば抜けていますし」

〝オペラ〟という単語を聞き、一番後ろを歩いていたミアが顔を上げた。

「オペラになれるかどうかって、総合成績で決まるんだっけ？」

「全ての科目の成績、そして学校内の問題解決への貢献度やボランティアへの参加率なんかを総合的に評価して、二年生に上がる頃には見習い候補者が数人選出されます」

「成績だけじゃないんだ」

「ミアさんは入学時の説明会にも参加していませんから、これも知らないのですね。それにしても、随分オペラに興味津々ですね？」

「うん。私、オペラになりたくて」

「……〝オペラになりたい〟ですって？」

ミアのセリフが気に障ったのか、先頭を歩いていたカトリナが立ち止まり、ミアたちの会話に割り込んでくる。

「オペラはそう簡単になれるものではありませんわ。身の程を知りなさい。あなたごときでは不可能ですわよ」

「そ、そんな言い切らなくても。なれないかどうかはまだ分からないじゃん」

授業が始まってからまだ一ヶ月ほどであり、最初の学内試験は行われていない。ミアの今後の頑張り次第では、まだ挽回（ばんかい）可能なはずだ。

「ただでさえ優秀な生徒たちが集まるこのフィンゼル魔法学校で、ツートップのうちの一人になれるとお思いですの？　オペラになるような生徒は皆家柄もよく、幼い頃から魔法の英才教育を受けてきた者たちですわ。一度に保有できる魔力の量も桁違いですし、学校内でも頭一つ抜けております」

ミアに現実を見せるかのようにそう言い切ったカトリナは、くるりと踵（きびす）を返してまた暗い道を歩き出した。そして、ふと思い出したように言う。

「……ああ、でも、現三年生のお二方はどちらも一般家庭のご出身でしたわね。歴代オペラは皆名家の人間ですのに、フィンゼルも落ちぶれたものですわ。特にブルーノ先輩は本来魔法使いが存在しないはずの忌まわしき離島のご出身でしょう？」

離島には魔法使いが存在しない――ブルーノも言っていたことだ。けれど、まさか魔法を使えるブルーノ自身も離島出身だとは思わなかった。

くすくすと上品ながらバカにするような笑い方をしたカトリナの様子を見て、ミアは物凄く嫌な気持ちになった。

ブルーノとテオの二人はミアの存在を厄介そうにしているとはいえ、世話も焼いてくれている。怪しい部外者であり記憶のないミアを、文句を言いながらも一応は受け入れてくれているのだ。そんな二人を悪く言われるのはいい気がしない。

「名家出身なだけで偉そうにしてるあなたより、ブルーノたちの方がよっぽどかっこいいと思うけど？」

ミアの発言を耳にして慌てたのはその近くを歩く他の生徒二人だった。カトリナにこのような口を利く生徒は滅多にいないのか、あわあわしながらミアの口を手で塞いでくる。

「な、何をおっしゃってますのミアさん？」

「言い間違えただけですよね、ねっ？」

カトリナの機嫌をうかがうようにちらちらとその背中を見つつミアに発言の撤回を求める二人だったが、ミアはその手からするりと逃れ、堂々とカトリナを指差して言い放つ。

「貴族制度が廃止されてもまだ家柄に縋るなんて、古い人間だね！」

――その時、カエルのような、カエルにしてはサイズが大きく目もギョロギョロした生き物がミアの足元で飛び跳ねた。

「ぎゃあっ！」

悲鳴をあげてよろけ尻餅をつくミアを、カトリナはふんと鼻で笑って見下ろした。

「聞きました？　皆さん。ぎゃあですって。貴族制度は廃止されましたけれど、元貴族と一般家庭の方では身に染みついた品性のレベルがあきらかに違うようですわね？」

ハッと嘲笑ってみせたカトリナは、転んだままのミアを気遣うことなく、そのまま歩き始めた。ミアはむかむかしながら立ち上がり、早足でカトリナたちの後をついていく。

森の中の道は、進めば進むほど暗くなっていく。足元には枯れ葉が敷き詰められ、木の根が這いずっており、風は冷たく、草木の葉が音を立てて揺れている。途中でカトリナが魔法を使って杖の先に火を灯してくれたが、自分たちの手前しか見えない程度の光だ。

道はどんどん狭くなり、立ち並ぶ大木の数が増えてきた。不気味な気配が漂い、緊張したミアの心臓の鼓動が速くなっていく。時折、遠くから獣の鳴き声が聞こえ、そのたびにミアはびくりと体を揺らした。

森に潜む動物たちの微かな音が不気味な静寂をより際立たせる。そのうち、道が急にわずかな下り坂になり、足元が不安定になってきた。大きな石が転がっており、一歩踏み外すとまた転んでしまいそうだ。

「見つけましたわ」

注意深く足元を確認しながら進んでいたミアは、カトリナの声にようやく顔を上げた。

目の前に広がったのは、神秘的な光を放つ湖沼だ。湖沼の底には電気を発生させる植物が生息しており、それが水に伝わっているのか、水面に弱い電気が流れている。

その水辺に、虹色の鱗と翼を持った巨体――フェザースケイルの姿があった。

「……授業で習ったものより大きくありません？」

「ほ、本当です。もっと小さいものかと……」

カトリナとミア以外の二人が焦った様子でひそひそ声で話し合う。

「カトリナ様、戻りましょう。明らかに想定していたサイズと違います。一度先生をお呼びして……」

「そんな弱気なことでどうしますの。フェザースケイルは攻撃さえしなければ襲ってきませんわ」

カトリナは目の前にいるフェザースケイルの大きさを気にもせずに歩を進め、羽を休めるフェザースケイルに近付いていく。

（すごい、こんな生き物いるんだ。もっと見たい）

ミアも好奇心からカトリナの後に続く。その様子を見た後ろの二人は顔を見合わせ、怯（おび）えるような表情をしながらもゆっくりとした足取りでカトリナたちに付いていく。

そうして四人がフェザースケイルの目前まで来た時――がさり、と足元の枯れ葉が音を立て、フェザースケイルの頭がこちらへ向いた。大きな目がまるで獲物を狙うかのように光り、女生徒が「ひぃっ」と悲鳴を上げた。そればかりか、動揺から杖を振り、魔法で火を放ってしまった。

「攻撃してはいけませんわ！」

カトリナが注意するが、女生徒二人は動揺しており、杖を振り回してフェザースケイルに魔法攻撃をぶつける。一年生のこの時期、【知の部屋】の生徒はろくに魔法を扱う授業を受けていない。コントロールしきれていない攻撃は四方八方へ飛び交い、湖沼の近くにいる他の生物にも混乱を招いた。

フェザースケイルの本来の性質は極めて獰猛（どうもう）だ。空に向かって嘴（くちばし）を大きく広げたフェザースケイルが鳴き声をあげる。そのあまりの音の大きさに、ミアたちの身にビリビリと痛みが走った。

防御魔法を利用し、フェザースケイルと自分たちの間に大きなシールドを張ったカトリナは、隣にいる生徒たちに大きな声で命令する。

「バルバラ先生を呼んできてくださいませ！　それまでここはわたくしがどうにかします！」

きっとバルバラなら、催眠魔法でこのフェザースケイルを眠らせることができるだろう。これだけの巨体を持つ魔法生物を制御するほどの魔法はいくらカトリナといえどまだ使えないようだ。

しかし、パニックに陥っているらしい女生徒たちは、青い顔をして杖を振り回すばかりだ。

「攻撃してはなりませんと言っているでしょう！　絶滅危惧種ですわよ!?」

深い森の奥、手を貸してくれそうな他の生徒もいない。他のグループに後れを取らないために、誰よりも早く奥まで進んだことが悪い方向に働いてしまったようだ。

怒っている様子のフェザースケイルはその大きな爪でカトリナの張ったシールドを何度も引っかく。カトリナのシールドが攻撃によって壊れかかっているのが分かり、ミアの額にも汗が伝った。

――その時、ミアの脳裏を過(よ)ぎったのは、毒の花(ギフティゲ・ブルーマ)が咲き誇る中庭で見た、ブルーノの美しい幻影魔法だった。

ミアは咄嗟に首にぶらさがったネックレスの先に繋がる鍵を握り、ブルーノがあの時唱えていた呪文を叫ぶ。

「――シュライア・イリュージョン！」

突如として羽の生えた小魚の大群が現れ、空を泳いだ。

すると、フェザースケイルがこちらへの攻撃をやめ、ぐりんと大きな頭を小魚たちの方へ向けたかと思うと、空を飛び交う小魚を追っていく。

フェザースケイルが大きく羽を動かしたために強風が巻き起こり、女生徒たちの髪の毛はボサボサになった。もちろん、ミアの髪もだ。

「……よ、よかった。今のうちに早く戻ろう！」

ひとまずフェザースケイルの姿が見えなくなったことに安堵する。しかし、まだ油断はできないため、怯える女生徒たちの手を取って走り始めた。

来た道を戻るように走り抜けた四人は、すぐに使い魔を通してバルバラに状況を伝えた。

バルバラとしても、生徒の命を脅かすほどの巨大なフェザースケイルがこの森に生息しているのは想定外だったようで、実習は一時中止となった。

バルバラからの連絡を受け森の中から戻ってきた生徒たちが、気遣うようにカトリナを囲む。

「ご無事ですか。カトリナ様」

「基本的には温厚な生き物のはずですが、怒らせては危険ですものね。カトリナ様にお怪我がなくてよかったです」

しかし、カトリナは周りの生徒たちからの呼びかけには一切反応せず、深刻な表情をしてしばらく何か考え込んでいたかと思えば、急に顔を上げ、走り疲れてベンチに座って休んでいるミアの方を睨んでくる。

そしてずかずかと大きな歩幅で近付いてきて、胸ぐらを摑んで自分に引き寄せ、厳しい口調で問いかけてきた。

「さっきの呪文はどこで知りましたの？　幻影を見せるなんてことは、高学年で習う魔法のはずですけれど。まさか、そこまで先の分野まで完璧に予習を？」

「違うよ。この呪文、一回だけ聞いたことがあって……。うまく使えるかは分からなかったけど、もしかしたらフェザースケイルの好物の空飛ぶ小魚も再現できるかもって」

「まさか、初めて使いましたの？……そういえば、あなた杖も持っていませんでしたわね……」

信じられない、とミアに疑いの目を向けてくるカトリナ。

その反応を見て、ミアは少し期待しながら聞き返した。

「さっきのってやっぱりすごい？　私、才能あるかな？」

「ハァ？　調子に乗らないでくださいまし。幻影を見せることくらい、わたくしにだってできますわ！」

胸ぐらを掴んでいた手を荒々しく外したカトリナは、さっさとその場を立ち去ろうとしたが、途中でぴたりと止まってミアを振り返る。

「伺っておりませんでしたわね。――あなた、お名前は？」

カトリナの赤い瞳が、まるで炎を宿しているように見える。

「……ミア」

その威圧感に呑まれそうになりながら答えたミアをびしっと指差したカトリナ。

「ミア。わたくしと勝負なさい」

それを聞いて、途端に近くにいた生徒たちがざわつき始めた。

(勝負……？)

突然勝負を申し込まれ困惑するミアだったが、周りはその意味をしっかり理解しているようで、口々に反応を示す。

「この者に決闘を申し込むということですか、カトリナ様！」

「知の部屋初のドゥエル……楽しみでなりませんわ、カトリナ様」

「カトリナ様なら楽勝です！　この生意気な者をボコボコにしてしまいましょう！」

おろおろと戸惑うミアに、カトリナが偉そうな態度で説明を加えた。

「入学説明会にも参加していなかったあなたはご存じないかもしれませんから、説明して差し上げますわ。この学校にはドゥエル制度がありますの。魔法で対決し、負けた方の生徒を停学に追い込めるんです。素敵な制度でしょう？」

ミアはあんぐりと口を開ける。せっかく無理を言って授業に出ているのに、停学させられては意味がない。なんてことを提案するのだ、と思う反面、魔法での対決など記憶の限りでは経験したことがないため、少し面白そうという好奇心がわずかに勝つ。

それに、ここで勝てば、カトリナがこだわる血統や身分なんて大した問題ではないと証明できるかもしれない――そう思い、立ち上がって言った。

「受けて立つよ」

ミアは全ての授業が終わった後、中庭のベンチに座って学校の図書室で借りた魔法書を読むことにした。書かれている呪文を一ページ目からぶつぶつ呟くが、魔法の発生の気配は見られない。

（幻影を見せる魔法を使った時は、もっとあっさり発動できたのにな。あの時と何が違うんだろう……必死さ？　今は別に、切羽詰まってないもんね）

――困った。これではカトリナに対抗できない。

うんうんと唸っていると、ミアの見ていたページが、不意に誰かの影で暗くなった。顔を上げると、顔にそばかすのある地味な見た目の、生徒らしき男が立っていた。

「見ない顔じゃな」

中庭に浮かぶ炎の光が二人を照らしている。

「こんにちは」

「名前は」

「ミア」

「何しよるん」

ミアは逡巡した。素直に答えていいのかと。しかしこの男子生徒は見るからに無害そうな、人のよさそうな男であるため、正直に答えた。

「魔法の練習をしているの。なかなか発動させられなくて」

「ほう？」

どこにでもいそうなその男子生徒は目を細め、薄く笑う。

「唱えるだけで発動させるにはコツが要る。魔法っちゅーのは、最初は動きで発動させるもんじゃ」

男子生徒はミアに木の棒を差し出した。

「これは初心者向けの魔法の杖じゃけぇ、念じながら振るとええ。なあに、お前さんならできるじゃろ」

「念じる……？」

「何かしたいことはないんか。……そうじゃなぁ、例えば、この川に住む恥ずかしがり屋の水妖たちを呼び出したい、とか」

中庭を流れる川に住むウンディーネやローレライは、人が近付くとすぐに水の中へと逃げてしまう。以前ミアがブルーノとこの中庭へやってきた時もそうだった。ちらりと見えた美しい横顔。あの水妖たちをよく見たい——確かに、そう思わないわけではなかった。

ミアは貸してもらった杖をぎゅっと握り締め、川に向かって一振りする。

——途端、轟音(ごうおん)と共に川の水が割れ、眩(まばゆ)い光の中に何人もの美しい女性たち——ウンディーネやローレライが現れた。

「おお、この川、こんなに住んどったんじゃな」

自分で驚いているミアの隣で、男子生徒は楽し気に笑う。

「すごい。私天才では……？」

本当に杖を振るだけでこんなことになるなんて、とミアが呆気(あっけ)にとられたところで、力が抜けたのか川の水が戻っていった。

「そうじゃなあ、天才天才」

「適当に言ってるでしょ」

むっとするミアに、男子生徒はケラケラと子供のように笑い続ける。

「上出来じゃったよ。これだけ莫大な魔力を扱えるんじゃったら、練習なんかせんでも一年の初期の授業なんて楽勝じゃと思うが」

「でも私、ドゥエルを申し込まれて。よく分からないけど有名な子らしいから、これくらいじゃ勝てないと思うんだよね……」

「ドゥエル？　入学早々大変じゃのう。相手は」

「カトリナっていう、同じクラスの子」

「イーゼンブルク家の？」

　ぶはっとまた噴き出した男子生徒は、杖を返そうとしたミアに対し、「いらんよ」と首を横に振った。

「ドゥエルが終わるまで預けちゃるわ。お前さんはこの杖と相性がよさげじゃからの」

「えっ……でも」

「健闘を祈る」

　ふわりと蛍のような光が男子生徒の周りをぽつぽつと照らしたかと思えば、ミアが次に瞬きをしたその後、彼はミアの前から姿を消していた。

＊　＊　＊

――渡り廊下の向こう。

中庭が見える位置で、ミアと先程別れたばかりの男子生徒は、ミアを改めて眺めていた。彼の姿は、煙を帯びながら変わっていく。茶色だった頭髪はモスグリーンに、そばかすのあった肌は透き通るような白色に。

「国内最高峰の魔法学校に入学しておきながら、〝魔法が発動させられない〟、のお……」

クスクスと思い出し笑いをした彼の周りでは、魔力に引き寄せられたカラスやフクロウが飛び交っている。木の精霊ドライアードも、見失っていたものをようやく見つけたかのように、舞いながら彼の肩に乗った。

「面白いことを言う新入生じゃ」

まるで猫を可愛がるようにドライアードの顎を撫でながら、彼は楽し気に闇に包まれた空を見上げた。

＊＊＊

魔法の練習が終わった後、ミアは教室でテオとブルーノを待っていた。寮の最上階への出入りはそこに住む者が同行していなければできないからだ。保健室に空きがないのなら教室で寝てもいいとミアは言ったが、夜間の校舎内には危険なゴーストが飛び交うらしく、それは危ないとアブサロンに忠告された。ブルーノは雑務で忙しいらしい。

迎えにきたのはテオだけだった。

「お前、晩飯食べた？」

テオに聞かれ、ミアはふるふると首を横に振った。

「あーそ。じゃ、カフェでも行くか。大食堂はこの時間帯混むしな」

テオはくあぁ、と欠伸をしてから、ミアの隣を歩き始める。

放課後のため数は少ないが、廊下を歩いているとちらほらと残っている生徒を見かける。三年生のツートップの一人となるとやはりかなり知名度があるようで、テオが通ると生徒たちがチラチラと彼の方を見ていた。

しばらく廊下を歩き、看板に【魔法使いの弟子】と書かれたカフェに入店する。色とりどりに光るソーダがカウンターに並んでいた。小さな瓶や謎の液体が入った試験管、小さな妖精の標本に鉱物……ミアにとって様々な見慣れない物が置いてあるうえライトは暗めで、何だか恐ろしい雰囲気を醸し出している。

「おお、テオくんじゃないか。夕食かね？」

年配のオーナーらしき人物がテオの元へやってくる。

「そちらは新しい彼女かな」

「ちげーよ！　俺こー見えても今の彼女に一途なの。こいつは後輩」

「ほほう、それは失礼した……飛ばない魔法鳥の肉肉セットでよろしいかな。今日はこれがおすすめだ」

そう言ってオーナーが店の奥をちらりと見ると、使い魔たちが即座にセットメニューをミアたちに近い二人席に置いた。

「さんきゅ！」

「ごゆっくり」

早速椅子に座り食べ始めるテオに合わせてミアも椅子に腰をかけ、周りの様子を見る。客数は少なめだ。

「どうよ、フィンゼルでの生活は。ちゃんとなじめてるか？」

ミアが食事に手をつけると、テオが話を切り出した。

「テオ、私ドゥエルすることになったよ」

ぶっと白色のソーダを吹き出すテオ。

「は⁉　なんて⁉」

「だから、ドゥエル……」

「自分の立場分かってんのか⁉」

テオは口を拭きながら何か言おうとするが、言いたいことが多すぎるのか何度か口を開けたり閉じたりを繰り返した後、ようやく言葉を発する。

「つーか、魔法使えねーくせにマジ何やろうとしてんの!?」

色々と指摘したいことはあるだろうが、まず出てきたのはそこだった。

「ちょっとは使えるようになったよ」

今日使った魔法をテオに見せてあげようと思い、杖を取り出して振ってみる。ミアとしてはまた魔法を使えたことが嬉しく、すぐにでも使いたい、見てほしいという気持ちが強く出た無邪気な行動であったのだが――

魔法茶の調合に必要な植物の入った瓶が一斉に割れ、テーブルが次々と木っ端微塵に砕け、椅子が爆発した。

咄嗟にテオはミアを俵担ぎし、全力で逃げ出した。

「何やってんだよぉぉおおお！　あそこのカフェのオーナーまじ怖えーんだからな！　あ見えて歴代オペラの三大魔法使いって言われてるこの学校の卒業生で……」

「テオくん、わしの店になんてことをしてくれたんじゃ」

「……っ！」

爆発が起きてからすぐに走り出したにもかかわらず、オーナーはいつの間にかミアたちのすぐ後ろを走っていた。足腰が弱くなっていてもおかしくない年齢ではあるが、水の魔法で足元に水を発生させ、水流でここまでやってきたようだ。

ミアを担いだまま廊下を駆け巡るテオは、片手で何とか魔法の杖を取り出すと、振り返って構える。

「ラッセン・シュナイエン！」

——雪の魔法。テオが最も得意とする魔法だ。

雪崩のような雪が発生し、オーナーとテオたちの間の通路を塞いだ。

「えっ、こんなことしたら火に油じゃない？　私謝るよ!?」

「今あの人とやり合うのはまじぃんだよ！　激怒した直後のオーナーは本気で殺しにかかってくるからな！　ちょっと熱を冷ます時間がねぇと……つーかお前重いわ！　事の重大さが分かったら自分で走れ！」

テオがミアを放り投げる。ミアは受け身を取って転がった後に立ち上がり、そのままテオと並走した。

走りながら振り向くと、いつの間にかテオの生み出した雪が融けていた。

「あれ？　オーナーさんは……」

「ッうわあああああ！」

ミアが疑問を感じて呟いた次の瞬間、その小声とは比にならないくらいの大声でテオが叫んだ。

立ち止まったテオにぶつかって転んだミアは、いつの間にか先回りしていたカフェのオーナーを見上げ、その威圧感に震える。

立ち上がったミアは慌てて頭を下げた。隣のテオももう逃げられないことを覚悟したようで、勢いよく頭を下げる。

「ごめんなさい！」

「すみませんでした！」

二人の謝罪が廊下に響き渡った。

「謝罪で済むなら闇の魔法は要らんのだよ」

しかし、オーナーが頭上で手を振り上げる気配がする。何か大きな魔法を発動させようとしている予感がする。

まずい空気を感じ取ったミアは、テオの手を引いて走り出そうとした。

しかしその前に、オーナーがぴたりと動きを止めた。ミアとテオがおそるおそる顔を上げると、オーナーは愕然(がくぜん)とした表情でミアを見ていた。

「――――何故(なぜ)」

オーナーの視線は、ミアの首からぶら下がる鍵に向けられている。

「何故、ここへ」

おそらくそれが自分への質問だとは理解しつつ、ミアは戸惑い、何も答えられずに黙り込む。

オーナーはしばらく口を開けたままミアを見ていたが、「そう……か」と一人納得したかのように天井を見上げて呟いた。

「あれから十二年か……」

オーナーの敵意が見るからに消えてほっとしたものの、今度は何の話をしているのか分からず困惑する羽目になった。かと思えば、唐突にオーナーが顔を正面に向けてくる。

「テオくん、君はこの子を護りなさい」

「あ……？」

「今回のことはそれでなしにしてあげよう。修復魔法を使えば明日にはいつも通り開店できるからのう」

テオがミアを一瞥してきた。そして、不可解な発言を呑み込み切れない様子で、もう一度オーナーに視線を戻す。

「あの、オーナー」

「なんだね」

「こいつのこと知ってるんですか？」

「その通り」

「マジすか!? こいつ記憶喪失で、どこの誰なのか調べてる最中なんすけど」

オーナーは白い髭を撫でながら、ふぉっふぉっと笑った。

「いずれ分かる」

意味ありげな視線をミアに向けてきたオーナーは、テオの疑問には何一つ答えず、杖を付いてゆっくりとした足取りで【魔法使いの弟子】へと戻っていった。


「……なんだったんだよ、あの爺さん」

テオは疲れ果てた様子で寮へと向かう廊下を進みながら、ブツブツと小言を並べている。

今日は散々な目に遭った、こっそり預かっている部外者がドゥエルに参加するなどと言い出すし、オーナーの店を破壊して自分まで追い掛け回されるし……と。そして、唐突に後ろを歩くミアを振り返り忠告してくる。

「なあ、ミア。ドゥエルするってことになっちまったもんは仕方ねぇし、今更どうこうできる話じゃねぇから別にいいけどさ。俺はともかく、ブルーノに迷惑かけんなよ」

「特にあいつは特殊な事情があるからさ」

テオは珍しく真剣な表情をしていた。

「特殊な事情？」

「この国じゃ離島出身者は偏見の目を向けられやすいんだ。本来魔法が使えない人間が住んでる場所だからな。何か問題を起こせばこれだから離島出身者は、って過剰に文句言う奴だってきっといる」

カトリナがブルーノのことを〝忌まわしき離島のご出身〟と言っていたのを思い出す。あれはカトリナが個人的に離島出身者を見下しているわけではなく、この国全体の離島出身者へのイメージのようだ。

「ブルーノ、自分の魔法が嫌いだって言ってたんだけど……もしかして、魔法を使って何しても結局周りからそういう目で見られるからなのかな」

「それもあるだろうけど、幼少期の経験もある。離島では逆に魔法使いが疎まれてんだよ。あいつは何故か離島にいて魔法が使えたから、幼少期も周りから迫害を受けてたらしい。俺も長期休みに彼女と離島に旅行したけど、あいつら俺らが魔法使いって知った途端態度変えやがったからな。高齢者は特に。俺は昔の話だと思ってたけど、今でも離島の魔法使い差別は健在みたいだ」

ブルーノは離島で迫害を受け、本土に来ても白い目で見られ、どこへ行っても苦しんできたのだろう。ミアは何だか悔しい気持ちになった。

「離島はそんな感じだから魔法書もろくにない。あっても処分される。だから力の正しい使い方を勉強する術もない。あいつ、そのせいで昔魔法で身近な人を殺しちまったんだよ」

ミアは息を呑んだ。自分の手で誤って大切な人を殺してしまうというのは、どれだけの心の傷になるだろう。ミアには想像のつかない苦しみをブルーノは抱えている。ミアが素敵な力だと感じた魔法も、ブルーノにとってはそうは思えないものなのだろう。

　毒の花が咲き誇る中庭でのブルーノの表情を思い出し、心が痛くなった。

「とにかく、何度も言うけどブルーノには迷惑かけんな。今すぐお前のことを治安部隊に引き渡しても俺らが困ることはねぇし、お情けとアブサロン先生の気紛(きまぐ)れでここにいられてるってこと忘れんな」

　ミアは後先を考えなかったことをさすがに申し訳なく思い、「ごめん」と謝る。

「テオは友達思いのいい人なんだね」

「別に褒めてくれとは言ってねぇよ」

「あんまり何も考えてないおちゃらけ男だと思ってた」

　歩きながら、テオがじとっとミアを睨(にら)んでくる。

「ドゥエルすることになっちゃったのはほんとにごめん。……もしもブルーノとテオがピンチになったら、私が助けるね」

「どっから出てくんだよ、その助けられるっていう謎の自信」

　非現実的な提案に聞こえたのか、テオが呆(あき)れたように笑う。

「ブルーノが私のせいで悪く言われるような事態は絶対に阻止する。ブルーノのためにも、ブルーノのこと心配してる優しいテオのためにも」

ね、と胸を叩いて伝えると、テォは「分かったならいいけどよ～」とまだ少し不満そうな顔をした。そして、ふと【魔法使いの弟子】での出来事を思い出したらしくもう一つ忠告を加えてくる。今日は注意されてばかりである。

「あと、慣れてねぇのにむやみに魔法使うのも禁止だかんな。さっきみてぇに色んな場所破壊されたらたまったもんじゃねーよ」

「はーい」

ゆるゆると返事をすると、テォはほんとに分かってんのか？　という疑念の目をミアに向けてきた。

寮の最上階へと続く【星の階段】と呼ばれるほど煌びやかに輝く薄い布のような階段を上がっていく。この階段は上っても体力が減らない代物で、オペラ以外の者が近付いても発動しないらしい。一歩進む毎に階段が動き、数倍速で最上階まで辿り着く。

本来寮の内部から自分の階へ上らなければいけないところが、外から一直線で行ける好待遇――これは、オペラにしか与えられない権利だそうだ。

「ドゥエルの件は自分でどうにかしろ。俺たちは手出しできねぇし、つーかどうにもできねぇし、目立つのはもう避けられねぇだろうから、とにかく自分が部外者だってことだけはバレねぇように徹しろ。俺たちのためにも、お前のためにもだ」

テオがひたすらミアに釘を刺しているうちに、最上階にはすぐに到着した。テオが壁に手を付くと、真っ黒な壁が怪しく揺らめき始め、テオの体が中へと入っていく。ミアにテオが手を差し伸べてくる。ミアがその手を取ると体が壁に引っ張られ、次の瞬間玄関にいた。

「帰ったぞー」

扉を一枚開けると、変わらない一面ガラス張りの部屋が広がる。キッチンの正面に位置するテーブルには、できたてのスープや肉料理が置かれていた。

作ったのはどうやらブルーノのようで、小型の写真機で写真を撮っている。

「お前飯作るなら言えよ！　外で食べてきちまったじゃん」

「一人分しか作っていないから問題はない」

「それはそれで酷ぇな」

「何で料理の写真を撮ってるの？」

「あー、ミアは知らねぇか。こいつ学内の匿名写真共有システムで料理アカウント作ってて、そこに写真上げてんだよ。フォロワー数百人のガチ勢」

ミアの質問にブルーノよりも先に答えたテオは、テーブルに置かれた料理をつまみ食いした後、ふと思い出したかのように言った。

「そういやブルーノ、今日の学内新聞見たか？」

「靴の話だろう」

「さすがぁ～」

「靴の話って何？」

「何事にも興味津々だなお前は……」

テオは身を乗り出して聞いてくるミアに半ば呆れながら、指を鳴らしてフェレットのような見た目をした魔法生物に学内新聞を持ってこさせる。ふさふさの毛をしたその二匹は、テオの使い魔らしかった。

「この学校内のどこかに現れて、女生徒を虜にする魔法の靴だよ。マジでそんなんがあるのかは確かじゃねぇけど」

ミアはテオの使い魔から新聞を受け取り、その一面に書かれていることを読んだ。

魔法の靴とは、この学校の七不思議の一つである。

赤、黒、ピンク――その時々で目の前の女性の好みの姿に変わり、〝履きたい〟と思わせる魔法の靴。履いた者は魂を奪われ、人が変わってしまう。

ただの七不思議。以前なら生徒皆そう捉えていた。しかし今その靴が話題に上るのには理由がある。――最近になって実際の目撃情報が増えたのだ。

「新聞部も暇なんだな」

ミアの隣で新聞を覗き込みながら、ブルーノは興味なさげに言った。あまり信じていない様子だ。

しかしテオの方はあながちただの七不思議とも思っていないようだ。

「〝あの〟新聞部だぞ。厄介ごとをすぐ拾ってくるので有名な」

テオの言わんとしていることはブルーノにも分かったらしい。

「今回も大ごとになるって言いたいのか？」

ミアが不思議がってテオをじっと見つめると、テオはミアにも分かるよう説明を加えた。

新聞部はいい加減な部分もあるが幅広くネタを拾う。彼らの拾ったこういったネタは——何かと事件に発展しやすい。事件を嗅ぎ付ける才能のようなものすら感じるそうだ。

前は女子寮が大火事に、その前は学校内に潜んでいた脱獄犯が逮捕された。新聞部が記事にしていたちょっとしたネタが大きな事件に繋がっていた、なんてことは過去何度もある。

「まァた俺たちの方に話が回ってくるなんてこともあったりしてな」

やれやれといった様子でテオは大きめのソファに寝転がっていた。

＊＊＊

夜も更けきった頃、使い魔たちに作らせたベッドでミアを眠らせたブルーノとテオは、窓を開けて夜風に当たりながら晩酌する。シャワーを浴びた後の二人は、窓を開けて心地よい涼しさを感じながら今日買ってきたワインを嗜んでいた。

「テオ。一応言っておくが、あいつに対しては警戒を怠るなよ。記憶がないのが本当だと証明する術はない。あいつがリンクスのスパイである可能性もある」

ブルーノから見れば、テオはミアの存在や今の状況を甘く見ているように感じられたため、そう釘をさした。

レヒトの国とその隣国であるリンクスの国は、長年の戦争で互いに疲弊し現在は停戦中だが、いつまた争いが再開するか分からない状態ではある。魔法先進国であるレヒト国内最高峰の教育機関に、リンクスのスパイが魔法の情報を得るため潜入してきてもおかしくはない。

「そーか？　考えすぎだろ。あの感じ、嘘つけるタイプとも思えねぇけどな。普通にただのバカなやつって感じじゃね？」

テオはさらっとミアをバカにし、これ聞かれてないよな、とちらりとミアのベッドの方を窺った。ミアはすうすうと寝息を立てている。

「つーか、そういや、あいつドゥエルするんだってよ。正式に申請されたら来週のオペラ定例会議で議題に上がるだろうな」

「……なぜそんな事態に？」

ブルーノは突然衝撃の事実を聞かされ頭痛がした。

「知らね。そういや聞いてねぇな。でも理由聞いたところでそうなっちまったことには変わりねぇし。自分でどうにかしろっつっといた」

はあ、と深い溜め息を吐いたテオは、俯いて熱い額を押さえる。

「……俺、なんか護れって言われたんだよな。ミアを」

「アブサロン先生にか？」

「いや、魔法使いの弟子のオーナーに。あの人に言われたら俺逆らえねぇわ」

酔っていることもあり、分かりやすく項垂れるテオ。テオは昔、殺されそうになっていたところをオーナーに助けられた経験がある。恩を感じていて当然だ。

ブルーノは冷静に思考を巡らせた。ミアを家族の元に返すためには、記憶を取り戻してもらうことが必要だ。しかし今のところ記憶が戻る兆候はない。誰か他にミアを知る人物がいればいいのだが――と考えたところで、やはり気になるのは、オーナーがテオにミアを護れと言ったのは何故なのか、だ。

「オーナーは他に何か言っていなかったのか？」

「ミアのこと知ってんのかって聞いたら、〝いずれ分かる〟だとよ」

「……〝いずれ分かる〟……」

「言葉通りに受け取るなら、今は待てってことだよな。ったくあの爺さん、いつも大事なことは話しやがらねえ」

テオとブルーノの間を柔らかい風が吹き抜ける。今夜は風の精霊たちがご機嫌なようだ。

「俺たちは厄介ごと抱えて弱ってんのに、呑気なもんだな」

テオは遠くで楽しそうに踊る精霊たちを見ながら、また深い溜め息を吐いた。

惑いの森

ミアが魔法の練習を始めて一週間が経った。

テオに借りた他クラスの教科書にも目を通しながら試行錯誤した結果、ミアは自分の弱点に気付いた。動かない物体を木っ端微塵にする、壁に圧をかけて破壊するなどの、力の加減をしなくてもいい、何も考えずただ魔力を込めてぶっ放せばいい派手な魔法であれば使えるようになった。

しかし決闘の相手は、素早く動けるカトリナだ。コントロール力がなくては攻撃が当たらない。それに、力の加減もできるようにならなければならない。カトリナ相手であれば心配は不要かもしれないが、万一生死に関わるような過度な怪我をさせればミアの方が失格になる。

どれくらい魔力を込めるかの加減ができず、どの方向に魔法攻撃を向かわせるかのコントロールもできない。それがミアの弱点だった。

「あの、ブルーノ、今日って時間ある？」

放課後、いつものように誰もいない教室まで迎えにきてくれたブルーノに、ミアは切り出した。今日はテオが学内のアルバイトで忙しいらしく、ミアとブルーノの二人きりだ。

「魔法を教えてほしい」

ミアの頼みに、ブルーノが分かりやすく眉間にしわを寄せる。迷惑だと言わんばかりの表情だ。

「なぜ俺なんだ？　いつも通りテオに教えてもらえばいいだろう」

ブルーノの言う通り、テオは意外にも面倒見がよく、寮の部屋でミアに魔法について丁寧に教えてくれている。あくまでもオペラの仕事の一環としてしか関わらない、必要最低限の会話しかしないという態度を取ってくるブルーノとは違い、テオの方はフレンドリーだ。

ミアはそんなテオのおかげで徐々に数種類の魔法を扱えるようにはなってきた。しかし、それで足りない部分はブルーノにも教えてもらいたいのだ。

テオの魔法の発動の仕方はどちらかと言えば大雑把。それは本人も言っていた。テオもミアと同じでコントロールがあまり得意ではないらしい。対して、ミアが中庭で見たブルーノの魔法の扱い方は丁寧で繊細だった。コントロールを学ぶなら、ブルーノに教えてもらった方がいいような気がした。

「この間、毒の花（ギフティゲ・ブルーマ）の花びらをこう、くるくるーって感じで風で綺麗（きれい）に操ってたよね。私、ああいう繊細な動きをまだ再現できなくて……。テオも不得意だって言うから」

すると、ブルーノが眉間にしわを寄せ、突き放すように言ってきた。

「お前は正式な生徒じゃない。どれだけ必死に魔法を勉強したところで、記憶が戻れば追い出すぞ」

「わ、分かってるよ。そういうつもりで練習してるんじゃない。……折角ドゥエルするなら、もっと魔法の扱いを練習して、うまくなって勝ちたいじゃん」

ブルーノがじっとミアを見つめてきた。理解できない生き物を見るような目だった。

「テオと練習している時から思っていたが、お前は魔法に関して不自然なほどに熱心だな。その向上心は一体どこから来るんだ？」

寮の部屋でテオと練習をしている時、ブルーノは興味なさげに本を読んでいることが多い。しかし、横目にミアの様子は見てくれていたらしい。単に騒がしいからかもしれないが。

しまった、また怪しまれると焦ったミアは慌てて顔の前で手を振って否定する。

「別に魔法を悪用しようとは思ってないからね！」

ドゥエルに勝ちたい、記憶に関する手がかりを得るためにオペラに入りたい、自分を追うエグモントと対等になれるくらい強くならなければならない——魔法の勉強に打ち込む理由はいくつもある。けれど、魔法の勉強を続けるやる気の源となっている出来事は一つだ。

「保健室でも言ったけど、私、ブルーノみたいな魔法使いになりたいんだ」

最初はよく分からなかった魔法というものに惹かれ始めたのは、ブルーノがあの日幻影の魔法を見せてくれたことがきっかけだった。

「ブルーノが憧れなんだよ。あの日、すごい魔法を見せてくれてありがとう」

そう伝えると、ブルーノはしばらく無言でミアを見つめてきた後、ポケットから杖を取り出した。

「教えてくれるの？」

駄目元での頼みだったので驚いた。

「手短に済ませる」

ブルーノはそう言い、中庭へと進み始めた。そして中庭の端っこまで来ると、淡々と質問を投げかけてくる。

「杖は持っているか？」

「う、うん」

「一度やって見せてみろ」

ミアは不機嫌そうなブルーノに見られていることに少し緊張しながらも、杖を上方へ向かって振る。ごうっと音を立てて強風が起き、地面に敷き詰められていた花びらが空へ勢いよく飛んでいく。

「お前は一度に扱える魔力量が多いようだ。だが、それゆえにコントロール力もない」

ミアの放った風魔法を見て即座にバッサリ言い切ったブルーノは、ミアの手に触れ杖を持ち直させてきた。

「基本的なことだが、杖の持ち方はこうだ。もう少し端を持った方がいい。振る角度や振り方によっても魔法を発動した時の威力が変わってくる。細やかな動きを再現したい場合は小さく動かせ」

ミアはこくこくと頷き、できるだけ小さな動きで杖の先をくるくるさせた。すると、不格好な風の流れではあるが、花びらが小さく揺れながら空へ舞っていった。しばらくその動きを続けてみたが、すぐに風は強いものに変わっていき、ぶわりと花びらが飛び散った。

「しゅ……集中力が続かない……」

杖を下ろし、ぜえはあと息を荒くしながらうなだれる。魔法の繊細なコントロールはやはり向いていないような気がした。

「もういいか？　俺は戻る」

「えっ、これだけ？」

もう少し教えてもらえると思っていたため、中庭を出ていこうとするブルーノを思わず引き止めた。しかし、ブルーノは冷たい目で見下ろしてくる。

「基本は教えた。あとは練習を重ねるだけだ。手っ取り早く魔法がうまくなるようなテクニックがこの世に存在するとでも？」

愛想のかけらもない。必要以上にミアと時間を共にしたくないという気持ちがオーラからにじみ出ている。ミアはそのオーラに怯みつつも、負けじと提案した。

「分かった、練習してみる。もしできるようになったら、また見てもらってもいい？」

ブルーノがものすごく億劫そうな顔をしたので、ミアの心はまた折れそうになる。

その時、上級生らしき男子生徒数名が、中庭の横に位置する一階の渡り廊下を通りかかった。彼らは中庭に並んで立っているミアとブルーノを見つけると、じろじろと物珍しそうに不躾な視線を向けてくる。

「あれってブルーノじゃね？　珍しく女子と一緒だな」

「ああ、離島出身なのにオペラに入れて調子乗ってるブルーノじゃん」

男子生徒たちは口元を手で隠し、けらけらとブルーノのことを嘲った。

「離島の人って普通魔法使えねえんだろ？　おかしくね？」

「それがさあ、噂では誰かを生贄にして魔法が使えるようになったとか何とか……」

「えーっ。それって殺したってことかよ。怖～。そもそも、あいつオペラにふさわしくなくね？　離島出身のくせに本当にオペラになれるだけの実力があるのか疑わしいな！」

ミアたちの方まで聞こえるほどの大きな声で会話しているのは、おそらくわざとなのだろう。ブルーノの様子をうかがうが、ブルーノの方は全く反応を示していない。言われ慣れているのだろう。無視を貫こうとしていた。

――しかし、負けず嫌いのミアはその態度に納得がいかなかった。

男子生徒たちに向かって勢いよく杖を振る。すると彼らの制服がみるみるうちに木っ端微塵になり、その下着が露わになった。「ぎゃああ！」という野太い悲鳴が廊下に響き渡る。

「……何してるんだ」

「あの人たち、ブルーノの悪口言ってたから」

ブルーノが怪訝そうな目を向けてくるが、ミアは男子生徒たちに向かって大きな声で続ける。

「ブルーノくらいすごい魔法使いになってから言ってほしいもんだなって思って！」

ブルーノは気にしていないかもしれない。でも、ミアはブルーノの魔法を悪く言われることが嫌だった。

「な、何すんだよ！　てめぇ何年生だ⁉」

「一年生です！」

堂々と胸を張って回答したミアを、男子生徒たちは信じられないという目で見てくる。

「はぁ⁉　俺ら三年なんだけど⁉　最近入学してきたばかりのひよっこが何……っ」

「そんなこと言っていいのかなー？　パンツ一丁で校内をうろついてる変態集団として写

真撮って学校中にばらまいてもいいけどー？」

　ミアはふふんと男子生徒たちの醜態を嘲笑った。

「三年生ってことはブルーノと同じ学年なんだ？　ひょっとしてオペラになれなかった嫉妬かなあ？」

　図星だったようで、男子生徒たちの顔がカッと赤く染まる。そして、次の瞬間にはものすごく怖い顔でミアを睨みつけてきた。ミアはそこでようやく、やりすぎたかもしれないと危機感を抱いた。学年差があれば学んでいる魔法のレベルも違う。二学年も上の先輩に本気になられたらさすがに自分では勝てないと思い、今更ながらダラダラと汗が流れた。

　――その時、ミアの様子を見ていた隣のブルーノがふっとわずかに破顔した。それはブルーノがミアに見せた初めての笑顔だった。

（……ブルーノってこんな風に笑うんだ）

　いつも仏頂面をしているブルーノの意外にも柔らかい笑い方を見て少しどきりとした。

　ミアの隣を通り過ぎ、男子生徒たちにゆっくりと近付いたブルーノは、酷く冷たい声で問いかける。

「――俺がオペラでいることに文句があるのなら、ここで勝負してみるか？」

　すると、彼らの顔がさっと青ざめ、そそくさと渡り廊下を立ち去っていく。ブルーノに嫌みは言うものの、直接戦って勝てる自信はないようだ。男子生徒たちの姿が見えなくなってから、ブルーノがミアに向かって溜め息を吐いた。

「もう少し後先を考えて行動したらどうだ？　俺がいなければ返り討ちに遭っていたぞ」

「返り討ちに遭ったとしても、言われっぱなしは嫌だったから」

「お前自身のことを言われているわけではないのにか？」

ミアが悔しい気持ちを押し殺しつつも無言でこくりと頷くと、ブルーノはしばらく疑うようにじっとミアを見つめてきた後、

「……もう少し練習に付き合ってやる。さっさと終わらせろ」

と素っ気なく言ってベンチに腰をかけた。

「いいの？」

「俺が先に戻ったところでどうせ、星の階段はお前一人では上れない」

さっきはもう戻ると言っていたくせに、気が変わったらしい。

ブルーノの言葉に促され、毒の花の花びらが舞う中庭の方に向き直った。杖を小さく動かし、もう一度風を起こす。

しばらくは集中するため無言だったが、徐々にうまく花びらを旋回させられるようになってくると、会話しながらでも風魔法を多少コントロールできるようになってきた。

「ねえ、さっきみたいな嫌なこと言ってくる人って他にもいるの？」

後ろのベンチで本を開いていたブルーノにそう聞くと、ミアの方を一瞥した後、再び本

に視線をおろしてから答えてくれた。

「俺は出身が離島だ。納得できない奴もいるんだろう」

「出身にこだわる人が多いんだね。この学校って」

「離島は本来魔法使いが存在しない地だ。本土の魔法使いたちから離島の人間は差別を受けている。反対に、離島では魔法自体が差別を受けているが」

テオに聞いた話と同じだ。ブルーノが自分の魔法を好きになれない理由が、どこへ行っても差別を受けるからなのだとしたら――。

「じゃあ私、やっぱりドゥエルに勝ちたい」

ミアはきゅっと手にある杖を握りしめる。

「カトリナとかさっきの子たちみたいな、家柄や出身地にこだわる人の意識が少しでも変わればいいなって思う。出身も分かんないような無名の私がカトリナに勝てば、出身なんて関係ないって証明できるでしょ？」

「それが、お前がドゥエルの申し込みに応じた理由か？」

ブルーノの問いに頷いて肯定する。すると、ブルーノが少し考えるような素振りを見せた。

「テオの言う通りだったかもしれないな」

「テオ、何か言ってたの？」

「お前のことを、何も考えていないただのバカだと」

「悪口じゃん……！」

陰でそんなこと言われてたのか、とミアは愕然とした。

「俺はお前が隣国のスパイである可能性を考えていた。だが、確かに、わざわざ学内で目立つ行動を取るのはスパイとして無能すぎる。さっきの、他の生徒に攻撃をしかける行動もスパイとしては論外だ。お前は本当にただの記憶喪失なのかもしれない」

いや、そこで納得されても、と落ち込む。と同時に集中力が切れ、花びらの旋回が歪な形になっていった。これ以上続けることは難しいと感じたミアは、少し休憩するために魔法の発動を止めてふぅと息をつく。

杖をおろしたミアに向かって、ブルーノが意外なことを言った。

「出身で人を見る生徒が多いのは事実だが、イーゼンブルク家の令嬢に限って言えば、ただ単に他の家柄を見下しているわけじゃない」

「カトリナのこと？」

「ああ。彼女の周りには常に人がいるだろう」

「うん、いる！　いっつも家来みたいなクラスメイトたちに囲まれて偉そうにしてる」

ミアは今日の授業で習った絵描き魔法を使って空中に線で、意地悪そうな顔をしたカトリナとその周りの生徒たちの絵を描いて見せた。ミアの絵は再現度が低く、端的に言うと下手なので、ブルーノはそれを見て怪訝そうな表情をしたが。

「彼女を中心に派閥のようなものが形成されているのは、何も名家の令嬢だからというだけじゃない。魔法剣の扱いに長け、実力も兼ね備えているために付いていきたがる者が多い」

ブルーノが意外にもカトリナを褒めるので、ミアは不思議に思った。

「他を見下しているというよりも、自分の家を誇る気持ちが強いんだろう。身分制度廃止後も家柄への誇りを失わず堂々としている姿に憧れを抱く生徒は少なくないはずだ」

「……何でそんなにカトリナに詳しいの？」

やはりカトリナは上の学年の間でも有名人なのだろうか。入学試験でもダントツ一位だったようであるし、全校生徒の注目を集めていてもおかしくはない。

しかし、ブルーノの答えはミアの予想の内容とは違っていた。

「オペラの四年に、カトリナの姉がいる」

ミアはまだ顔も見たことがない、オペラ。ブルーノとテオの他にも四人いるはずだ。その一人はカトリナの姉らしい。

「姉はカトリナに興味がないようだが、他のオペラは次期オペラ候補だなんだと面白がってカトリナの様子を見に行っていた。その情報が回ってきただけだ」

「ふーん……」

ミアは、自分がオペラになりたいと言っただけで不機嫌になったカトリナの様子を思い浮かべた。

もしかすると、カトリナもオペラになりたいのだろうか。

しばらく魔法の練習を続け、夜が近付いてきた頃、ぐーぎゅるるるー……とミアのお腹が大きな音を立てた。それまでブルーノとは互いに無言であり静かだったためにより音が目立ってしまい、恥ずかしくて俯く。

「……そういえば何も食べてないね。遅くまで付き合わせちゃってごめんなさい」

「お前の面倒を見ろとアブサロン先生に頼まれている以上、これもオペラの仕事だ」

真面目なブルーノはそんな義務感でずっと練習に付き合ってくれていたらしい。申し訳なく思いながら杖をしまった。

【魔法使いの弟子】ならここから近いが、魔法で店内を荒らしてしまったばかりなので行きづらい。

そこでミアはふと思い出した。そういえば、ブルーノが写真共有システムにあげている料理の投稿をテオに見せてもらったことがある。

「ブルーノっていつも自分でご飯作ってるの？」

「研究授業やオペラの業務で夜が潰れない限りは。昔は毎日妹に作っていたから慣れている」

「へぇ～！　すごいね。でも、ブルーノが自分でご飯作って写真撮ってる姿、いまいち想像つかないかも」

匿名であげているあの料理を無愛想なブルーノが作っているとは生徒たちも想像がつかないだろう。

「写真共有システムにアップし始めたのはテオに推されてからだ。……というか、最初はあいつが勝手にアップロードし始めて、気付いた頃には妙に人気になっていた」

テオの勝手な行動に振り回されるブルーノを想像するとおかしく、ミアはぷっと噴き出した。

「……何がおかしい」

「ブルーノ、それで仕方なく続けてるの可愛いなって」

「………」

バカにされたように感じたのか、ブルーノは無言で歩き始めてしまった。ミアは慌ててその後に続き、話題を変える。

「そういえば、私ずっと気になってたんだけど、ブルーノが一番最近あげてたパンみたいなお菓子って何？」

隣に並んで見上げると、ブルーノが目だけで見つめ返してくる。

「シュトーレンか？」

「シュトーレン……」

「レヒトでは主にイベント時に食べる、ドライフルーツやナッツを練りこみ表面に砂糖をまぶした菓子パンだ」

「イベント時じゃないとダメなの？　どうしても？」

「……それはねだっているのか？」

「えっ、あ、いや、そんなつもりは…………でも食べたくないって言ったら嘘になるかも」

ぼそっと本音を呟いたミアの声はしっかりブルーノの耳に届いたようで、彼は溜め息をついた。長時間練習に付き合わせておきながら菓子まで作れというのはあまりに図々しいことに気付いたミアが慌てて撤回しようとするが、

「いい。どうせ今日は課題もない」

とブルーノが言った。


【星の階段】を上り、最上階にあるオペラの寮の一室にブルーノと一緒に戻ったミアは、キッチンに向かうブルーノの背中をソファから眺める。何か手伝えることはあるかと聞いてみたが、ブルーノは「座って課題でもやっていろ」と邪魔そうに拒否してきた。

【知の部屋】は小テストも多いので、勉強する時間はもちろん必要だ。今日は魔法の練習にかなり時間を使ってしまったので、ブルーノが食事を用意するまでの空き時間を利用して勉強ができるのなら有り難い。

今日行われた小テストの復習から始めようと紙を開いたミアは、その裏面に記載されている小テストのクラスのクラス内順位の表を見た。

やはり、カトリナが圧倒的な一位だ。その前の小テストでも、その前の前の小テストでもそうだった。

（高飛車だけど、すごい子なんだ）

ただの嫌な金持ちのように見えていたカトリナが、さきほどのブルーノの教えで違った形に見えてきた。

「できたぞ」

しばらく勉強をしているうちにブルーノに呼ばれ、ミアは勉強道具を片付けてテーブルの方へ歩いていく。粉砂糖がまぶされたシュトーレンの隣に、チキンやスープ、カップに入れたホットミルクが並べられていた。

「シュトーレンは本来焼き上がりからもっと時間を置いた方が食べ頃だ。残った物は後で保存しておく」

ミアが大きく頷いて椅子に座ると、ブルーノもその正面の椅子に座る。テオも含めて三人で食事を共にしたことはあるが、ブルーノと二人で食事をするのは初めてだった。少し緊張しながら、「いただきます」と食前の挨拶をして、ゆっくりスープをすすった。

——おいしい。ミアは衝撃を受け、続けてチキンやシュトーレンも無言で頬張った。

「こんな料理毎日食べられてたなんて、ブルーノの妹さんは幸せ者だね」

本当においしいのでそう言うと、ブルーノの表情が曇った。

「妹はもういない」

「……え？」

「何年も前に死んだ。俺がこの学校に入学する前だ」

ブルーノがじっとミアを見つめてくる。

「お前みたいなやつだった。無鉄砲で、言動の予測がつかなくて、表情がコロコロ変わる」

ミアを見ているにもかかわらず、その目はどこか遠く、別の人間を見ているような眼差しをしている。

「そっか。ブルーノはその妹さんのことがとても大事だったんだね」

ブルーノがぴくりと眉を動かす。ミアはごくりと食べていたものを飲み込んだ後、口を開いた。

「なぜそう言い切れる？」

「だってこの料理、すごく優しい味がする」

愛情を入れると料理がおいしくなると人は言う。ブルーノの料理は、長年愛情を込めて料理をしていた者こそが作れる味だとミアは思った。

しかし、ブルーノはあっさりとその考えを否定する。

「味は調味料に魔法を加えて作っているものだ。お前がそう感じるのは魔法による錯覚に過ぎない」

「ええ？　じゃあやっぱり私、ブルーノの魔法が好きってことなのかも」

シュトーレンを一口サイズにカットして口に運んだミアは、そのあまりのおいしさに満足しながら、おそるおそる期待を込めて聞いてみた。

「もしよかったら、また作ってくれる？」

ブルーノは少し黙り込んだ後、

「テオのついでであれば」

とぶっきらぼうに答えた。


カトリナとのドゥエルが決定してからというもの、【知の部屋】でミアに話しかける者はいなくなった。ミアが正式に、クラス内の女王様のような存在であるカトリナの敵になったからだ。

ミアが教室へ入るとクラス中がシーンと静まり返り、机へ向かって歩きだすとひそひそと何か囁かれる。

この扱いにも慣れてきた。ミアは古びた椅子に腰をかけ、教科書を開いて黙々と今日の小テストの勉強を始めた。

カトリナの話を聞いてから勉強へのスイッチが入ったミアは日々努力し、なかなか高得点を取れずにいた小テストでも徐々に最高点近い点数を叩き出すようになった。【知の部屋】の成績順位は毎日新しく発表されるが、一位はカトリナ、二位はミアという状況が続くようになった。


そんなある日の休み時間、ミアは突然カトリナに廊下に連れ出された。

「ズルをしているのではなくって？」

長い髪を手で払いながら、カトリナはミアを壁に追い詰めて聞く。何の話か分からず首を傾げるミアに、カトリナが続けてまくしたてた。

「あなたのような途中から参加した身の庶民がどうやってあんな高得点を取るんですの？おかしいですわ。カンニングでもしているのでしょう？」

どうやらカトリナは、ミアがこのよりすぐりの知性を持った生徒の集団である【知の部屋】で二位を取り続けていることが気に食わないらしい。

「授業に追いつけるように、頑張って勉強してるからだよ。本当にズルをしているなら、どうして二位なんていう中途半端な位置で止まるわけ？　ズルをするなら徹底的に、あなたのことも追い抜いてる」

ドゥエルがあることもあり、ミアは授業の予習復習はもちろん、寮でテオやブルーノにも一年生の授業で重要なポイントを教わっていた。ミアがテストで高得点を取る理由は、元々勉強が好きであるのと、魔法に対しての興味が多分にあるのと、努力の量に他ならない。

「へえ。頑張ったけれど、わたくしには勝てなかったんですのね。所詮その程度ということですわ」

難癖をつけたことを謝罪する素振りもなしに、くすくすと口元に手を当てて嘲るカトリナ。

しかしミアは平然と同意した。

「うん。めちゃくちゃ頑張ったんだけど勝てなかったよ」

ミアが悔しそうでも何でもないことにカトリナは驚き、目を見開く。

「あなたはとても知的で、頑張り屋さんなんだね。カトリナ」

それはミアからカトリナへの、心からの称賛だった。

カトリナはぽかんと数秒、間抜けな表情でミアを見つめる。

「……当然ですわ！」

捨て台詞のように語気鋭く言い放ち、くるりと踵を返したカトリナは、カッカッ！　とヒールを鳴らして教室へと戻っていってしまった。

その背中を見つめながら、ミアはふと喉の渇きを感じた。二限目は魔法体術の授業で、かなり体を動かしたのだ。何か飲み物がほしい。

フィンゼル魔法学校の廊下では、小さな妖精の売り子たちが食べ物や飲み物を生徒に売ろうと飛び回っている。学内での買い物は、決して燃えない特別な紙でできた名刺――学生証として使われているやや茶色がかった紙を提示すればできる。ミアは昨日養護教諭アブサロンにその名刺をもらったばかりだった。早速使ってみようと思い、言葉を喋れない売り子の妖精たちに名刺を差し出し、欲しい飲み物とパンを指差すと、妖精はにっこりと目を細めて指示されたものを渡してきた。

（すごい、本当に買い物できた……）

返してもらった名刺を握り締め、正式な生徒でもない自分にこの学校の制服や学生証を与えられる養護教諭アブサロンは一体何者なのだろうと疑問に思う。

毎日お昼休みには保健室へ行き、お茶をするほどの仲になったが、アブサロンはミアにとっては未だによく分からない人である。

呑気に考え事をしながら教室へ向かっていると、学内のあちこちを飛び交うゴーストたちが歌い始め、授業の開始を知らせた。

――まずい。もう始まる。

焦って走り出すが、教室のドアや窓はぐにゃぐにゃと歪み始め、姿を消し、ただの壁と化す。授業が始まると、外に居る者は教室へは一切入れなくなるのだ。

(……やっちゃった)

フィンゼル魔法学校の時計はミアが記憶している時計とは異なり数字の数が少なく、記憶と合致しているのは円形に数字が配置されているという点のみであるため、未だにミアは時計が読めない。休み時間は感覚で測り、このくらいだろうという時間に周りの生徒の様子を見ながら教室へ戻っている。そのため、読みを外すと授業に遅れるのだ。

ミアが落ち込んでいたその時――どこからか小さな背丈をした幼い少年のゴーストが飛んできて、ミアの被っていた帽子を奪った。驚いて顔を上げる。

フィンゼル魔法学校で支給される魔法のとんがり帽子には、集中力を高める効果や同じ色の帽子を被っている者同士で念話ができるような効果がある。そのため授業によっては帽子所持必須のこともあり、なくなっては困る物だ。

「――あれってもしかして、アブサロン先生が言ってた悪戯好きのゴースト!?」

ミアは慌てて帽子を奪ったゴーストを追いかけた。動く階段を下り、校舎の外へ出て、魔法の噴水を通り過ぎ、飛び回る炎を頼りに川に沿って走る。フィンゼル魔法学校の広大な敷地をいつまでも走るミアだったが、ゴーストの方は体力という概念がないらしく、余裕そうに空中を飛んで逃げていく。

ゴーストを追いかけているうちに走り疲れてしまったミアは、ぜえはあと肩で息をする。目の前には、深い霧に包まれた、針葉樹林が並び立つ怪しい森があった。ゴーストは森の中に消えていき、見失ってしまった。

ミアがおそるおそる森に足を踏み入れた瞬間、付いてきてくれていた炎がふっと消えた。学校の校舎内にいる火の玉は、生徒を気まぐれに守る存在であると聞いている。そんな火の玉が消えるというのは不吉だ。

突然周囲が冷ややかに、真っ暗になる。ミアはポケットから杖を取り出し、魔法で灯りをつけた。炎ではなく光の玉が、今度はミアの行く先を照らしてくれている。足元は見えるようになったが、濃い霧のために先までは見通せない。

目を凝らしながら先へ進んでいた――その刹那、どす黒く嫌な気配が凄いスピードで迫ってくるのを感じたミアは、ぱっと振り返って杖を構えた。

「ブラーゼン！」

呪文を唱えると、ミアを包み込もうと襲い掛かってきた見たこともないほど黒いゴーストは、風で吹き飛んでいく。学校の校舎内にいる無害なゴーストとは全く違う、邪悪な雰囲気を感じた。

以前のミアであればまだ魔力のコントロールができなかったため、巻き起こった風でこの森の木々をなぎ倒していただろう。少しだけ魔力をコントロールできるようになってきているように感じて嬉しくなった。

迷子になっては困るので、通った道に印を付けることにした。魔法で生成した光の玉が通った道は、ミアが消すまで光り続ける。

さきほどの一撃で他のゴーストたちはミアを警戒したのか、身を潜めるようにして森の奥へと帰っていった。ミアは目を閉じて嫌な気配が完全に消えたことを確認すると、一歩一歩と足場の悪い森を進んでいく。

(さっきの、びっくりしたな……襲ってくるゴーストなんているんだ)

校舎内にいるゴーストたちは、大抵この学校の歴代の先生で、生徒に危害を加えることはない。悪意を持って近付いてくるゴーストに、ミアは初めて出くわした。

場所によってゴーストの性質は変わるのだと考え、できるだけ気を付けながら歩いていると、あるところで、ミアの隣に浮かぶ光の玉ではない光が見えた。

その光の周りには霧がなく、澄んだ空気を感じる。

より近付くと、その光の中心に、額の中央に角が生えた、白い馬のような生物がいるのが見えた。臀部からはライオンのような尾が生えている。

――ユニコーンだ。

そのあまりの神秘的な雰囲気、美しさに見惚れたミアだったが、すぐにユニコーンがこちらに対し全く好意的でないことを悟る。

緋色(ひいろ)の瞳からは獰猛(どうもう)さしか感じられない。今にも襲ってきそうだ――嫌な予感がして、すぐに方向転換して走った。

(ほうきを持ってくればよかった)

飛行魔法の授業で、ほうきに跨(また)って飛ぶ方法は習った。ミアはまだ安定して空を飛べないものの、その方が走るよりもずっと速く長距離移動ができる。

(……いや、ここで飛行は使えないか)

邪魔な木が多すぎる。この間を潜(くぐ)り抜けていくなど、カトリナくらい飛行魔法のコントロールがうまくなければできない。

どちらにしろ走って逃げるしかない。さっきのゴーストは一撃で追い払うことができたが――ユニコーンの場合は、何かもっと強大な力を持っている気がする。魔法を勉強し始めてまだ日の浅い自分では対抗できないと考えたミアは、ひたすらに光の玉を隣に連れて走った。

森のかなり奥に到達した時、ミアの息は切れていた。ぜえっぜえっと激しい呼吸をし、息切れが落ち着いたところでさっき買った水を半分飲んだ。

それにしても、ちょっと悪戯好きの少年ゴーストを捜すつもりが、ユニコーンから逃げるために随分遠いところまで来てしまったようだ。しかも、同じ道を戻ったらまたあのユニコーンと遭遇してしまうかもしれない。

また走ることになる可能性があるのなら、ここで少し休もう。そう思って地面に座ると、ふさ、と何かの毛がミアの背中に当たった。

びっくりして立ち上がると——金眼の、美しい黒オオカミが横になっていた。オオカミの目は細められ、ミアの方をじっと見つめている。体高は見たところ立てば百三十センチメートルほど、頭部はミアの身長より頭一つ分低い程度だろう。

ミアは不思議とそのオオカミが怖くなかった。その瞳をじっと見つめ、胴体に視線を移動させると、次に足。オオカミの下の地面に広がる赤黒い血を見て、冷静に声を掛ける。

「怪我をしてるの？」

オオカミは何も答えない。オオカミにより近付き、足の付け根を触った。どろりとした血が手のひらにべったりと付着する。

「治してあげる。それから、水もあげるね。こんな場所で倒れていたら、水分補給もできていないでしょう」

水の残りを汚れていない方の手の平に垂らし、オオカミに差し出す。オオカミは厚く温かい舌を出し、その水を少しずつ舐めた。

その後、オオカミが飲まなくなるまで水を与え、杖を使って治癒魔法をかけてみた。足の付け根に干渉してみても効かなかったので、今度は腹に向かって呪文を唱える。すると、みるみるうちに血が消えていった。どうやら治癒魔法は、杖の先が怪我をした部位に向いていないと効かないらしい。オオカミが怪我をしていたのは腹部で、足の付け根には血が垂れていただけだったのだ。

オオカミが立ち上がり、ミアの顔に頬を擦(なす)りつける。もふもふした毛で顔を撫(な)でられ、「あはは、くすぐったいよ」とミアはけらけら笑った。

本当に治ったかどうか確認するために、綺麗(きれい)になったオオカミの腹部を見ると、そこにはミアの腕にあるのと同じマークがあった。同じ形、同じ色。偶然とは思えないほど全く同じ花のマーク。

「……お揃(そろ)いだね」

アブサロンが言うには、これは魔法省の長官であるエグモントによるマーキングだ。もしかしたらこのオオカミも追われているのかもしれない。ずっと知らない世界で一人だったのがようやく仲間を見つけたかのような気持ちになり、オオカミの体にもたれかかった。ぐう、と自分のお腹(なか)が鳴ったので、持っていたパンを千切って食べる。オオカミにもたれたまま空を見上げると、相変わらずどこまでも続く黒だった。

「ここは一日中月も太陽もないから風情がないね」

言葉を喋(しゃべ)れないであろうオオカミに語りかけてみる。オオカミは何も言わないが、不思議と通じている気がした。

「私の記憶ではね、空に丸い光が浮かんでたんだ。でもここから見る空は真っ暗」

自分のことは全く思い出せない。けれど、常識的な記憶はあるのだ。例えば文字の書き方。言葉。食べていたもの。言葉や文字や食べ物は同種だが、この国はその他のほとんどのものがミアの知る常識と異なっている。おかしな時計。おかしな世界。おかしな空。おかしな時間の流れ方。自分の知らない〝魔法〟という術。

ミアは何らかの理由で記憶に障害を抱えたのだ。忘れている事柄、覚えている事柄、記憶違いを起こしている事柄、そのどれもあっておかしくはない。

けれど——

「あの空に浮かぶ光だけは、正しい記憶であってほしかったなあ」

ぽつりと呟(つぶや)いたその時、がさりと木が揺れる音がした。そういえば、さきほどからやけに周囲が明るい。それどころか、徐々により明るくなっていく。ミアは慌てて姿勢を正し、周囲を見回した。

オオカミの陰に隠れて見えなかったが——あの緋色の目をしたユニコーンが、仲間を何頭も引き連れて、一直線にこちらへと走ってきていた。

＊＊＊

昼休みも半分を過ぎた頃、テオはアブサロンから急に呼び出された。ブルーノも一緒だ。

「ミアを惑いの森から連れ戻してきてくれないかい？　ぼくは今手が離せないんでね」

ベッドには、授業で怪我をしたらしい生徒が横たわっている。その傷を縫いながら、やってきたばかりのテオとブルーノにそう指示するアブサロン。テオは唖然とする。

「……………惑いの森!?」

「彼女には追跡魔法を施した種を埋め込んである。いつも昼休みはぼくのところへ来るのに来ないから、少し居場所を探らせてもらった」

テオの片方の口角がひくひくと動いた。

【惑いの森】とは、学内のマップには表示されていないスポットだ。森自体が魔力を持ち、生きている。そのため移動する。見つけようと思っても見つけられないことが多いが、ごくたまに迷い込む生徒もいる。悪いゴーストも沢山住むその森からは、不気味な唸り声が聞こえているはずだ。

本来この学校の生徒は、【惑いの森】には近付くなと教育される。攻撃的なゴーストや獰猛なユニコーンがいるだけでなく、森に気に入られたり、逆に嫌われたりすると、出られなくなる可能性があるからだ。もし大切な臓器である木に傷でも付けたとなれば、この恐ろしい森は黙っていない。永遠に対象者を内に閉じ込め、死ぬまで飼うことも有り得る――それこそ、入学説明会では注意事項として必ず全員に知らされる危険な森だ。

——ミアはその入学説明会に参加していない。仕方ないとも言えるのだが、

「惑いの森と鉢合わせするとかどんだけ運悪ぃんだよ……。つーかあの雰囲気、近付いちゃいけねぇことくらい見りゃ分かんだろ……」

とテオはツッコミを抑えきれずにいた。

テオも一年生の頃に一度だけ、惑いの森と遭遇したことがある。話には聞いており、どこからどう見ても関わってはいけないオーラを醸し出していたためすぐに逃げた。普通なら知らなくてもそうするほど不気味な森だ。テオはミアの危機察知能力の低さを嘆いた。

「種に記録されている最後の景色に映っていたのが、惑いの森の中の木々だよ。あの森は外の者に干渉されるのを嫌うから、追跡魔法はそこで妨害されてしまったけれどね」

「妨害されてるならどうしようもないんじゃないっスか？　どこにいるかもう分からないでしょ。惑いの森なんて探して見つかるモンじゃありませんよ。学者でも苦労するのに」

「森ごときがぼくの施した魔法に完全に打ち勝てると思うかい？」

そこでようやくテオたちの方を振り向いたアブサロンは、にやりと笑った。

「確かに、動かずにミアの現在地を把握することは不可能になったけれど、捜せば見つかりやすいようにはしてあるよ。上空から目視すると種の位置だけ黒く映る。目が悪い魔法使いでも分かるくらい、大きくね。——君たち、三限は空きコマだろう？」

君たちなら授業が一コマ終わるまでに捜し出せるだろう？　という圧力を、テオは感じ

た。

「クッソあのガキ、厄介事しか持ってきやがらねぇな……！」

ほうきに跨って空中を高速度で飛び抜けながら、テオは大声で悪態をつく。

フィンゼル魔法学校の敷地がどれほど広いことか。アブサロンのおかげで上空から見れば目立つとはいえ、闇雲に敷地内の端から端まで探すのは時間的にも体力的にも限界がある。

それに加えて、惑いの森は頻繁に移動する。ミアが無事なうちに見つけ出せるかどうかは完全に運次第、である。

テオはブルーノと二手に分かれ、ひたすらに敷地内の上空を飛び回っていた。

探し始めて数十分――テオはブルーノよりも先にどす黒い闇の魔力の塊を見つけた。見つけたのは奇跡に近かった。

「あの悪質な感じのする魔力……アブサロン先生のに間違いないな」

使い魔のフェレットは置いてきたため、たまたま上空を飛んでいたカラスに自分の位置をブルーノに知らせるよう頼み、一気に高度を下げて地上へと向かう。ブルーノの到着など待っていられない。いつ惑いの森が移動するか分からないのだ。

――しかし、地上へ辿り着いても、森は存在しなかった。ただ黒い塊だけが凄い速度で何もないところを移動している。テオはほうきの速度をやや上げてその塊と並走しながら、状況を推測した。

（外からは干渉できねぇのか……？）

惑いの森に関してはまだはっきり分かっていない点が多い。あくまでも仮説にはなるが、惑いの森をなかなか見つけられない理由として、〟同じ位置に存在しながら目視できず、干渉もできない状態〟の時間が多分にあるのではないかとテオは考えた。ミアが今ここにいるはずであるのに接触できないこの状況が、惑いの森がそこにありながら姿をひそめている可能性を高めた。外からはいつも通りの景色に見えるのに、そこには確かに森がある。

（どうすりゃいいんだよ）

しかし、この仮説が正しければ、惑いの森とミアの位置が分かったところでどうしようもない。どうしたら外部の人間にも姿を見せてくれるのか、森の中へ入れるのか、干渉できるのか――発動条件が分からないことにはどうしようもない。アブサロンの黒い魔力の塊に手を伸ばすが、魔力に触れることができただけで、何も変化はない。

さきほどから黒の塊が凄いスピードで移動していることが、テオをさらに焦らせた。ミアが何かを追っているか、何かから逃げている。シンプルに思考すれば後者。森の中の状況はよろしくないようだ。

ミアの身に何かあったら、あのオーナーの命令に背いたことになる。

「っあー！　クソ！」

頭をがしがし掻いたテオは、ほうきの上に仁王立ちした。バランス感覚のいる乗り方だが、テオはこれをよくする。

――ここに惑いの森があるなら、呼び出してしまえばいい。

大きく息を吐いて集中した。内ポケットから銀色の指輪を取り出し、左手の薬指にはめる。杖でどうにかするような局所的な魔法ではこの事態に対応できない。この辺り一帯に、魔法をかける。

召喚魔法。召喚する物やその物との距離によって難易度が大幅に変わる、場合によっては転移魔法と並ぶほど巨大な魔力やリスクを要する術だ。成功するかは魔法使いの技量による、実力が表れやすい類の魔法。

――テオは、惑いの森を召喚しようとしていた。

距離は問題がないはずだ。しかし惑いの森の広さや反発を考えると、テオの肉体が無事でいられるかは怪しい。

だが。

「舐めんじゃねーよ」

テオは指輪にキスをして、空間に指を差す。轟音がとどろき、熱を発して周囲を溶かしながら、その場になかったものが闇の力と共に現れ始める。吹き飛ばされそうになるほどの熱風を浴びながら、笑ってみせる。

フィンゼル魔法学校。闇の魔法の国・レヒト最高峰の魔法学校。

「俺を誰だと思ってんの？　その気になれば森くらいすぐ引きずり出せるっつーの」

――その頂点に君臨する〝オペラ〟になった実力は伊達ではない。

テオは、内に秘められた膨大な魔力を使い、惑いの森の召喚を無傷で行いきった。

そして、すう、と息を大きく吸った後、

「ミアぁぁあああ！　こっち来い!!」

深い森に向かって叫ぶ。中に入ってしまえば自分も出られなくなる恐れがあるため、一旦は外から仕掛けることにしたのだ。

声が届いていることを祈りながら、森の様子を窺っていたテオの元に、ヒュオッと風を切るような音がしたかと思うと、ブルーノが降り立った。

「どういう状況だ？」

「さっすがブルーノ、早いな。今召喚魔法で森を召喚したとこだぜ」

「この規模の森をか？……馬鹿なことをする。どうなっても知らないからな」

「ほぼゼロ距離だったからできたんだよ。二度目はねぇな」

そう――召喚した森がまたどこかへ行く前に、ミアを回収しなければならない。

＊＊＊

一方、その頃ミアは――オオカミの背中に乗って、森の中を逃げ惑っていた。オオカミには光の道筋に沿って走ってもらっているにもかかわらず、いつまで経っても森の外へ出られない。ミアはオオカミの毛にしがみ付きながら、時折背後を振り返ってユニコーンの蹄に軽く攻撃し、距離を空ける。

しかしどれだけ邪魔をしようとも、ユニコーンはどこまでも追ってくる。これではキリがない。可哀想だけれど、ユニコーンたちを乱暴に倒してしまうことも考慮した時、オオカミの耳がぴくりと動いた。オオカミの顔が、光の道筋とは逆の方向を向く。

「――待って、そっちじゃない！」

そう叫ぶが、オオカミはミアの言うことを聞かず、方向転換して走っていく。光の玉が示す道さえ見失えば、本当に迷子になってしまう。

何とか止めようとしたが、どれだけ強くしがみ付いてもオオカミが止まることはなかった。

次の瞬間、視界が明るく光る。前が見えない。真っ白な空間の中に、オオカミとミアは突っ込んでいった。

次にミアが目を開けた時には外だった。明らかに空気が変わった。そして、少し離れた前方にブルーノとテオが立っているのが見えた。

外に出られたのだと心底ほっとしたミアだったが、二人は驚愕した表情をしている。

「――……フィンゼルの獣……!?」

テオが顔を歪ませて言った。

フィンゼルの獣と聞いて、ミアは魔法生物学の授業中に学んだ内容を思い出す。

〝フィンゼルの獣〟とは、フィンゼル魔法学校が創立されてから、二度の未解決事件を起こした恐ろしい魔獣だそうだ。

魔獣が最初に生徒を襲ったのは百年前。寮へ向かっていた女生徒が、オオカミのような姿をした、魔力を持った獣が他の生徒に向かって恐ろしいスピードで走っていくのを目撃した。たまたま近くにいた当時のオペラが魔獣を追い払った。

その翌年、初めての犠牲者が出る。入学したばかりの男子生徒が、魔法図書館近くの学内公園で行方不明となり、内臓の一部を食われた遺体となって発見されたのだ。原因は不明のままだった。

その約五十年後、やけに狼の遠吠えが聞こえる夜があったという。その夜、魔獣は夜間授業の帰りの生徒たちを襲撃した。魔獣は他の凶暴な魔獣と同じく獲物の頭部を標的にし、砕いて殺害。その事件での死者はおよそ百人、負傷者は五十人近く出たと記録されている。

　このような凶悪な事件が起こったために魔獣は〝フィンゼルの獣〟と恐れられた。その後、生徒を襲うその魔獣は当然問題視され、学内での捜索が始まる。訓練された多くの大型使い魔や治安部隊が派遣され、敷地内を隅から隅まで捜したが、結局魔獣は見つからなかった。

　未だ学校内にいるのか、死んだのかも確認されないまま時が過ぎ、魔獣の絵や再現写真、外見的特徴の記述のみが後世まで語り継がれたのだった。

（この子が、フィンゼルの獣!?）

　森が薄暗かったのと、余裕がなかったためにそこまで考えが及ばなかったが、冷静に自分が乗っているオオカミを見ると、確かに教科書に載っていた写真の獣に似ていた。

　誰よりも早く動いたのはブルーノだった。魔法の杖を取り出し、フィンゼルの獣を捕縛しようとする。しかし、呪文を唱える前にミアが魔獣からおりてその前に立ちはだかった。

「この子に手を出さないで」

　庇うように両手を開いて、魔獣を隠す。ミアの小さな体では全ては隠せていないが、魔法の矛先の邪魔をするには十分だ。

「だめだ。そいつは危険な獣だ。早く離れろ」

ブルーノは厳しい言葉を返した。

「この子が外まで連れてきてくれたの」

「そいつは人を襲う」

「私が躾ける」

「野良犬じゃないんだぞ」

「でも私のことは襲わなかった」

ミアの背後の森が消えていく——が、一件落着という空気ではない。

魔獣の横方向にいるテオの杖の矛先も、魔獣に向けられた。ミアは魔獣をブルーノからの攻撃からは庇える位置にいるが、テオからは守れない状態だ。

「森から出てきたとこ悪ぃなミア、こっちも仕事だ」

魔力を込めるテオの杖の先が光り始めて、咄嗟にミアは自分の杖を振った。

「ラッセン・シュナイエン！」

テオの得意分野である、雪魔法。それを先に発動したのはミアだった。オーナーに追いかけられた時のテオを見たり、寮の部屋で教えてもらったりして学んだ呪文である。

大きく重い雪の塊を前方からぶつけ、テオがバランスを崩したところを、魔獣と共に走り過ぎる。

「すげぇなアイツ!?　油断してたとはいえ俺に雪属性で攻撃入れやがったぞ。杖構えてから魔法発動までのタイムラグもねぇし！」

走り去るミアの後ろで、テオが感動したように言うのが聞こえてくる。

「感心してる場合か！　追うぞ！」

雪に埋もれたまま呑気なことを言うテオに怒鳴ったブルーノが、先にほうきに乗ってミアを追ってくる。

この魔法学校に二度も悲劇を引き起こしたフィンゼルの獣のことを、オペラとして野放しにしておくわけにはいかないようだ。

テオとブルーノの二人からいつまでも逃げ続けることはできない。ここで逃げ切ったとしてもどのみちあの二人の部屋に帰らなければならない。危険な動物だというこのオオカミを大人しく引き渡し、授業に間に合うよう早く校舎へ戻った方が賢明だ。

けれど、ミアにはこの魔獣がどうしても、そう悪い生き物には思えないのだ。ブルーノが迫ってくる気配を背中に感じながらも走っていると、石につまずき、地面に勢いよく転がることになった。持っていた杖もカラカラと転がってゆき、ミアの手元から離れる。

視界の隅に、ブルーノがほうきに乗ったまま、魔獣に向かって杖を構えるのが見える。莫大な魔力の熱が横たわるミアのところまで来ていた。

（あの子を殺す気だ）

ブルーノが何か大きな魔法を発動させようとしている。

守らなければ、守らなければ――。でもどうしたら、と思考を巡らせるミアの頭に、不意に〝その〟呪文が浮かんだ。

それが何の呪文かも分からない。【知の部屋】の授業で習った魔法ではない。魔法書に書いてあった呪文でもない。

けれどその呪文は確かにミアの頭に浮かび、唱えろと叫ぶのだ。

「――オフネン・トーア……!」

首からぶら下がる母の形見の鍵をぎゅっと握り締め、大きな声で唱えた。

突如轟音がとどろき、白い光がブルーノの魔力を吸い込み、円形に大きく拡大していく。

――フィンゼルの獣を包み込むように。

光はどんどん大きくなっていき、そのあまりの眩しさに手で目を隠した。

光が弱まり、ついに消える頃には、フィンゼルの獣の姿はなくなっていた。

「お前何したんだよ!? 今の光ブルーノの魔法じゃねえだろ」

数秒後、こけて膝を擦りむいたミアに駆け寄ってきたテオが、魔法で傷を治しながら問う。

「魔法を……」

「何の魔法を唱えたんだ」

遅れて隣にやってきたブルーノがすかさず詳細な説明を求めてきた。ミアはその声の低さに少し反省しながら、おずおずと顔を上げる。

「オフネン・トーアって」

「何で四年生で習う呪文知ってんだよ？」

「頭に浮かんできたから……」

テオがブルーノと顔を見合わせる。ぽかーんとしているテオとは裏腹に、ブルーノの方は険しい表情をしていた。

「それは、転移魔法の呪文だ」

「転移魔法……？」

「転移は、召喚と並んでかなりリスクが大きい魔法として知られている。死ぬ可能性もある。あれだけ大きな魔獣を移動させたならなおさらだ」

自分が死ぬ可能性があったことにぞっとしたミアは青ざめた。

よく知らない呪文を適当に唱えるのは危険らしい。新しい魔法を扱う時はきちんと教科書を読んでからにしようと、深く反省した。

「そーそ、お前が無傷なのが不思議なくらいだよ。転移魔法使ってこれだけ身体(からだ)を保っていられるのは、現生徒じゃラルフくらいだろ」

テオから知らない名前が出てきたので目で説明を求めると、テオの代わりに隣のブルーノが付け加える。

「ラルフ——オペラの五年生で、現時点でこの学校で最も魔法の扱いを得意としている、最強と謳(うた)われる男の名前だ」

それを聞いて、反省していたミアは不謹慎にも少し嬉(うれ)しく思った。フィンゼル魔法学校で最強と言われる生徒と同じくらい、転移魔法をうまく扱えたのだ。もちろん他の種類の魔法となれば話は別だろうが、転移魔法のセンスに関してはそのラルフとやらと同じくらいあるのかもしれない。

「つーかヤバくね？　あんなやべぇ魔獣どこに転移させたんだよ？　校舎に近い場所ならまた生徒が襲われるぞ」

「いや——魔獣の魔力の気配が学校内から完全に消えた。おそらくこいつは、あれを自分が構築した異空間に飛ばしたんだろう」

「はぁ!?　杖(つえ)もねぇのに」

テオが心底驚いた顔をする。

魔法を発動させる時は杖を使うのが常識だ。しかしミアは——確かに杖なしで転移魔法を発動させた。

ブルーノがミアの首からぶら下がる鍵を指差す。

「その鍵は母親の形見だと言ったな。何も覚えていないのに、そこだけ覚えているということは、それほどこの鍵は特別なものということだろう」

ブルーノの隣にいるテオはふむと考える素振りを見せた後言った。

「これがこいつのマジックアイテム、ってことか？」

また聞き慣れない単語が出てきた。

「マジックアイテムって何？」

「あー、まあ、杖の代わりみたいなもんだ。俺ならこのリング」

テオはシルバーのリングを取り出してミアに見せてきた。

「杖じゃなくても魔法は発動させられるってこと？」

「いや。基本は杖の方がいい。大規模な魔法を使う場合は杖よりマジックアイテムの方が魔法の発動に適してるけど、魔法使い自身の魔力を無理やり引き出すような形にはなるんだよ。マジックアイテムを使うと魔法使い本人が予想した以上の魔力を消費する可能性があるんだよ。ここぞという時に取っとけ。そんな機会なかなかねぇと思うけど。——それよりお前、あの魔獣を出せるか？」

「……出さないよ。だって殺すでしょ」

ミアはテオの要求をぴしゃりと断った。

「殺すのは当たり前だ！　あの魔獣が過去に何人うちの生徒を殺したか分かってんのか」

「あの魔獣とか言わないで！　名前あるんだから！　ロッティっていうの！」

「名前つけてんじゃねーよ！　愛着わくだろ！」

「あの子は私のペットにする！」

「黙れこのワガママ娘！　オラ、出せ！」

「きゃあああああ！　襲われるー！」

ミアの襟元を摑んで前後にがくがくさせるテオだが、ミアは意地でもフィンゼルの獣――ロッティと名付けた――を出さなかった。

「……どうするよ、ブルーノ」

ぴたりと手を止めたテオが、困り果てた表情で後ろのブルーノを振り向いて意見を求める。ブルーノは眉間に皺を寄せ、目を瞑って腕を組み深く考えていた。困っているのはこちらも同様らしい。状況を自分の中で纏めるためか、ぶつぶつと呟いている。

「……異空間にあの魔獣をしまっておけるなら、危険はない……それにこいつが本当にあの魔獣を躾けることができるなら、最強の使い魔になるかもしれない……だがそのためには魔法の中でもリスクが大きく難しいとされる召喚魔法と転移魔法の両方を物にさせる必要が……やはりさっさと殺した方が……しかしこの学校の生徒として在籍させている以上成長の機会を奪うのは……」

　ぐるぐると思考している様子のブルーノを、テオとミアはしばらく並んで見ていた。ミアの方は、少しだけ期待を抱きながら。

　数分後、考え終わった様子のブルーノがようやく顔を上げる。

「……ミア。まず、テオに礼を言え。テオがいなければお前はあの森に一生閉じ込められていたかもしれない」

「え!? ほんとに？……テオ、ありがとう」

　心底驚きつつもブルーノの言葉を受け入れたミアは、テオにお礼を言った。テオは「けっ」と言ってそっぽを向く。

　ブルーノは続けて忠告をしてきた。

「今後、むやみに敷地内の魔獣に近付くことは禁止する。ほとんどの獣は問題ないが、扱いを間違えると危険な魔法生物も中にはいるからな。……それが守れるならあの魔獣を飼ってもいい。ただし魔獣をこちらに呼び出す時は俺かテオの目に付くところにいろ」

　喜ぶミアの隣で、テオの方が先に驚きの声を上げた。

「は？　まじで言ってんの？　クソ真面目なお前が珍しいじゃん。何で？」

　頭の後ろで腕を組みつつ、テオはブルーノに疑いの目を向けている。

　ブルーノはそんなテオに視線を移し淡々と回答した。

「さっきの転移魔法を見て、こいつの魔法使いとしての可能性を信じたからだ」

これにはミアも驚いた。同時に、嬉しいような照れくさいようなむず痒い気持ちで胸がいっぱいになり、抑えようとしても口角が上がっていく。

と、次の瞬間、遠くで聞こえるチャイムの音にハッとしたテオが大げさに顔を上げる。

「やっべ！　もうすぐ四時限目始まんじゃん。説教は後な、ミア」

そして、古びた懐中時計で時刻を確認し、慌ててほうきにまたがる。ミアも咄嗟に地面に転がった杖を拾ってテオの後ろに乗った。前の授業に出ることができなかった分、今度こそ授業に遅れるわけにはいかないのだ。

「おおおおい何勝手に乗ってんだ！　乗せねぇから。定員オーバーだっての」

「私も急がないと授業間に合わない！」

「散々迷惑かけといてよくまだ俺に甘えられるな!?」

ギャーギャー騒ぎながらそれでもミアを乗せて校舎へ向かってくれるテオの後ろで、ミアはにやにやを抑えきれずにいた。

〝あの〟ブルーノがミアの魔法の可能性を信じると言ったのだ。魔法使いへの憧れを抱くきっかけとなった人物が。

特訓

男子寮と女子寮の最上階を繋ぐ連絡通路の間には、外から見えないミーティングルームが存在している。原則として、オペラの前にしかその入り口は現れない。

月に一度、オペラはそこで定例会議を行っている。

その日の定例会議は進行役のブルーノのおかげで着々と進んでいき、予算管理について、校内の清掃について、寮内に出没する野良のピクシーたちについてなど、あらゆる対応策についての方針が固められた。

「他に何かある人はいるか」

一通り議題を話し合った後、ブルーノは紙をデスクに置いて顔を上げた。

すると、その正面の椅子に座る女生徒が手を挙げた。

「ハーイ。新学期初のドゥエルの申し込みが来てるわ」

ドゥエルの管理を担当する、オペラ四年のイザベルだ。中性的な顔立ちの銀色の短髪とワインレッドの目を持つ女性で、イーゼンブルク家の長女——カトリナの姉である。

ドゥエルの許可はブルーノたちオペラが出す。ミアとカトリナのドゥエルに関して、テオとブルーノだけなら承認せずに済むが、オペラはテオたちだけではない。多数決で可決されてしまう可能性は十分ある。それに、いつも適当にドゥエルの申請を承認しているテオがこの件に関してのみ反対するというのも、他のオペラに怪しまれてしまうだろう。

「ドゥエルするのは、あたしの妹と、ミアって子。このタイミングの申請だと、実施できるのは三ヶ月後くらいね。異論ある人いる？　あたしはないけど」

紅茶を飲んでいたところで突然ミアの名前が出てきたためか、テオがむせた。惑いの森事件ですっかりミアのドゥエルのことは頭から飛んでいたようだ。

「僕はないで～。新入生同士のドゥエル、折角やし楽しませてもらおかな」

と、同じく四年生のスヴェン。褐色の肌とミルクチョコレート色の髪、眼鏡と黒手袋が特徴的な色男である。

「わ、わ、わたしもありませんっ」

と、五年生のドロテーがおどおどした様子で言う。鎖骨までの暗い色のミディアムヘアと、そばかすのある顔。地味な容姿をしているが、目立つのは顔に巻かれた包帯だ。包帯は彼女の左目を常に隠している。

イザベルはミーティングルーム内を見回し、ここにオペラが一人いないのを見て頭を押さえた。

「……ラルフはまた休み？　どうにかならないかしらね、サボり癖」

五年生のラルフが休みということは、今ここにいるのは五人。そのうち三人が既にミアたちのドゥエルを認めたということは――ブルーノたちが止めても、ドゥエルは行われる。

「じゃ、賛成多数だし、可決ってことで！」

イザベルがあっさりとドゥエル申請書にサインした。

――このいい加減なオペラ定例会議によって、ミアとカトリナによるドゥエルの三ヶ月後の実施は正式に決定した。

＊＊＊

一年生初のドゥエルの話はフィンゼル魔法学校の学内新聞にも大きく取り上げられ、ミアの存在は【知(ち)の部屋(クラス)】の一年生間のみならず、全校生徒に注目されることになった。

「ミアって誰？」

「知らない」

「最近テオさんとよく一緒にいる一年生よ」

「あたくしはブルーノさんと一緒に歩いてるのを見たわ！」

「知の部屋でなかなかの成績を修めてるって聞いたぜ」

「相手はカトリナ様だろ。勝てるわけねえじゃん」

「身のほどを弁えて頂きたいわね」

生徒たちの話題はもっぱらミアとカトリナのドゥエルのことだ。自分の名前があちこちから聞こえることを感じながら、ミアは生徒と生徒の間を通ってテオと待ち合わせている場所へ向かう。

(何でみんな、私が負けるって決めつけてるんだろう)

自分だってそこそこ魔法を使えるようになってきた。それを見てから言ってほしいと、少しむっとしながらテオの迎えを待つ。


「いや、負けるだろ」

【星の階段】を上っている最中、ミアは生徒たちにこう言われていると愚痴を言ったが、テオは厳しい意見を返してきた。自分の魔法を身近で見ているテオに負けると言われたことにショックを受け、「そんな言い切らなくてもいいじゃん……?」と反論する。

特に最近はブルーノに召喚魔法の特訓を受けていることもあり、自分の魔法にそこそこの自信は生まれているのだ。それなのに、テオはあっさりとミアが負けると予想した。

「カトリナはフツーに強ぇし」

「私だって魔法は使えるし、呪文だって沢山覚えたよ？　そりゃ、カトリナにはまだ追いつけてないかもしれないけど……」

「最近魔法の使い方覚え始めた記憶喪失のペーペーが何言ってんだよ。カトリナは英才教育受けてるエリートだぞ。それに……」

最上階に辿り着き、廊下を並んで歩きながら、テオはローブを脱ぐ。

「カトリナは剣術使いだ。間合いを詰められたら終わりだな」

ドゥエルは魔法スポーツ大会でも使用される、学校内にある広い芝生のグラウンドで行われる。そのため逃げ場は多いが、昨日の授業でカトリナは、身体能力を底上げして極限まで足を速くするような魔法も使っていた。カトリナ相手に距離を保ったまま戦うのは少々難しいかもしれない。

「私も剣術の練習する！」

「あほか。一朝一夕で覚えられるようなもんじゃねーよ」

「やってみなきゃ分かんないじゃん」

「言っとくけど剣を買うには金がいるからな？　街に出なけりゃいけねえし、そこそこの値段はするぞ」

テオは部屋の扉を開け、クローゼットにローブをかけると、どかっとソファに腰をかけた。

（どうしよう、お金持ってない）

ミアはこの国の硬貨などひとつも所持していないため、剣を購入することはできない。街に出ることも危険な状態のため、そもそもどうやって買うかも考えなければならない。

するとテオがふと思い出したようにミアを指差してくる。

「お前、この学校に長居するつもりなら何か稼ぐ手段探せよ。アブサロン先生にいつまでも生活費払ってもらうの悪いだろ。そのうち自分で払わなきゃいけなくなるぞ」

「……やっぱりお金入れてくれてるのアブサロン先生だったの⁉」

どうやら、ミアの生活費を学生証に入金してくれているのはアブサロンらしい。

ミアとしても薄々心配していたところではあった。学生証一枚さえあればこの学校内での買い物は全てできる。しかしその元となるお金を払っているのは誰なのだろうと漠然と不安を感じていた。それがまさか、アブサロンだとは。

「学校内の施設でバイトしてる奴は結構いるぜ。小金稼ぐ程度だけど、俺もたまにユニコーンの餌やりとかしてるし。学内掲示板に求人案内の貼り紙あるから今度見て来いよ」

ミアはふむふむと考える。バイトをすればアブサロンに生活費を返せるだけでなく、余ったお金で魔法剣を買えるかもしれない。

やる気になったミアは、教科書を開いて今日の授業の復習をしてから、明日朝早くに求人案内を見に行こうと、早く眠りについた。

「いいのに、お金のことなんて考えなくて」

翌日の昼休み、保健室に遊びに行ったミアが学内掲示板に貼られていた求人案内のメモを広げていると、アブサロンが魔法茶を飲みながらふわりと笑った。

「うまい話には気を付けろってよく言うから」

「やだなぁ、ぼくが信用できない？」

くすくすと肩を揺らす、机の角に腰をかけるアブサロンの白衣は皺になっている。

「お金なんてね、簡単に作れるんだよ。君が気にすることじゃない」

アブサロンの不穏な言葉に、ミアはより不安を感じた。

この国のお金の価値は、求人案内に書かれていた時給を見れば何となく理解できた。学生証さえあれば学内で売られている大抵の物は買えてしまうため、値段など気にしたことがなかったが……テオに確認してもらって知った、自分の学生証に入っていた額はそこそこ高額だった。

「アブサロン先生は、何で、正体もよく分からない私にここまでしてくれるの？」

この学校にいさせてほしいというのはミアの我が儘だ。テオに言われたこともあり、ミアだってそこはきちんと理解していた。

「それはね……」

意味深げに次の言葉までの間を空けるアブサロン。ミアがごくりと唾を飲む。

「気紛れだよ。あと、面白いから？」

溜めたわりにはあっさりした答えが返ってきたためミアは白けてしまい、テーブルの上の求人案内のメモに視線を戻した。

アブサロンはハハッと可笑しそうにまた笑って、「ところで、腕の傷はどうだい」とミアの調子を聞いてくる。

聞かれたのでシャツの袖を捲り上げて腕を見せた。そこには、赤黒い花の形をした、タトゥーのような傷痕がある。偶然この形になったにしては出来すぎた、美しい花だ。

それを見てミアはぎょっとした。この傷は、以前までこんな形ではなかったはずなのだ。花の形であることは分かっていたが、偶然と言ってもいいレベルのものだった。日に日にはっきりしてきている。いつの間にこんな、くっきりとした形を描くようになったのだろう。

驚くミアの隣で、アブサロンは急にミアの腕を強く掴んだ。多少ではあるがアブサロンに乱暴に扱われたのは初めてであるため、ミアは驚いて目を見開く。

「何が起こってもどうにかできる自信があるからそこまで詮索してこなかったけど……でも、そうだね。さすがに無用心すぎるから、一度確かめておいた方がいいかもしれないね」

息がかかるほどの至近距離で、アブサロンの茶色の双眸が覗き込んでくる。

「君は何者なのかな。――記憶がないのは本当？」

探るように、疑うように問いかけてきたアブサロンが、今何かの魔法を発動していることを、ミアは魔力の動きの気配で敏感に感じ取った。

そこでふと思い出したのは、テオたちから借りた教科書に載っていた、嘘を見抜く魔法だ。至近距離になれば発動できるという、幻の魔法。レヒト国内でも歴史上数人しか使える者がいなかったという――しかし、ミアは何となく、今アブサロンがその魔法を発動しているように思った。

アブサロンがこちらを試していることを理解したうえで、慎重に発言をする。

「……ここで過ごして、全く何も思い出さなかったかと言うと、嘘になる」

「へえ。何を思い出したの？」

「一つだけ。私はずっとこの世界に来たがっていたんだってこと」

「この世界？」

ミアの言葉に嘘がないことを確認したらしいアブサロンは、姿勢を戻してまた元の位置に戻った。

「私には、ここと別の地球っていう惑星で過ごしていた記憶がある。それで、私はどうしてだか、どうにかこの惑星……マギーに来ようとしてた。初めて転移魔法を発動した直後に、それだけ思い出した」

アブサロンは考える素振りを見せた。

テオやブルーノに言っても信じてもらえないと思い、ミアはこの記憶のことを二人には伝えていない。ほんの一つ思い出したことがあることを、人に言うのはこれが初めてだった。アブサロンなら、バカにせずに信じてくれそうな気がしたのだ。

「月」

「え？」

「傍（そば）に月があるだろう、その惑星には」

ミアは顔を上げた。アブサロンはいたって真面目な顔でミアを見下ろしている。

「……知ってるの？　地球を」

「知っているというか、この国の誰もが知っているおとぎ話に出てくる惑星だよ。実在が確認されたことはない」

言いながら、アブサロンは本棚に並ぶ本を順番に指でなぞり、あるところでぴたりとその動きを止めた。取り出したのは、古びた絵本だ。アブサロンに促されるまま、ミアはその絵本を開いた。

むかし、地球というところに、トーアの魔法使いが住んでいました。

地球のそばには月と太陽があり、

地球は太陽の周りをぐるぐる、
月は地球の周りをぐるぐるしていました。

トーアの魔法使いは、月と地球の魔力を引き付ける力を利用し、
魔法の惑星マギーを滅ぼします。

トーアの魔法使いは、マギーと魔法使いを滅ぼす呪いの子なのです。

絵本はそこで止まっていた。

「……これだけ？」

「いや。ぼくが持っているのは簡易的な絵本で、原作はもう少し詳しく長いらしい。でも原作は古いし王族のみが管理していたから、そう簡単に手に入るものじゃないよ。それこそ、残ってる可能性があるとしたら王立魔法図書館くらいかな」

ミアと一緒に懐かしそうに絵本を覗き込んでいたアブサロンは、魔法で椅子を引き寄せ、テーブルを挟んだ向こう側に腰をかけた。

「考えられることは二つあるね。一つは、記憶喪失の君がこの絵本のことだけは断片的に覚えていて、失った記憶を埋めるために絵本の中の世界に自分を置き、そのまま記憶を書

き換えてしまったという可能性。二つ目は、地球が実在していて、この絵本の作者が何らかの形でそれを知って、この話を作ったという可能性。つまり……君がトーアの魔法使いである可能性」

ミアの中にある〝地球〟の情景は鮮明すぎる。ミアはそれが自分の脳が作り上げた景色であるとは到底思えなかった。ミアにとって最も現実的なのは、作者が地球を知っていた可能性だ。

「このおとぎ話がどうしてこの国の誰もが知るほど普及したかと言うと、この学校の創設者である、魔王と呼ばれた偉大なる魔法使いが残したものだからだ」

フィンゼル魔法学校の創設者は、この学校とこの絵本をこの世に残して死に、灰となって消えたため、この絵本は遺言と言っていい物だとアブサロンは言う。

「誰もがこの話を、ただの絵本だと思っている。けどこれが予言だったとしたら？」

予知魔法は高度な魔法で、魔法使い自身がかなり精密な魔力のコントロールと魔力量を身に付けていなければ成立しないとミアは授業で習った。優秀な魔法使いが集まるこの学校でも、予知魔法を扱えるのは百年に一人いるかいないか。それも、鮮明な予知ができる人間はほぼいない。大抵、モノクロでぼやけていて、起こりうるとは思えないほど現実とかけ離れた、曖昧な予知。十回に一回当たる程度の、少しだけ信頼性の高い占いのようなものらしい。

しかし、歴史的に見ても王族は魔法使いとしても偉大だったと聞いている。その中でも特に強いと言われていたのが、魔王。魔王なんて異名が付くほどだ。その有り余る魔力を自在に扱い、千年先のことだって容易に予言できたかもしれない。

「君はマギーと魔法使いを滅ぼすためにやってきたってことになる」

アブサロンの表情があまりに真剣なため、ミアはまたごくりと唾を飲んだ。

(魔法使いを滅ぼすために存在する呪いの子？　そのために地球からここまでやってきた？)

急にズキズキと頭が痛み始め、ミアは思わず額を押さえた。

激しい痛みの中、頭の中に見知らぬ美しい女性の姿が浮かび上がってきて、何かをミアに伝えている。その口の動きを必死に追っていたその時、

「……なーんてことがあったら面白いよね！　映画みたいで」

パッとアブサロンの表情が明るくなり、美しい女性の姿がミアの中から消えた。一瞬にしてびっしょり汗をかいていたミアは、ふう、と大きく息を吐き、直後寒くなってきてローブを羽織った。

(何、今の……？　誰？)

戸惑うミアの前で、アブサロンは呑気にずずっと魔法茶を啜っていた。

数日後。

「ここで働かせてください！」

求人案内を読み込んだミアがバイト先として選んだのは――少し前に大量の椅子や飾りを破壊したカフェ、【魔法使いの弟子】だった。

色々と見比べた結果、このカフェの給料が一番よかったのだ。ドゥエルまでの期間と稼ぐための効率を考えるとなおさらここしかない。意図せず破壊行為をしてしまった場でもあり気まずさもあるが、駄目元で応募してみようと思った。

「ふぉっふぉっふぉ。図太くてよろしい」

オーナーは肩を大きく揺らして笑い、あっさりとミアの顔を上げさせた。ドキドキしながらオーナーの顔色を窺うが、彼の機嫌は予想外にもかなりよく、後ろを振り返ってそこにいた男に指示をする。

「スヴェン。面倒を見てやりなさい」

薄暗くてよく見えなかったスタッフオンリーの個室から、良い香りのする男が出てきた。褐色の肌とミルクチョコレート色の髪、眼鏡と黒手袋をした、色男という言葉がぴったりの色気溢れるその男は、店員用のエプロンをかけていた。

そしてミアを見下ろして数秒、

「あれ？　ドゥエルする子ちゃうん。一年の」

と、訛りあるイントネーションで問いかけてきた。

「僕、四年のスヴェン。知っとると思うけど。そっちはミアやろ？」

ミアは驚きながらこくこくと頷く。学内新聞のせいでフィンゼルの生徒たちにかなり顔が知られていることは分かっていたが、まさか三つ上の学年にまで顔を覚えられているとは思わなかった。

「珍しいな。何でここにしたん？　給料ええけど重労働やで。僕もおるし」

「剣がほしくて……」

「剣？」

「戦うための魔法剣が買いたくて」

「ふぅん？」

腰を曲げ、ミアの顔にかかる前髪を指でかき上げてその顔を覗き込み、じーっと見つめたスヴェンは、

「そら、馬車馬のように働かなあかんなぁ」

――まるで奴隷を見つけたかのような悪役じみた笑みを浮かべた。

「スープの材料買ってき。三分以内な。僕、待つん嫌いやねん」

材料のメモだけを渡され、首根っこを摑まれて店の外へ出される。

（こ、怖……っ。あんな悪い顔してる人の下に付いていいんだろうか……）

早速不安を覚えながら、三分以内などという無茶を言われたのをハッと思い出し、急いで走り始めた。

＊＊＊

「さて。どういう風の吹き回しなん？　爺さん」

ミアを追い出した後、スヴェンは腰に下げていたじゃらじゃらしたキーホルダーから鍵を一つ外し、コーヒー豆の蓋を開ける。豆の良い香りが漂った。

「ここ、大切な店なんやろ。本来もっときっつぅい面接やってるやん」

【魔法使いの弟子】は、求人案内を出してはいるものの、ほぼ人を求めていないような店である。歴代オペラであるオーナーから出される過酷な試験を突破し、オーナー自身に気に入られなければ店員としては働けない。採用基準は特になく、オーナーがただ漠然と強いと認めなければ入ることができないのだ。

おかげで、アルバイト店員は現在スヴェンしかいない状態である。人手不足はオーナーの使い魔で補っているため店は回っており、それでも問題はなかった。

「ふぉっふぉ。あの子はわしのお気に入りじゃから」

スヴェンはコーヒーをカップに注ぎ、温度が下がらない魔法をかけながら、オーナーの発言に不可解さを感じていた。

卒業後、防衛軍──現魔法軍で働いていたオーナーはリンクスの国との魔法戦争でほとんどの友人をなくしている。知り合いなどごく少数であるはずだが……。

(……親戚の孫とかか?)

そこまで深く聞くほどの興味もなかったので、そこで思考することをやめたスヴェンは、パッと笑顔を作って客の元にコーヒーを運んだ。

スヴェンを目的に来店している女子生徒たちは、キャーと黄色い声を上げて沸き立つ。

スヴェンは女子生徒たちに頼まれてツーショットを撮影し良い気分になりながら、ご機嫌でフードメニューの準備に戻った。

＊＊＊

【魔法使いの弟子】でのアルバイトが終わった後、ミアは酷く疲れており、のろのろとした足取りで体育館へ向かった。ブルーノとの召喚魔法の特訓があるためだ。

最初はミアの質問にさえ嫌な顔をしていたブルーノだが、どういった心境の変化か、ミアの転移魔法を見てからは熱心といっていいほどに手厚く指導してくれるようになった。

ブルーノが立ててくれた学習計画は完成度の高いもので、三ヶ月後のドゥエルも視野に入れスケジュール管理もしてくれている。アルバイトで疲れたからと言って練習を休むとその計画にズレが生じてしまうため、休むことはしたくなかった。

最初は文房具など小さなものの転移から、転移させたものをこちらに召喚する訓練、同じ場所へ別のものを転移させる訓練などを行い、慣れてくると徐々に転移させる物体のサイズを大きくしていった。最近はようやくロッティを召喚する許可を得られた。

練習を重ねるうちに分かったことがある。ミアは自分が作った異空間に物を転移させることは得意だが、例えば瞬間移動のような——体育館から中庭まで物を移動させるといったことは苦手だ。そして、遠くにある物を自分の近くに召喚するということも難しかった。あくまでも自分が構築した空間にある物しかこちらに呼び寄せられない。魔法使いに得手不得手があるとはこういうことか、とミアは納得した。

「オフネン・トーア！」

ごうっと音を立てて体育館の床が光り、オオカミのような姿をした大きな魔獣、ロッティが現れる。召喚が完了した途端、ロッティは嬉しそうにミアに飛びつき頬擦りをしてきた。

「……本当に懐いているな」

念のため杖を手に持って戦闘の準備をしていたブルーノが、仲良さげなミアとロッティの様子を見て呟いた。

ミアが体育館内でロッティを召喚したのはこれで二度目だが、最初の時もロッティはミアを一切攻撃せず、ミアを乗せて楽しそうに駆け回っていた。ブルーノの方には一向に近付かないが、攻撃をすることもなかった。ただミアと遊ぶ時間が楽しいといった様子だ。

「可愛いでしょ。ブルーノも仲良くなりなよ。餌あげるとかして」

ミアはもふもふしたロッティの体を撫でながらブルーノに提案する。

「フィンゼルの獣にか？」

生徒を襲ったという記録がある以上仲良くすることには抵抗があるらしく、ブルーノは一切ロッティに触れない。

「うん。昔の文献あさってみたんだけど、この子妖精が作ってる焼きりんごが好物らしいよ」

「人肉ではなく？」

「もう、ロッティは別に人肉が好物ってわけじゃないからね？　人を襲ったのだって理由があるみたいで……」

ミアは校舎内の図書室で色々と調べたのだ。

本来人前に現れることのないはずのロッティが森から出てきたのは、当時の王族が森の四方八方に罠をしかけて敷地内の魔法生物の生息域を極端に狭めたことがきっかけだった。

その時レヒトの国は戦時中で、森の木々を魔法兵器の燃料に使いたいという要望が増えていたらしい。自分や他の魔法生物の住む森を荒らされれば怒るのも当然だとミアは思う。

「どんな理由があれ殺人を犯した生き物だ。あまり入れ込むなよ」

「結果としてはそうかもしれないけど、その理由や過程が全部無視されるのは違うじゃん」

厳しいことを言うブルーノに対しミアはごにょごにょと反論しながら、今朝妖精からもらってきた焼きりんごをロッティに分け与えた。

「殺した人間は帰ってこない。その罪は重い。殺したという結果が全てだ」

「でも、原因や過程がないと結果は生まれないよ」

屁理屈かもしれない自分の考えを伝え、ロッティのもふもふとした毛を撫でる。

「……お前は本当に、怖いもの知らずだな」

ブルーノがその様子を見て呆れたように言った。

確かに、教科書にも載っているような恐ろしい獣に至近距離で餌を与えられる人間はミアだけであろう。仲良くなってみればそんなに怖くないんだけどな、と思いながら、ミアはロッティが焼きりんごを食べ終わるまで見守っていた。

「それで、今日は何するんだっけ？　召喚魔法と他の魔法を同時に使う練習？」

「そんなやつれた顔をしているくせに魔力の消費量が大きい召喚魔法の練習をする気か？　今日はスケジュールを入れ替えて攻撃魔法の練習をする」

「ええー！　今日は転移させるぞって張り切ってたのに」

「ここで倒れられても迷惑だ」

確かに、魔力の使いすぎで倒れた場合、介抱しなければならなくなるのはブルーノだ。これ以上迷惑をかけるわけにはいかないと思い、ミアは大人しく従うことにした。

ブルーノが何やら呪文を唱えると、その手元にどす黒い煙が生じ、ミアのサイズに合った二本の剣が生まれた。ブルーノはその片方をミアに渡してくる。

「この剣は？」

「俺が今魔法で生成した。職人が作った本物に比べれば耐久力はかなり劣る。すぐに壊れるが、ある程度持てば練習する分には十分だろう」

魔法で物体を生成するのはかなり難しいことだと授業で習った。魔法剣の職人でもゼロから作ることはなく、元々存在する様々な素材を集めて組み合わせ、そこに魔法をかけて強度の高いものにしていくというのに——。

耐久力がないものとはいえ、涼しい顔でゼロからの生成をやってのけるブルーノは、やはりフィンゼル魔法学校の生徒の中でも頭一つ抜けた存在なのだろう。

「始めるぞ」

片手に杖、片手に魔法剣。新しい戦闘スタイルだ。

カトリナとのドゥエルのために、これまで攻撃魔法の練習にも複数回付き合ってもらっているが、ミアは一度もブルーノに一撃を入れられたことはない。

「ラッセン・シュナイエン！」

「ラッセン・シュナイエン」

ミアが仕掛ける魔法に対し、ブルーノはわざわざ同じ種類の魔法で対抗してくる。ミアのそれよりも強い威力でミアの攻撃を防ぐ。時にミアでは決して貫けないシールドを張り、意地になったミアが何度も剣でシールドを叩き割ろうとするのを余裕ありげに眺めてくる。

「隙だらけだ」

そして、急にシールドを解除したかと思えば、よろけたミアの横腹に剣の柄頭をぶつけてきた。ミアはその衝撃で床に転げ、必死に体勢を立て直そうとするが、それよりも早くブルーノの魔法が襲ってくる。

「ブラーゼン」

ごうっと風が起き、ミアの髪が大きく揺れた。しかしそれだけだ。ブルーノはこちらに本気で攻撃してこない。練習なのだから当たり前だが、いつまでたっても少しもブルーノの本気を引き出せないことが悔しかった。

「これが魔法戦争なら二度死んでいるな」

ブルーノは座り込んだ状態のミアを見下ろし、淡々とそう言ってくる。ミアは奥歯を噛み締め、足に力を込めて勢いよく立ち上がり、片手に持つ剣でブルーノに切りかかった。

ただ切りかかるだけではなく、魔法を加えて剣自体を重くした。

「その重さではお前自身が剣をコントロールできないんじゃないか？」

ミアの渾身の一撃を軽々と杖で受け止めたブルーノは、ぐっと一歩踏み出しそれを弾き返してくる。ブルーノの言う通り、剣の重みに引っ張られてミアまで後ろに崩れ落ちることとなった。

剣にかけた魔法を解除し、今度は加速の魔法をかけて素早くブルーノにつける。キィンと音を立ててブルーノの剣とミアの剣が重なるが、ブルーノの力は強く、押さえつけるので精一杯だ。

ぐるる、と後ろでロッティが唸っているのが聞こえた。「違う、これは練習だから！　ブルーノは敵じゃないよ」と振り向いて叫ぶが、その瞬間ブルーノに押し負け、剣が弾き飛ばされる。飛んでいった剣は体育館の壁にぶつかり、粉々になった。

「こちらに集中しろ」

「だ、だって！　ロッティがブルーノを敵って認識したら襲いかかっちゃうかもしれないし」

「構わない」

「構わない!?」

「制圧できるから俺の前では召喚することを許可しているんだ。そいつが俺に襲いかかってきたところで脅威にはならない」

あのフィンゼルの獣に言う言葉とは思えなかった。

「簡単に言うけど、相手はロッティだよ？　怪我してもいいの？」

「治癒魔法で治せる」

涼しげな表情で言ってのけるブルーノに対し悔しく思い、ミアは少しためらいながらもロッティを振り返った。

「……だってさ、ロッティ。やっちゃっていいよ！」

ミアの指示によりロッティが大きく走り出し、ブルーノに襲いかかる。そのあまりの迫力に自分でけしかけておいて冷や汗をかいたミアは、思わず「ブルーノ大丈夫⁉」と声をかける。

しかしそんな心配は無用だったようで、ブルーノはしっかりと固定魔法でロッティの動きを止めていた。

「……魔法の効きが悪い。さすがだな、フィンゼルの獣」

ロッティが動きを再開するのは早かった。一度ブルーノから距離を置き、口から炎を吐き出してブルーノの周りを火の海にする。ロッティは容赦なく燃やすつもりだったようだが、ブルーノは炎を風で打ち消して身を守っているようだ。

本当にロッティと互角に戦っているのを見て驚くとともに安堵し、ミアも立ち上がってブルーノに攻撃をしかける。狙撃魔法を何度も発動させて攻撃するが、ブルーノがミアの狙撃の軌道を曲げてくるため、やはり一撃も入らない。

「ウァッサー・アフ」

それどころか、水魔法を用いて水を発生させ、周囲の炎を一気に消した。

ミアは走ってロッティの背中に乗り、一緒にブルーノへと向かった。

ロッティが凄まじい速さでブルーノに近付く。その速さに剣を構える暇がなかったらしく、ロッティの牙を腕で受け止めたブルーノは、治癒魔法で自身の腕を治しながら同時に杖を構え、ロッティに攻撃を返そうとする。

「そうはさせない！」

ロッティの背中から飛び降りたミアは、さきほどブルーノが噛みつかれた衝撃で落とした剣を拾い上げ切りかかった。しかしブルーノはそれを杖一つで防御するだけでなく、逆にミアに魔法攻撃を入れてくる。ミアはそれを剣で受け止めるので精一杯だ。

（自分の腕を治しながらでこの威力……!?）

同時に別の魔法を使うのはただでさえ難しいことだ。ミアはブルーノの実力にぞっとした。

けれど怯んでいる場合ではない。攻撃を入れるならロッティの方にもブルーノの気が向けられている今しかない。ミアは力を振り絞り、魔法剣を持っていない方の手で杖を振った。

ぱしゅっと間抜けな音がして、ミアが杖から発動した狙撃魔法がブルーノの頬を掠めた。不正確で威力も弱い、攻撃から身を守りながらの状態で放った精一杯の狙撃魔法が、ブルーノの顔に傷をつけたのだ。

「やった！」

喜んだミアが気を抜くのと同時に、強い風が巻き起こり、ロッティごと遠くに弾き飛ばされる。ブルーノの風魔法だ。床に尻もちをついたミアは、一緒に飛ばされたロッティの温かい体に背を預け、その体毛を撫でた。

「ありがとう、ロッティ！　もういいよ。ブルーノに一撃入れられたから。本当にありがとう」

ミアが喜んでいるのが嬉しいのか、ロッティはミアに頬擦りをしてくる。

ツーと垂れる血を手で拭ったブルーノが、治癒魔法でその傷を一瞬で治しながら近付いてきて、ぽつりと呟いた。

「……初めてだ」

「え？」

「テオ以外では初めてだ。まともに俺に攻撃を当てたのは」

ミアは心配してブルーノの腕を見るが、服は直っていないものの怪我は完全に治っているようだった。

「お前は案外本当に……」

何か言おうとしたブルーノはそこで口を閉ざし、考え込むように黙ってしまった。

「……でも、一対一ではないよね」

ロッティとの共闘で何とか出せた結果であることは忘れてはならないと思い、ミアは自分の中の嬉しさを押し殺そうとした。

「そいつはお前が召喚した魔獣だ。使い魔を用いて戦うのは自然なことだろう」

しかし、ブルーノは意外にもミアの勝利を肯定する。ミアはより嬉しくなり、「やったー！」とロッティの体に顔を埋めて喜んだ。

そして、ふと自分の体にあまり力が入らなくなっていることに気付く。疲れで体に限界が来ているようだ。

（……でも、こうしてる間にもカトリナは努力してる）

以前までのミアであればここでやめていただろうが、毎日カトリナを見ているうちに、もっと頑張らねばという気持ちが増した。

「ブルーノ、次は何する？」

「いや。今日はもう終わりだ」

「え？　何で？」

ブルーノから予想外の提案をされ、顔を上げた。

「疲れているだろう。見れば分かる。元々今日は長くは続けられないと予想していた」

「大丈夫だよ。私頑張れる」

「体に限界が来ているのに練習しても身に入らないだろう。効率が悪い」

ミアはすぐにでも練習を再開したかったが、ブルーノが頑なに拒否してくるので、諦めてじっとしていることにした。効率が悪いと言われてしまえば反論できない。今日はゆっくり体を休めて、明日早起きして練習した方がいいかもしれない。

そこでミアはふと、今日の練習後ブルーノに渡そうとしていたものを今渡してしまおうと思いたち、ポケットからそれを取り出した。

それは、一ヶ月に一度しかない手芸の授業で作ったオリジナルのハンカチだった。魔法の糸や特殊な布地などの素材選びから、ワンポイントの宝石の加工までミアが行った。

「これは？」

ハンカチを差し出されたブルーノは怪訝そうに見つめ返してくる。

「今日授業で作ったんだ。ブルーノにあげようと思って。いつも教えてくれてるからお礼」

このハンカチは、灯りの下に置くと柄が変わるように魔法を施してある。柄は全部で三パターンだ。柄が変わるものを作成するのは初心者には難しいですよと担当教員に忠告されたが、せっかくなので面白いものをブルーノにプレゼントしたいと思ったミアは、昼休みも返上してこのハンカチを作った。

ブルーノはハンカチを受け取り、珍しそうにぽつりと呟いた。

「この学校へ来てから、テオ以外の生徒に何かもらったのは初めてだ」

「……ブルーノってもしかして友達いない？」

思ったことをそのまま口に出してしまったがためにブルーノに軽く睨まれ、ミアは慌てる。

「い、いっつも無表情だから声かけづらいだけだと思うけどね！　もうちょっと笑顔増やしたら親しみやすくなると思うよ」

「必要ない。大抵のことは一人でできる」

ブルーノがミアからもらったハンカチを折りたたんでポケットにしまう。もしかすると受け取ってもらえないかもしれないと不安だったのでほっとした。

「いくらブルーノがすごい魔法使いでも、全部一人でできるなんてありえないよ。一人で無理しないで、頼りたい時は頼ってね。いつもお世話になってるし……私、ブルーノのことは魔法の先生みたいな存在だと思ってるから」

言葉にしてみると思っていたより恥ずかしく、ただよく魔法を教えてもらっている程度の仲であるのにおこがましいような気もして、最後の方は小さな声になってしまった。

「お前の先生になった覚えはないが？」

「冷たっ」

緊張しながら何とか伝えたミアに反してブルーノは淡々と返してきたので、急に距離を詰めすぎたかもしれないと余計に恥ずかしくなりうつむく。ミアが落ち込んでいると勘違いしたのか、ロッティがその頬をぺろぺろと舐めてきた。

くすぐったくて笑っていると、隣のブルーノが小さな声で言ってきた。

「感謝する」

ミアは驚いて顔を上げる。

「難しい刺繍と魔法が施されていた。時間をかけたものだろう」

興味なさげに見えたブルーノだが、ハンカチを渡した時にそこまで細かく見てくれていたらしい。

ミアは嬉しくなった。もしかしたら受け取ってもらえないかもしれないとも思っていたのだ。心を込めて作ったプレゼントを褒められると気分がいい。

来月の手芸の授業では、お世話になっているテオにも何か作ろう、とミアは思った。

少し休んで水分補給をし、転移魔法でロッティを戻す頃にはすっかり夜になっていた。

ブルーノと並んで【星の階段】を上りながら、ふとさきほど気になったことを聞いてみる。

「さっき、テオ以外では攻撃を当てたのは私が初めてって言ってたけど、テオに攻撃されたこともあるってこと？」

テオとブルーノはいつも仲がよく、本気で喧嘩（けんか）をしているところなど見たことがない。魔法で対決したことがあるというのが意外だった。

「同じ学年で別の部屋（クラス）だからな。クラス対抗の行事ではよくあることだ。それに、今でこそ寮の部屋が同じでよく喋（しゃべ）るようになったが、入学当初は違う」

確かに、頑固そうなブルーノとどちらかと言えばチャラチャラしたテオでは、そうすぐには馬が合わないことは何となく想像がつく。

（入学当初は喧嘩とかしてたんだろうか……）

強い魔法使いであるブルーノとテオが魔法を用いた喧嘩なんてしていたら、校舎が吹き飛びかねないのでは……とミアは身震いした。

すると、ブルーノが珍しく詳細を説明してきた。

「俺たちの代の新入生初のドゥエルは、俺とテオの対決だった」

「ええ!?」

喧嘩どころではなかった。そこまで仲が悪かったのか、と意外に思う。

「それってどっちから挑んだの……？」

「俺の方からだ。ドゥエルでの勝利も生徒としての成果になる。相手が強い魔法使いであればなおさら。俺はオペラ入りを確実にしたかった。だから当時の成績が学年二位だったテオにドゥエルを申し込んだ」

「……ブルーノ、そんなにオペラになりたかったんだ」

それも意外だった。テオが、オペラになれば魔法省の偉い人になるための試験を受ける資格が得られると言っていた。ブルーノもそれ目当てなのだろうか。

気になったので「何で？」と聞くと、ブルーノはこちらを一瞥し、数秒黙り込んだ後で口を開いた。

「俺は魔法省に入る。そして王立魔法図書館の全区画に入る権利を得る」

ブルーノの語気が鋭くなる。

「必ずだ」

その口調から、強い意志を感じた。

ミアの目的は、王立魔法図書館の一部に出入りできるよう、オペラ候補入りを目指すこと。しかし、ブルーノが目指しているのはその一歩先――魔法省に入り、全区画に入りたいらしい。

「……オペラとして私の面倒を見るのも、そのため？」

「それ以外に何がある？」

これまで幾度となく魔法の練習のために時間をともにしてきて、少しは仲よくなれたのではないかと思っていた。しかし、ここに来て急に突き放されたような気分だ。

（そうだよね。ブルーノがこうして練習に付き合ってくれてるのも、私がロッティをコントロールできなくなったら学校内でまた大きな事件が起こっちゃうかもしれないからだ。オペラとして、事件を未然に防がなきゃいけないから）

ミアは、ただそれだけという当たり前の事実に、なぜかショックを受けている自分をおかしく思った。

決闘（ドゥエル）

ミアがアルバイトを始めて、三ヶ月ほどが経（た）った頃。

「お前、最近やつれてね？」

いつものごとく待ち合わせ場所にミアを迎えに来たテオは、ミアを見て心配するような声を出した。

ミアは疲弊しながらもできるだけ笑顔を作り、「やつれても美人でしょ」と茶化す。

この三ヶ月、授業が終わればブルーノによる召喚魔法の特訓、予習復習、ドゥエルのための特訓があり、バイト先ではスヴェンにこき使われ、心が休まる暇もなかった。

「そんなんで大丈夫なのかよ。明日ドゥエルだろ」

「大丈夫ですー。あ、そう、バイトの仕入れしてる時にね、良（い）いもの見つけちゃって、魔法剣買わずにそれで戦おうと思ってるんだ」

「良いものぉ？」

「ふふ、楽しみにしてて」

テオはいくらか不安そうに見つめてきた。

「今日はよく寝ろよ。明日の朝飯、ブルーノが作ってくれるらしいし」

「ほんと？　楽しみ」

「マジマジ。ブルーノの飯食って元気いっぱいで行け」

テオがむにっと悪戯にミアの片方の頬をつねってくる。

テオはきっと、ミアがあのカトリナに勝てるなどとは思っていないだろう。ただ、ミアのここ最近の努力は評価してくれているようだった。


「〰〰っおいしい！　ブルーノ天才！」

翌日の朝は、テオが言っていた通りブルーノの作った料理を食べることができた。朝が苦手なテオはまだ眠っているので、先にいただいてしまった。ガーリックトーストと目玉焼きとサラダ、スープに、専用の鍋で作ったあつあつのチャイティーラテ。荒廃したレヒトの国では作物が育たないため、その材料のほとんどが自然ではなく魔法で作られたものだ。見た目は同じでも、ミアの記憶にある〝地球〟の料理より味が落ちるはずなのだが――ブルーノの作った朝食は味付けが凝っていてとてもおいしい。

久しぶりに満足のいく食事ができたミアは、作ったブルーノを褒め称えた。

ブルーノのご飯をぺろりと平らげ、長い髪を大きなリボンで一つに纏めたミアは、ドアの前で靴を履いてブルーノを振り返る。

「じゃあ……行ってくるね」

ブルーノがあくまでも目的のために自分の面倒を見てくれているのだと知ったあの日から、ミアは何となくブルーノと二人で話すのを気まずく感じていた。だから、今も目を見て喋れていない。

てっきり適当な答えが返ってくると予想していたが、意外にもブルーノはミアに質問を投げかけてきた。

「怖くないか？」

「……何が？」

「記憶をなくす以前にどれだけ魔法を使っていたか知らないが、記憶を失ってからのお前はまだ魔法を使い始めて間もない初心者だ。それがあのカトリナを相手にする」

ドゥエルの事前準備や本人確認の審査のため、ミアはこの後すぐ待機室へ向かう予定だ。待機室に入れば最後、やむを得ない事情以外での辞退は認められない。向かってしまえば後戻りはできないということである。

ブルーノが言いたいことを理解したミアは、強気なことを言ってみせた。

「この日のためにもブルーノと魔法の練習してたんだよ」

カトリナの優秀さを毎日同じクラスで見ていて自信を失いかけた時、自分の先生がブルーノであり、ブルーノの指導のもと練習しているという事実がミアを支えた。一人なら途中で無理だと諦めていたかもしれない。今、あのカトリナ相手に恐怖を感じていないのは、間違いなくブルーノのおかげだ。

「力試しにはちょうどいいでしょ？」

ブルーノはその返事に呆気にとられたような顔をし、その数秒後、ゆっくりと面白そうに口角を上げる。

「頑張ってこい。お前ならできる」

ミアはその言葉に驚き、ブルーノから顔をそらして「う、うん」と短く返事した。嬉しかったのと、照れてしまったのだ。

テオはミアが負けると予想しているようである。他の生徒もそうだろう。あのカトリナに勝てる者がいるはずがないと皆言っている。普通に考えればそのような判断になることを、同じクラスでカトリナを見ているミア自身も理解している。

だがブルーノは――ブルーノだけは、お前ならできると言ってくれたのだ。

たとえブルーノにとってミアの面倒を見ることがオペラとしての義務でしかなかったとしても、今のミアには、その言葉だけで十分だった。

＊　＊　＊

主に魔法体術の授業に利用されている大きな芝生のグラウンドをぐるりと囲むようにして観客席が並んでいる。ドゥエルの際は学年問わず多くの生徒がここに集まり、魔法での対決を観戦する。

ドゥエルの時間は全講義が休講だ。観戦するかしないかは自由のため、グラウンドには向かわず休憩する生徒ももちろんいるが、今回はいつもよりも集まりがいい。イーゼンブルク家のカトリナのドゥエルであるからだろう。

観客席の中で一番見やすい場所に位置しているのは、オペラの特等席だ。この席に座ることが許されるのはオペラのみ。席に魔法が施されていて、オペラの資格を持つ者しか近付くことができないよう設計されている。

ブルーノはテオと並んでその椅子まで向かった。

六つあるうちの二つは空席のようだ。来ていないのはオペラのトップであるラルフと、カトリナの姉であるイザベル。

「あ〜れ。イザベル来てへんねや。妹の試合やっちゅうのに冷たい奴やなあ」

「い、い、妹の、試合だから、来ないんだと思う……」

「オペラの参加はほぼ強制やのに、そんなノリで休まれたらかなわんな。僕もサボれるもんならサボりたいっちゅうねん」

既に着席しているスヴェンとドロテーがそんな会話をしている横を通り過ぎ、二人は自分の席につく。

ここにいるほぼ全員が〝カトリナのドゥエル〟を観に来ている中、ブルーノとテオだけが〝ミアのドゥエル〟を観に来ている。

「いや〜なんかこっちが緊張してきたな。ほんとにドゥエルすんだな、あいつ」

テオがこちらにしか聞こえないような魔法を使って話しかけてくる。ブルーノも同様の魔法を使用し、傍にいる二人のオペラに自分の声が聞こえないようにした。

『ドゥエルが始まります』

アナウンスと共に、白い妖精たちが会場内を飛び交い、煌めく粉を撒き散らして去っていく。東と西の入り口から、妖精たちが放った眩い光を纏い、二人の女生徒が現れた。

ドゥエルをする際の正装であるショート丈のドレス。カトリナが血のように赤いドレスを身に着けているのに対し、ミアは純白のレースのドレスを着ており、長い金髪を白い花の髪飾りを用いて一つに纏めている。

カトリナは豪華な装飾が施された高価な魔法剣を片手に、堂々と立っている。妖精たちの煌めく粉が薄まっていく中、徐々にミアの姿もよりはっきりとしてきた。

「っはぁ!?」

背もたれに背を預けていたテオが思わず身を乗り出す。

ブルーノも自分の目を疑った。

「…………俺の幻覚か、ブルーノ」

「いや…………どうなんだろうな」

何が起こっているのか分からず、ブルーノは曖昧な答えを返すことしかできない。

何故なら立派な魔法剣を持っているカトリナに対し、ミアが持っているのは——長ネギなのである。

ぎゃはははははは！ とスヴェンが大きな声をあげて笑うので、ブルーノは思わずそちらに目をやった。

スヴェンが腹を抱えて笑い、笑いすぎて椅子から転げ落ちたのを、ドロテーがあわあわしながら立たせている。

「まじでやりよったアイツ！」

「ど、ど、どうしたの、スヴェン」

「俺な？ あいつが長ネギ余分に買うてたの見てな？ なんに使うねんこのネギ！ お前が欲しがっとる魔法剣の代わりにでもしたらええんちゃうかってツッコミ入れてん」

おもろ～と言いながら椅子に座り直し楽しげに頬杖をつくスヴェン。

（スヴェンはミアと面識があるのか？ いつどこで会ったんだ？）

ミアからそのような話が出たことはない。

そもそも、よく考えれば、ミアはオペラのメンバーの顔と名前を知らない可能性がある。

警戒しなくて当然だ。

ミアのことを隠すなら、ミアの交友関係も把握しておくべきだった――とブルーノは反省しながら、再びグラウンドの方に視線を戻した。

＊＊＊

「――バカにしてるんですの？」

厳かなドゥエルの場で急に長ネギを持ち出されたカトリナは、案の定不機嫌になった様子でぶるぶると怒りに身を震わせている。

「バカになんてしてない。このネギは魔法でコーティングしてるし、武器として十分使える」

ゼロから剣を生成したブルーノを見て、自分にもできるのではないかと思い数日かけて試してみたが、ミアのレベルではやはり無理だった。代わりに、棒状の物体に強化魔法をかけ、一時的に魔法剣として使うこともできることを発見したのだ。

「だからって……！　このわたくし相手にネギなんて！」

「これが貧乏人の戦い方だよ、オジョーサマ」

【魔法使いの弟子】の給料がいくらいいとはいえ、ちゃんとした魔法剣を購入するには金額が足りなかった。稼ぎが間に合わなかったのだ。直前で魔法剣を用意することを諦め、ちょうどいい棒状の物体はないかと探していたところ、スヴェンに長ネギを魔法剣の代わりにでもしたらええんちゃうか！　などと言われた。そこで、確かに農業分野で活躍している魔法使いたちが魔法を込めて生育した長ネギであれば、その辺に生えている木の枝よりは強化しやすいことに気付いた。

ミアは自信を持って自分の用意した長ネギを構える。

「ドゥエルを申し込まれた時はよく分かんないまま承諾しちゃったけど、あの後この学校で言うドゥエルの意味をよく調べたんだ」

「入学案内に書いてあることですわ。もっと早く知っているべきでしてよ」

「確かにそうだね。……〝負けた側は相手を停学させられる〟って言っていたけど、正確には何でも一つ命令を強制的に受け入れさせることができるってルールだったこと、後で知ったよ」

カトリナがグレーのツインテールを揺らし、確実に重いであろう魔法剣を片手でしっかりと握り直すのが見える。

「私が勝ったら、こう命令する」

〝私が勝ったら〟と、自分を相手に勝つことを仮定されたことに驚いたのか、前方にいるカトリナが目を見開いた。そんなカトリナに向かって、自信を持って笑ってみせる。

「──私と友達になって、カトリナ。上下関係なしの友達に」

本気で努力した勉強でも運動でも、カトリナには一度も勝てなかった。カトリナに成績で勝つこと自体を目標にしていたわけではないが、ドゥエルのための勉強をしていく仮定で、ミアは否応なしに気付いたのだ。

ブルーノの言っていた通り、このカトリナという生徒にあるのは家の名前だけではない。彼女は家の名だけで驕っているわけではない。

カトリナは元々相当優秀で、努力家だ。ミアは成績発表を見るたび、そんなカトリナに惹かれていた。

「ふざけるのも大概にしてくださいませ！」

ミアの言葉でイラついた様子のカトリナが魔法剣を振り上げ、地を蹴って切りかかってくる。ミアは何とかそれを長ネギで受け止めた。そのあまりの衝撃に長ネギを持つ両手がビリビリと痺れた。

カトリナの攻撃を一度受け止めただけで、観客席からはおおっと歓声が上がる。

どんどん重みが増していくため、これ以上受け止めているのは無理だと判断したミアは、地面を蹴り後ろへ逃げる。足の裏に魔力を込めたため、想定よりうんと遠くまで逃げることができた。

しかし、カトリナの方も素早いスピードで距離を詰めてくる。切りかかられては受け止め、逃げ、追い詰められての繰り返しだ。

ミアには反撃する余裕がない。悔しいが劣勢だった。

＊＊＊

「こないなおもろいドゥエル初めてやわぁ」

観客席では相変わらずスヴェンが涙を出して笑っていた。長ネギで戦っているにもかかわらず、ミアは至って真剣な表情で戦っているのが面白いらしい。

「じ、自分を停学させようとしてる相手と友達になりたいなんて、へ、変な子……」

その隣のドロテーも不思議そうに呟いている。観客席からグラウンドまではそれなりに距離があるとはいえ、魔法で声は届いているのだ。

ドロテーの言葉には、ブルーノも同意だった。〝変な子〟――ミアと関わっていて、常々ブルーノも思っていることだ。

「な。イザベルもおったらどんな反応したやろ。来ればよかったのにな」

スヴェンが勿体ないと言いたげに肩をすくめる。

この場にはいないカトリナの姉。家の名前に惹かれたという理由だけで近付く者も多い妹の、〝対等な友達〟を志願するクラスメイトを見て――彼女ならば、どう感じただろうか。

「……分かってはいたけど、厳しいな。やっぱ」

隣のテオがぽつりと言った。

「ま、カトリナ相手だしこんなもんだろ。ミアにしてはよくやった方なんじゃねえの」

テオは背もたれに背中を預け、予想の範疇だとばかりに言う。元よりテオは、ミアが勝つとは思っていない。

「――いや。まだだ」

ブルーノは落ち着いていた。まだ勝機はあるからだ。

＊＊＊

ぼっと火が燃え上がるような大きな音がしたかと思えば、ミアが防衛魔法を使って自分に結界を張っていた。

ミアの周りを呪文の鎖――文字の羅列が飛び交っている。カトリナがいくら魔法剣で切りかかっても弾かれる。

ふん、とカトリナは鼻を鳴らした。この程度の防衛魔法は十分解除できるものだ。

剣をおろし、結界の解除魔法の呪文を唱えようとした時――結界の中のミアが、ドレスの腰に差していた杖を引き抜き、先に呪文を唱える。

「――エア・シャイネン！」

カトリナの背後から強い光の気配がした。

「……!?」

カトリナが後ろを振り返ると、地面が円形に強い光を放っていた。この会場を照らすどの炎よりも強い光だ。

「今のは……召喚魔法の呪文……？」

信じられなかった。召喚魔法はカトリナでも苦戦するような魔法だ。それを防御魔法を発動しながら同時に発動するなどありえない。

ぎりっと歯を噛みしめたカトリナの身に、次にゾッとするほどの寒気が走る。

何かが来る。膨大な魔力を持った何かが。

結界の中で杖を持ったミアは息を荒げ、汗を垂れ流しながら笑っていた。

「よろしく、ロッティ」

目の前にいるのは――フィンゼルの獣。学校内で二度の未解決事件を起こした恐ろしい魔獣。そのオオカミのような姿を見て、何か分からない者はこの学校にはいない。

カトリナは怯んだ。フィンゼルの獣、教科書で何度も見た姿と大差はない。

「……どうして……」

優秀な魔法使いが集まるこの学校で、二度にわたり多数の死者や負傷者を出した魔獣が目の前に現れたのだ。当然ながら、観客席は一気にざわついた。逃げようとする生徒、治安部隊に連絡しようとする生徒たちもいる。教員たちもすぐに杖を構え、魔獣を捕縛しようとしている様子だ。

しかしその時、会場中の生徒や教員たちが、一気に石化したように固まった。彼らに何らかの魔法がかかったことはカトリナにも分かった。

『神聖なドゥエルの邪魔をするのは、オペラトップとして許せんのう』

脳内に響くその声は、オペラのトップ、この魔法学校で最強の魔法使いとされるラルフのものだ。どこに居るのかは不明だが、会場内のどこかでこのドゥエルを眺めているらしい。

(正気ですの？　中断しない気ですか？　フィンゼルの獣がいますのに？)

ラルフが魔法で制したためか邪魔は入らず、ドゥエル中止の合図はなかった。

フィンゼルの獣がドラゴンのように炎を吐き出し、まだ状況を呑み込めず戸惑うカトリナに攻撃をしかけてきた。

「ブラーゼン！」

カトリナは力を込めて風の魔法を使い、その炎をかき消す。

(……上等ですわ)

ぐっと魔法剣を握り締めた。

(フィンゼルの獣が、なんだって言うんですの)

大量の魔力を魔法剣に込めて、カトリナは走り出す。

この獣を倒せば

わたくしの実力を認めて

わたくしを見に来てくださいますか、お姉さま

――オペラの特別な観客席のうち二つは、未だに空席である。

王政廃止後、王族は魔法軍によって殺害された。王族の遠い血を引く家系の中でも残されたのは、イーゼンブルク家のみだ。

イーゼンブルク家では代々強力な魔法使いが生まれ、どの人間も立派な魔法使いとなり、民間人に貢献していた。そして彼らは、王族の遠い血縁者でありながら王族とは一線を引

いていた。そのような姿勢も鑑み、イーゼンブルク家の血筋が国益になると判断した魔法軍は、彼らだけを残したのだ。

カトリナにとってイーゼンブルク家は誇りだった。しかし、カトリナの姉であるイザベルにとっては、イーゼンブルク家は足枷だったらしい。

イザベルはフィンゼル魔法学校に入学すると同時に、イーゼンブルク家には帰らなくなった。

対してカトリナはイーゼンブルク家という名を大切にし、イーゼンブルク家に恥じない人間になろうと生きてきた。イザベルにとって苦痛でしかなかったであろう家の名を背負う生き方を、カトリナは自主的にしていたのだ。その思想の差も、イザベルがカトリナを嫌う理由なのであろう。

「どうして家に帰りませんの？　お父様もお母様も叔母様も、お姉様に会いたがっていますわ」

入学後、カトリナはイザベルに会いに行き、ポケットに手を突っ込んだまま怠そうに立っている彼女に問いかけた。イザベルは家で大事にしろと散々言われていた銀色の髪をばっさりと切り、耳にピアスをつけ制服もはだけさせており、家を出る前とは別人のようだった。

「それに、なんですのその格好は！　イーゼンブルク家の名に傷がついたら――」

「あたしとアンタは違う」

そう言い放って通り過ぎていったイザベルの冷たい目を、カトリナは今でも毎晩思い出す。

イーゼンブルク家が嫌いなイザベルにとって、同じ学校に入学してきたカトリナはできるだけ関わり合いたくない存在に他ならなかったのだ。カトリナはその態度に少なからずショックを受けた。

カトリナから見たイザベルはイーゼンブルク家の名にふさわしい優秀な魔法使いで、一歩先を行く憧れの存在だった。だからこそカトリナは、彼女に認められたいと思っていた。同じ学校に入学すれば認めてくれるに違いないと期待していた。

けれど、イザベルはカトリナを拒絶した。

（お姉さまがわたくしに目もくれないのは、わたくしがまだ未熟だからだ。もっと成果を上げれば、イーゼンブルクの血を見直してもらえるかもしれない）

その日からカトリナは元々できていた勉強に更に力を入れ、日々励んだ。そして、イザベルと同じオペラを目指した。

「ああああああああああああ！」

カトリナはフィンゼルの獣の放つ膨大な魔力の気にやられて鼻血を垂らしながら、何度も切りつける。攻撃は当たっているはずであるのに手応えがない。さすがは、この国に名を残す危険な魔獣である。

オオーーーーンとフィンゼルの獣が吠える。そのあまりの迫力に、会場中の人間の体にビリビリと張るような痛みが走る。

しかしカトリナは怯まない。フィンゼルの獣が繰り出す水魔法に対し、水魔法で張り合う。互いの出した水の塊が激しくぶつかり合い、しぶきを上げる。少し油断して力を抜けば、体中がズタズタにされそうなほどの勢いの水圧だ。

カトリナはいつの間にか魔法剣を捨てていた。杖ひとつでフィンゼルの獣と向き合い、己の持つ全ての魔力を集中させ、フィンゼルの獣を倒そうとした。

鋭い牙と鋭利な爪。他の女生徒であればこの獣を前にしただけで腰を抜かしてしまうだろう。けれどカトリナは果敢に立ち向かった。

ここで負けるわけにはいかない。もしかしたら、姉が見てくれているかもしれないのだ。怯んでしまっては、イーゼンブルク家にとっても恥となる。

魔法の杖を振るい、一瞬にして氷の結界を作り出す。カトリナに噛みつこうとしたフィンゼルの獣の牙は氷に当たり、一瞬にして凍りついた。カトリナは次なる攻撃に踏み出す。魔法の杖を高く掲げ、何度も呪文を紡ぐ。

ぼうっと燃え上がるような炎の魔法が杖から放たれ、フィンゼルの獣の体を直撃する。

しかし、直撃したはずの炎をフィンゼルの獣は風で打ち消した。

（その辺の魔法使いよりも魔法を使いこなしていますわ……！）

カトリナは一度距離を置くようにグラウンドを走り回りながらフィンゼルの獣の次の出方を窺う。

フィンゼルの獣はすぐにカトリナの方へ向かってきて、凶暴な魔法を放とうとしてきた。

カトリナも負けじと魔法の杖を振り、巧妙に攻撃を交えた。

戦闘は激しさを増し、普段平和な授業にのみ使われているはずのグラウンドはかつてないほどの激しい闘いの舞台と化した。

――しかしその時。カトリナの後ろから、くすりと笑う声がした。

「敵は私でしょ？　よそ見しないで」

「っ――！」

カトリナの背後、結界の中で大人しくしていたはずのミアが魔法の杖の矛先をこちらに向けている。フィンゼルの獣に全神経を集中させていたカトリナは、ミアの攻撃に対し防御魔法で対応することができない。

「ブラーゼン！」

ミアの放った風魔法の勢いにより、カトリナは場外へと吹き飛ばされた。

『カトリナ選手、退場です』

ミアの勝利を告げるアナウンスが鳴り響く。

咄嗟にぶつかる衝撃を抑えたものの、観客席の椅子で背中を強打しカトリナは動けずにいた。

「ありがとう、ロッティ」

ミアがフィンゼルの獣の頭を撫で、頬を擦り合わせる。くーん、と先程までの恐ろしいオーラとは一変、可愛らしいペットのような鳴き声を上げるフィンゼルの獣に、カトリナも、会場中も困惑していた。

＊＊＊

「あれを許したのか？」

テオがブルーノの間違いを正すように睨みつけてくる。

「召喚魔法なんかこの場で使わせたら嫌でも注目されるぞ。分かってんだろうな？」

「勝つためには手段を選ぶべきじゃない」

「こんなとこで負けず嫌い発揮してんじゃねぇよ」

召喚魔法を完璧に使いこなしているだけでなく、フィンゼルの獣を飼い慣らしている一年生。そのうえ、イーゼンブルク家のカトリナにドゥエルで勝利した。今後注目の的にならないはずがない。ドゥエルに出る時点で注目は避けられない事態ではある。しかしこれで、想定していた以上の注目を集めることになる。新聞部だって調査を開始するだろう。

ブルーノもそんなことは分かっていた。分かっていたが――止めたくなかった。急成長するミアがどこまで行けるのか、ミアであれば出身など関係ないと本当に示せるのではないかと――興味があったのだ。

「注目されてバレたらどうすんだよ、不可解な点があるって」

「情報操作なら多少無理をすれば可能だ」

最悪の場合、闇の魔法を利用して生徒全体の記憶を操作することだってできる。

「……なんでそんな、あいつがこの学校に生徒として在籍してることに協力的なんだ？　お前だって最初は反対してたくせに」

「ミアの魔法使いとしての才能はこの学校にいる生徒たちに匹敵する」

テオとの間に数秒の沈黙が走った。その後、先に口を開いたのはテオだった。

「妹ができた、みたいに思ってんじゃねーだろうな？」

「……」

「ったく、別にいいけど入れ込みすぎてお前が処分受ける羽目になるようなことはやめろよ？　あいつは――お前が殺した妹とは違う」

テオの忠告に対し、ブルーノは何も答えなかった。

＊＊＊

シャワーを浴び、着替えも終えて、カトリナから逃げている際にできた小さな傷も治癒魔法で治したミアは、準備室から出て、グラウンドの裏にある通路を歩いていた。

テオにドヤ顔することが楽しみすぎて鼻歌を歌うミアの視界に、見慣れた男が入ってきた。褐色の肌とミルクチョコレート色の髪、眼鏡と黒手袋をした、色男という言葉がぴったりのその男。

「げっ」

思わず嫌そうな声をあげてしまったミアは、慌てて自分の口を手で押さえる。

「なんやその反応。バイト先の先輩が真っ先にお祝いしに出向いたんに、喜ばんのか」

「……嬉しいなあ……」

ミアの脳裏に蘇る、魔法剣のために嫌というほどパシリにされこき使われた日々。

思ってもないことを言ったミアの頬をスヴェンが片手で掴んで、顔を上げさせてくる。

「笑えよ」

「ひっ！」

「ぶ、っはは、ビビりすぎちゃう。今はいじめたりせんよ。君、勤務時間外やし」

いじめに来たんじゃないなら何しに来たんだ、とミアはスヴェンに疑いの目を向けてしまう。

「ネギは？」

「……粉々になった」

ミアはドゥエル前、カトリナの情報を集めて何度もイメージトレーニングをした。

本当は結界を張る予定などなかったのだ。他の魔法に魔力を使用していると、召喚魔法の精度が落ちる。危険なのでできれば使いたくない手だった。それでも使わざるを得なかったのは、カトリナが長ネギを破壊したから。

（あれだけ保護魔法をかけたのに）

やっぱりカトリナはすごい魔法使いだとミアは改めて思った。

「へえ。記念に飾っときたかってんけどな」

「……バカにしてるでしょ」

ニヤニヤしながら顔を覗き込んでくるスヴェンをミアは睨む。

「馬鹿にしに来たなら帰って」

「ん～？　それが外の新聞部退かしてくれた人に対する態度なん？」

「新聞部……？」

「このまま出たら君、〝あの〟新聞部の餌食やったで。あいつら取材始めたら夜まで逃がさんやろうし、魔法でテキトーに混乱させて別の場所に誘導しといたったわ。床にデコつけて感謝してほしいところや」

「新聞部が何で私に取材を？」

「それ本気で言うとる？　君は今注目の的やで。魔獣使いとしてな」

確かに、フィンゼルの獣を飼い慣らす一年生というだけでもかなりの話題性はあるだろう。注目されてしまうことは予想できていたが、ロッティを使う以外に、カトリナとの実力差を埋める方法を思いつかなかった。

「どこであのバケモン見つけたんか知らんけど、おかげで僕も君から目ぇ離せんようになったわ」

ロッティのことを〝バケモン〟と言われたことが気に食わず、ミアはぴくりと眉を動かす。

「どういう意味」

「見たところ、君は転移魔法であの魔獣を綺麗にしまっとる。でももし君の中を巡る魔力が不安定になったら？　あれだけの図体の魔獣に対して召喚魔法と転移魔法を使う魔法使いはそうおらん。前例がない分何が起こるか分からんっちゅーのが正直なところや」

スヴェンはずいっとミアの顔に顔を近付け、不気味にもニコリと笑った。

「もしもあの魔獣が五十年前と同じような事件起こしたら——使役した君を殺してあれも殺す。よろしゅう」

そして、囁(ささや)くように、低く甘やかな声で脅しを口にする。

ミアはようやく理解した。この男が釘(くぎ)を刺しに来たのだと。

「ロッティは私の嫌がることはしないし、あなたに負けたりもしない」

反論したミアに対し、スヴェンが目を見開く。【魔法使いの弟子】でのミアは常にビクビクしていたため、言い返してくるとは思わなかったのだろう。

「ふ、君ほんまにおもろいな。僕が誰だか分かってるん？」

「バイト先一緒なんだから、誰か知ってて当たり前でしょ」

スヴェンから決して目を逸(そ)らさずに答える。

それを聞いてニヤニヤしながらじっとミアの目を見つめてきていたスヴェンが、ふと何かに気付いたように表情を変えた。

「……君、なんや？」

「え？」

「出自が視(み)えん。ほんまにこの国の人間か？」

「っ——！」

「──何してんだ？」

スヴェンの核心を衝いた質問に身動いだミアの背後から、聞き慣れた声がした。

「テオ！　ブルーノ！」

その声に安堵して顔を上げ、すぐにスヴェンの傍を離れ二人の元へ走った。緊張しすぎてもう限界だった。

走る途中で何もないところでつまずきこけかけたミアを、ブルーノが抱きとめる。そしてそのまま少し警戒するような目でスヴェンの方に視線を向けた。

「なぜスヴェンがここにいる？」

「それはこっちが聞きたいねんけど。その子知り合いなん？」

スヴェンがポケットに手を突っ込んでブルーノに問い返す。

「知り合いっつーか……」

「何もしてないだろうな」

答え方に困っているテオの隣で、ブルーノが少しきつい口調でスヴェンに問いかけた。

一瞬きょとんとしたスヴェンは、少し考える素振りをした後、「あー、なるほど」と納得したように指差した。

「ブルーノのカノジョなんやね。その子」

「違う」

勝手な解釈をするスヴェンに対し、ブルーノが即答する。

「安心しぃ、別に危ないことは一個もしてへんから。ただバイト先の後輩やし、お祝いの言葉くらい言お思たんよ」

「はァ!?」

テオはスヴェンの言葉に驚いた顔をした後、ぎろりとミアを睨んでくる。聞いてないぞ？　という圧を感じ、ミアは思わず目をそらした。何だかよく分からないがスヴェンと仲良くしているのはまずいらしい。

別に隠していたわけではなく、バイト先が【魔法使いの弟子】であることまではテオたちに伝えていなかっただけだ。

「ま、ブルーノが見とってくれるんやったら関係ないか。下手に強大な魔法使える初心者は暴走しやすいから気ぃつけや。ほな」

ひらひらと黒手袋をつけた手を振り、先に外へ出ていくスヴェン。残されたミアたちはその後ろ姿が見えなくなるまで、警戒するようにその体勢のまま固まっていた。

そして本当に三人きりになった時、ミアはブルーノから離れて改めて伝えた。

「ブルーノ！　勝ったよ！」

「いや俺はどうした」

ブルーノにだけ報告してしまったせいか、テオがすかさずツッこみを入れてくる。

「ああ。見ていた」

「え？　俺いない方がいい空気？」

テオは疎外感を覚えたらしく、苦笑いしながらミアとブルーノを交互に見てくる。ミアは慌ててテオにお礼を言った。

「テオも、なんだかんだ観に来てくれてありがとうね」

「いや、オペラは観に行くの義務だしな……」

「私に勝ってほしくなかったでしょ」

「そりゃ、お前の立場とか考えたらそうだろ」

「見逃してくれてありがとう」

笑ってそう伝えると、テオは気まずそうにがしがしと頭をかいた。

「勝ってほしくなかったんじゃねえよ。勝つと思ってなかった。……すげえよ、お前。認めたくねえけど」

「ほ、褒めた！　テオが私のこと褒めた……！」

「うるせえ！　褒めてねーよバカ！　それよりスヴェンだ！　迂闊にオペラに近付くな！」

「え？　オペラ？　知らないよ、ブルーノとテオ以外は」

「スヴェンだよ！　四年のオペラの一人！　土を司る精霊ノームに最も愛されてる男

だ！」

ミアはスヴェンの顔を思い浮かべ、衝撃の事実に固まった。ずっと一緒に働いていたが、そこまで強い魔法使いだとは思っていなかったのだ。

「他のオペラにお前が部外者だってことがバレたらややこしくなるだろ。アブサロン先生にも今回は俺らだけで対応しろって言われてるし、できれば関わってほしくなかった相手だ」

さきほどスヴェンに言われた言葉が蘇ってきて、ミアの血の気がさーっと引く。

(今からでもバイト先変えた方がいいかな。……でもあれだけ給料いいとこ他にないし)

スヴェンにこき使われる日々だったが、あそこで働いていたおかげでアブサロンに頼らなくてもいい程度の金額は稼げた。魔法剣を買えるほどの余裕はできなかったにせよ、学校内で働くなら一番いい店だ。まかないもあればオーナーも優しい。フィンゼル魔法学校で暮らすようになって、ミアが唯一おいしいと感じるのはブルーノの手料理と【魔法使いの弟子】の軽食だけだ。

「土を司る精霊ノームに最も愛されてるってどういうことなの？」

ひとまずスヴェンのことを把握しようと、テオに聞いてみる。

「精霊は本来選り好みをしない。ただ土の精ノームは別だ。百年に一度この地にいる誰かを気に入り、魔力を惜しみなく与え、地中奥深くに隠された秘宝の番人を任せる。その力を見込んで、この国では王政の時代からずっと、ノームに気に入られた人間に国の重要な書物や宝の保護も任せてんだよ。スヴェンにはそれだけの魔力がある」

ふむふむとミアは頷いた。何にせよすごく強い魔法使いで、国家レベルの地位や権利もあるらしい。僕が誰だか分かっているのか、というさっきの偉そうな発言はそういう意味だったのか。共に働き一緒にまかないを食べるような関係であるにもかかわらず、そういえば互いに軽い自己紹介しかしていない。

「でも、バイト先でちょっと話す程度の関係だし、これまで何ヶ月も一緒に働いてきて気付かれなかったし、多分大丈夫な気もするけど、だめかな？」

「楽観的すぎるだろ……」

テオが呆れたように苦笑いする。

ブルーノもスヴェンは警戒しているようで、続けて忠告してきた。

「スヴェンは目立ちたがりの子どものような性格だが頭はきれる。気を付けろ」

ミアはさきほどスヴェンに言われた〝出自が視えない〟という指摘を思い出し、言いにくかったがおそるおそる伝えてみた。

「それが、さっきちょっとこっちのこと探られた気がするんだよね……」

「何だと？」

「私のことじ〜っと見て、出身が分からないって言ってきた」

ブルーノがテオと顔を見合わせた。両者とも何やら厳しい表情をしている。やはりまずいのだろうかと不安になりながら二人の返答を待つ。

「スヴェンは人の過去が視えるんだよ。そこまで詳細にじゃねーと思うけど、そいつが過去どんな風に過ごしてたかくらいは分かるらしい」

「何そのプライバシーを侵害してくる魔法!?」

テオの補足には驚いたが、人の過去を無断で覗くというあの性格の悪いスヴェンにはお似合いの趣味の悪い魔法だ、と内心失礼なことを考える。無論このような考えがスヴェン本人にバレたら死ぬほど痛い目に遭わされそうなので、口にはしないが。

「私自身に昔の記憶がないから出身までは視えなかったのかな？」

「おそらくそうだ。だがこのタイミングでバレてもおかしくはなかった。……お前がいつもわざわざ危険な橋を渡るのはどうしてなんだ？」

「ご、ごめんって」

ゴゴゴゴ……とブルーノの背後に怒りのオーラが見えるような気がして、慌てて謝罪する。

「シュトーレンはなしだな」

「えっ……！　私勝ったのに！」

「駄目だ」

頑なになしだと言うブルーノにショックを受けていると、隣のテオが不思議そうに聞いてくる。

「シュトーレン？」

「私が勝ったらシュトーレン作ってってお願いしてたの」

ブルーノが作ってくれる料理やお菓子の中でも、特にシュトーレンが好きだったからだ。シュトーレンは本来イベントごとの時しか作られないものであるため、普段お願いするのは気が引ける。だから、ドゥエルで勝ったら作ってほしいと頼んでいた。

テオはミアとブルーノを交互に見つめた後、ニヤァ……と不気味な笑みを浮かべた。

「お前ら、最近仲よくね？」

「え？……そうかな？」

そう見られるのは嬉しいが、ブルーノの方はどうだろう、とちらりと様子を窺うと、ニヤニヤしてしまうミアとは反対にブルーノは真顔だった。

「仲よくしているつもりはない」

「フーン？　あのブルーノが？　女の子に頼まれて菓子作りしようとしておいて？　仲よくない、ねぇ……？　ふ〜ん？」

テオはミアに負けず劣らずニヤニヤしている。自分以外とあまり仲よくすることがないブルーノに、親しい間柄の存在ができていることをからかいたくて仕方がないのだろう。

実際は、おそらくテオが期待しているほどは親しくもないのだが。

そんなテオの隣で、ミアはシュトーレンを諦めきれず、おそるおそるもう一度問いかける。

「シュトーレンはやっぱりなし？」

ふ、とブルーノが笑った。

「しつこいやつだ」

呆れたような笑いだが、以前よりも冷たい目はしていない。ブルーノのその表情を見たテオが大きな声を出す。

「いや、やっぱ仲いいだろ！」

「仲よくしているつもりはないと言っているだろ」

「俺の目はごまかせねぇから！　何年の付き合いだと思ってんだよ」

ギャーギャー騒ぐテオを無視して、ブルーノが歩き出した。

ミアも何だか嬉しく思いながらもその後に続き、勝利を手にした後の清々(すがすが)しい気持ちのまま、寮への道を歩いていった。

＊　＊　＊

「カトリナ様、ご無事ですか⁉」

保健室の一番奥のベッドで、ぼうっと窓の外の妖精たちの光を眺めていたカトリナの元に、クラスメイトたちが集まってくる。

治癒魔法で傷の手当てをしてもらったためカトリナの体はほぼ無傷だが、様子見のために今日一日は保健室で過ごすことになっている。

「……」

放心状態だったため、クラスメイトたちの声に対して反応するのが随分と遅れた。ようやく顔をそちらに向けた時、クラスメイトたちが次々とさきほどのドゥエルに文句をつけ始める。

「あんなものはズルです！　カトリナ様！」

「一対一で戦っていないではありませんか！　本来勝つのはカトリナ様だったはずです」

「それにあの魔獣……！　あんな危険なものを連れているなんて、あのミアという生徒は犯罪者かもしれません！　もしかしたら、五十年前の事件を起こしたのは彼女かも……」

「オペラの皆様に訴えましょう！」

「あんなお下品な娘がカトリナ様を吹き飛ばすだなんて無礼にもほどがあります！」

「きっと今頃調子に乗っていますわ。今すぐにでも身の程ってものを――」

「おやめなさい」

それまで黙って聞いていたカトリナはピシャリと言い放った。クラスメイトたちがぐっと押し黙る。

「負けは負けですわ。あれだけ精度の高い召喚魔法……わたくしは人生で初めて見ました。彼女が素晴らしい魔法使いであることは確かです」

毛布の上でぎゅっと拳を握り締めた。

「しばらく……一人にさせてくださいな。寝ている生徒もいることですし、保健室で騒ぐのはよくありませんわ」

力なく笑ってみせたカトリナを見て、クラスメイトたちは気遣うように保健室を出ていく。

全員が出ていったのを確認してから、カトリナはふうと溜め息を吐いた。

さっきから脳内をぐるぐると回っているのは、召喚魔法を放った際のミアの力強い目付きだ。何度思い出してもゾクリと鳥肌が立つ。気持ちを落ち着かせようと、ぎゅっと自分の体を抱き締めた。

(わたくしはあの子を見誤っていた……)

いや、違う。予感はしていた。短期間で急速に成績を上げ、二位をキープし、少しも使えなかった飛行魔法を使うようになり、薬剤の調合も完璧にこなし始めたミアを見て、先を行きながらもその成長速度に驚かされていた。

（いつの間に、どうやって、どこであの魔獣を……）

――得体の知れない才能への恐怖に震えるカトリナの肌を、冷たい風が過ぎった。

顔を上げる。窓は開いていない。

「……？」

不思議に思い、ベッドから降りて、静かに室内を歩いた。ついさきほどクラスメイトたちが閉めていったはずのドアが開いている。

保健室にいる他の生徒たちは寝ていて、アブサロンも今は会議で不在だ。不気味に思い、ドアから顔だけ出して廊下の様子を見たカトリナは、ふと暗い廊下の向こうが赤い光を放っているのを見つけた。

おそるおそる近付くと、そこには美しい――靴。

赤く大きなリボンが付いた、カトリナの好みにばっちり合った靴だ。

カトリナはその靴に一瞬にして心を奪われてしまった。何を犠牲にしても、自分の生命を絶やしても、その靴を履いていたいと感じるほどに。

その日を境に、カトリナは姿を消した。

Licht

──生徒たちは噂する。


「ねぇ、知ってる？　魔法の靴の話」

「知らない」

「七不思議の話？　新聞部も取り上げてたよね」

「魂を取られるんでしょ」

「女生徒ばっかりいなくなるって」

「〝夜〟に〝女生徒が一人でいる時〟に現れるらしいよ」

「昔からあったんでしょ、そういうこと」

「わたし友達が消えたって子知ってる」

「この学校、呪われてるんじゃない」

＊　＊　＊

ドゥエルから七日ほどが経った。ミアは、授業が終われば新聞部の生徒たちに質問攻めにされる日々を送っている。

新聞部に限らずミアのことが気になった生徒たちがバイト先にまで来るので【魔法使いの弟子】は大賑わいだ。沢山儲かり、オーナーが嬉しそうにしている。オーナーの肌の艶と反比例するようにミアはげっそりと元気を失っていった。

最初の頃、フィンゼルの獣が現れたことは学校内でかなりの問題になった。職員会議でも何度も議題に上げられたと聞いている。それどころか、生徒たちはミアが悪の魔獣使いだと噂し、とても警戒していた。

その誤解を解いたのは新聞部である。彼らはミアに徹底的な取材をしかけてきて、ミアが惑いの森に迷い込んだことも、そこでフィンゼルの獣を見つけ封じたことも聞き出し、学内新聞で大見出しにした。おかげでミアは悪の魔獣使いからフィンゼルの獣を封印し使役した英雄となり、すれ違えば挨拶されるようになった。

ここだけ聞けば新聞部はミアにとっていいことをしているのだが——問題なのは、その執念がストーカーレベルであることだ。ある日、用を足しながらふと上を見ると、新聞部の部員が天井に貼り付いてミアを見つめていた。

ミアはそのような恐怖体験をして——

「勘弁してえええええ！」

──ついに叫んで逃げ出した。

「どこだ！」

「あっちに逃げたぞ！」

「追え！」

魔法を使ってまで追跡してくる新聞部の生徒たちから、ミアも透明になったり空を飛んだりして何とか逃げ出した。

中庭の木陰から新聞部の生徒たちが通り過ぎていったことを確認し、なんとか息を整える。木の根元に背中を預けて座り込む。最近、ずっとこの調子だ。心休まる暇がない。川の中で遊んでいる水妖ウンディーネやローレライの様子を眺めながら、しばらくそこで休むことにした。

不意にふわりと良い香りがしたかと思えば、テオの使い魔であるフェレットがひょこりと顔を出した。

「……こんにちは。なあに？」

挨拶すると、フェレットが一枚の映像紙を取り出した。すると、その映像紙は自然と空中に浮かんでいき、ピンと開かれる。そしてそこに、今授業が終わったらしいテオとブルーノの映像が映った。廊下を歩きながらミアに迎えの連絡を入れようと思ったらしい。

『よっ。今どこいんの？』

「テオぉぉぉぉ……」

『うわっめっちゃ疲れてんじゃん』

「新聞部怖いよおおおお」

『またか。隠れてるなら下手に動くなよ。俺らが迎えに行くから』

映像紙の映像がぷつんと消え、フェレットがそれを回収して走ってテオの元へと消えていく。

その後、すぐにブルーノとテオがやってきて、ミアに仕掛けられた追跡魔法を解除してくれた。代わりに、今後迎えに来やすいよう二人には居場所が分かる魔法を仕掛けてもらった。

生徒たちが同じ話題にずっと熱中しているということはないだろう。こんな生活ももうすぐ終わるはずだ。もう少しの辛抱だとミアは自分を励ます。

（まぁ、元はと言えば私がドゥエルに参加したのが悪いし……。ていうか、この杖（つえ）どうしよう)

ミアの手元には、ドゥエル前に見知らぬ男子生徒から借りた杖がまだある。とても使いやすかったし、この杖があったからこそ魔法の上達が早かったと言ってもいい。

そういえば、あの男子生徒と出会ったのもこの中庭だった。ミアは顔を上げて中庭に美しく咲き誇る毒の花（ギフティゲ・ブルーマ）を見た。名前を聞くことすら忘れていたため、ドゥエルが終わった今も杖を返すことができていない。

（探索魔法、勉強してみようかな）

同じ学校なのだから捜さなくてもそのうちまた会えるなどと甘いことを考えていた。しかし、国内最高峰の魔法学校は校舎が大きいうえ生徒数も多く、とても偶然に頼ってどうにかなる規模ではなかった。

「『イーゼンブルク家の次女失踪。魔法の靴が関係か』……よーしよし、今日の学内新聞の大見出しはミアじゃないな」

二人に迎えに来てもらい寮の最上階に着いた後は、いつものようにテオたちと一緒に部屋に届いている学内新聞をチェックした。記事の中で、ミア関連の見出しは少しずつ小さくなっている。生徒たちがミアの噂に飽きるのも時間の問題だろう。

ブルーノはキッチンの小物周辺で遊び回る悪戯（いたずら）好きのピクシーたちを払い、砂糖を手に取ってお菓子を作り始めた。キッチン近くのテーブル周りに座ったミアは、テオと一緒に学内新聞を見ながら会話を続ける。

「カトリナは今日も授業に来なかったのか？」

「うん。私が知る限り一度も授業を休んだことなかったはずなんだけど……ドゥエルが終わってからは一度も顔を見てない」

「は、ミアに負けてプライドへし折られてメソメソしてんじゃね？」

「たとえそうだとしても一日で立ち直って嚙み付いてきそうな子だよ。七日も引きこもるなんて変」

ミアもカトリナ信者のクラスメイトたちも、朝の出席確認の時間になるとカトリナの席を確認し、来ていないことに溜め息を吐く日々だ。学内新聞によると、寮の部屋にいるカトリナのルームメイトも彼女は帰ってきていないと言っているらしい。

寮に帰っていないとなるとどこに居るのか。フィンゼル魔法学校は闇の魔法学校だ。生徒思いのゴーストや妖精たちに守られているため夜でも校舎内や寮内は安全だが、外となると話は別である。夜は闇の魔法の力で生み出された魔獣や、危険なゴーストたちが動き出す。そんな中カトリナが一人でいるとしたら既に——。

ミアはよくない想像をしてしまい、不安になってぎゅっと拳を握った。

「新聞部も新聞部で、調べるならもっと真面目に調べてくれたらいいのに。魔法の靴って七不思議なんでしょ？　そんなオカルトじゃなくて、もっと現実的な……」

「うーん、ただのオカルトとも言い切れねえんだよな」

「……どういうこと？」

ミアが問うと、テオはピクシーたちが悪戯で撒き散らした古いコインを指で弾きながら話し始める。

「この学校の創設者のクソつえー魔法使いには、かつて奥さんが七人いた」

「七人も？　クソつえー魔法使いだったらそんなことになるの？」

「まあ、クソつえー魔法使いっつか、当時の国王なんだけど。王様が複数の妻を持つのはよくあることだろ。それに、そいつは魔力のキャパシティが桁違いって言われてる王族の中でも規格外に強かった。歴代の国王の中で魔王なんて呼ばれてるのはそいつだけ。身分高くて強い奴はモテるから、国中の高貴な美女たちから求婚されたって記述が残ってるくらいだ。ただ、魔王自身は身分に関係なく魔法使いとして優秀な才女を好んだって話だけどな」

強い魔法使いだけでハーレムを築いていたのなら、王宮内で王様を巡ってキャットファイトが起こった場合建物が崩れるなどしそうである。

「魔王は老後、愛した奥さんを全員殺してその魂を自分の創立したこの場所に眠らせた。この、フィンゼル魔法学校に」

「殺した？　何で？」

王族の考えることはよく分からない。理解できず頭を悩ませるミアに、テオが丁寧に説明を付け加えてくれた。

「魔王は闇の魔法を使えたんだよ」

闇の魔法についてはミアも知識として習ったことがある。レヒトでは通常闇の魔力に他の種の魔力を合わせて魔法を発動するが、闇の魔力のみを使ってそのまま魔法を発動させられる魔法使いも一部存在するらしい。それは闇の魔法と呼ばれ、フィンゼル魔法学校でも【占（せん）の部屋（クラス）】の生徒たちしか使えない。彼らは国内でも貴重な存在だ。しかし、特殊な発動の仕方、強力な魔法である分、当然デメリットもある。

「人の心に干渉できたりもする強い魔法である分、使いすぎると人を狂わせるって言われてて……。噂の魔王も年を取ってからは闇の魔法に侵されて判断力が低下してたって話だ。そりゃ、頭鈍ってなきゃ愛する奥さんの魂だけ奪って自分が創設した学校に眠らせよ～なんてならねぇもんな」

確かに歴史学の授業で、魔王は老後破壊的な行動が目立ったと習った。隣国であるリンクスとの戦争を始めたのも魔王だった。この時始めた戦争が魔王の死後停戦を挟みながらも数百年続いたことが後に魔法軍の反乱を招くことになる。

「問題は、ただの魂が死後いつまでも魔力をコントロールできるわけじゃねえってことだ。最初は魔王が遺（のこ）したこの学校や生徒を守ろうとしていた魔女の魂も、今は人間としての意思がなくなってただの厄介なものになってるって噂がある。暴走して攻撃的になってるって言えば分かりやすいか？」

ミアはひとまずふむふむと頷（うなず）いたが、正直なところテオが冗談を言っているようにも聞こえていた。果たして死んだ人間の魂だけを保管するなんてことが本当にできるのだろうか。

「そんで、魔王のかつての奥さんの一人である魔女セオドラ。そいつのマジックアイテムは靴だ」

「……やっぱりオカルトじゃん。何百年も前に死んだ人の魂が今になって暴走して生徒に悪影響を与えてるって言いたいんでしょ？」

セオドラの魂が靴を利用して生徒たちを蝕み、さらっている――もしも魔法の靴が実在するとするならば。それがテオの考えのようだ。

「新聞部はああ見えて根も葉もないことは言わねーよ。あそこの部長はこの学校で唯一予知魔法を使える魔法使いだし、何か確信があるから記事にしてるはずだ」

オペラにも行方不明者の捜索依頼や魔法の靴の目撃情報が数件舞い込んできているらしい。最初はテオも相手にしていなかったようだが、以前にもオペラが魔女の魂につながる事件を解決した事例があったという。と言ってもそれはテオが入学する前の話で、卒業した元オペラに実際に聞いてみなければ確かなことは分からないようだが。

あれこれと話しているうちにブルーノが作っていたお菓子が完成し、テオもミアもそれを大喜びで食べ始め、魔法の靴の話はそこで終わった。

次の日授業に行くと、クラスメイトたちがやけにチラチラとミアの方を見ていた。一限目も、二限目も、三限目も……休み時間もヒソヒソと話しながらチラ見してくるため、ミアは妙だと思い首を傾げた。ドゥエルで勝利した後の数日はこんな感じだったにせよ、最近は落ち着いていたのに。

不思議に思っているうちに五限の魔法薬学の授業が終わった。すると、新聞部から隠れるため早めに薬学室から出ようとしたミアの前にクラスメイトたちが立ちはだかった。

(集団リンチ!?)

その表情があまりに険しいため身構える。見たところカトリナの熱心な信者たちのようであるし、何か嫌がらせをしにきたのかもしれない。

「…………」

「…………」

「…………」

「…………な、なに?」

立ちはだかっているわりには何も言ってこない信者たちにおそるおそる質問を投げかけたのはミアの方だった。

「……カトリナ様を」

ぼそり、と聞こえるか聞こえないかくらいの声で先頭にいる信者が言う。

「カトリナ様を、一緒に捜して」

「……へ？」

「あなただったらできるでしょう!?　あなたほどの魔法使いなら！」

「そうよ！　あなたは曲がりなりにもカトリナ様に勝ったのだから！」

すごい勢いで顔を近付けてくる信者たちに、ミアはぽかんとしてしまった。

カトリナに敵対する人間として、彼女たちはミアのことを嫌っていたはずだ。それがこんな頼み事をしてくるなんて——余程追い詰められているのだろう。

一見カトリナの家柄に媚びへつらっているだけのようにも見えた信者たちは、今きちんとカトリナのことを心配している。カトリナと信者たちの絆が本物であることを知りくすりと笑ったミアに、信者たちは「な、なによ」と怯んだように後退りした。

「いいよ。一緒に捜そう」

ミアはさきほどの授業中余った時間に読んでいた探索魔法の教科書を取り出した。

「私に相談してきたってことは、ただ闇雲に捜しても見つからなかったってことだよね？　簡単な探索魔法を習得すれば、少しは手掛かりが掴めるかもしれない。一緒に勉強しよう」

信者たちが驚いたように顔を見合わせる。

「でも探索魔法は四年生で習う魔法よ。魔力はそこまで必要ないけど、覚えることがすごく多いし、呪文だって長いし……」

「え？　できないと思ってるの？」

「……え？」

「知力を重んじる知の部屋の生徒がこんなに集まってれば、何年生の勉強だって難しくないと思わない？」

――……〝お勉強〟は得意でしょう？　他のクラスよりも、絶対に。

ミアにあるのは、真面目で勉強熱心な【知の部屋】の生徒たちに対する、絶対的な信頼だった。

＊＊＊

図書室の中央、本棚と本棚の間にある自習スペースで、ミアとカトリナの信者たちは互いに分かることを教え合いながら探索魔法の勉強を始めた。

ミアに信頼されたカトリナ信者たちは自尊心を刺激され、自分たちにできないはずがないと意欲的に学習に取り組んでいる。

こうなると怖いのが【知の部屋】の生徒たちだ。国内最高峰の魔法学校を〝学力〟を武器に受験した者たちの集団である。呑み込みの速さは常人のそれではない。

その様子を、たまたま図書室に立ち寄ったオペラ五年のドロテーが見かけた。ドロテーは無表情でミアたちの様子を見ていたが、しばらくして本を数冊借りて立ち去っていった。

＊＊＊

驚異的な学習能力で探索魔法の発動方法をスポンジのように吸収したカトリナの信者たちは、次の日から本格的に捜索を始めた。

途中で新聞部の生徒たちが取材のためミアに絡み始めると、「邪魔をしないでくださる？」と庇うようにミアの前に立って威嚇した。その顔つきは非常に恐ろしく、あの新聞部の生徒たちも怯むほどであった。

おかげでミアはカトリナの捜索に集中できるようになり、カトリナの気配が消えた場所まで特定することができた。探索魔法を発動すると対象者の足跡が視えるのだが、ドゥエル後のカトリナの足跡は、保健室の外の廊下で消えている。

「最後にカトリナ様に会ったのは私たちってことかしら……」

「私たちがあの後も外でカトリナ様を待っていればこんなことには……」

カトリナの信者たちが自責の念に苛まれている中、ミアは魔法に集中してカトリナの最後の行動を何とか視ようとしていた。カトリナの気配を感知した白い煙が人の形を取り、保健室のドアから顔だけ出して廊下の様子を見ている。その後、ゆっくりと廊下へ出て、歩いていき、足跡の終了地点で屈(かが)んだかと思えば——煙は消えた。

(やっぱりだめか……)

これ以上の情報は得られなそうだ。先ほど使った魔法は探索魔法の高度な応用で、対象者の最後の行動をトレースするものだ。これで駄目ならもう手がない。加えてこのような応用にはかなりの魔力を消費するため、ミアは少し疲弊してしまった。

「……とにかく、ここで何かあったのは間違いないね。今日はもう遅いし、みんな寮へ戻ろう」

ミアはそう言ってカトリナの信者たちを解散させた。七不思議通りであれば、魔法の靴は〝夜〟に〝女生徒が一人でいる時〟に現れる。これ以上の被害を出さないためにも念には念を入れ、できるだけ早く寮へ帰した方がいいだろうと判断した。

カトリナがいなくなった場所が分かっただけでも収穫だ。今日できることはもうないだろう。寮へ戻ったら、次の手を考えよう——。

ぶつぶつ独り言を言いながら保健室の前の廊下を言ったり来たりしていたミアに、ある人物が声をかけてきた。

「久しぶりだね。何をしてるんだい?」

——養護教諭、アブサロン。新聞部に目をつけられてから昼休みは逃げるしかなくなったため、しばらく会っていなかった。

ミアは喜んで暖かい保健室の中へ入っていった。

「……ふむ。とすると、カトリナが最後に居たのはこの保健室というわけだね」

話を聞きながらレモン味のする美味しい魔法茶を淹れ、ハーブの葉を浮かべてミアに渡したアブサロン。ミアは湯気のたつそれにふぅふぅと息を吹きかけた後、「アブサロン先生は何か気付かなかった？」と聞く。

「うーん。カトリナがここへ運ばれてきた時はいたんだけど、治癒魔法で治した後は職員会議に出てたからね。帰ってきたらいなくなっていて、まあ心配するほど重い怪我でもなかったし起きて一人で戻ったんだろうと思って然程気にしなかったよ」

あのドゥエルの後の職員会議ということは、ロッティの存在をどうするかという話し合いも行われたはずだ。長引いて当然である。

「アブサロン先生は追跡魔法が使えるよね？　カトリナもどうにか捜せない？」

「追跡魔法はあらかじめ仕掛けておくものだし、マークしていなかった生徒にいなくなられたら打つ手がない」

ミアはがくりとうなだれた。言われてみれば、あれだけ追跡魔法を巧みに利用している新聞部でさえカトリナを見つけられていないということは、追跡魔法ではどうにもならないということなのだろう。

明日からどうしよう……と頭を悩ませているミアの身体を、保健室に住み着く大昔の貴族のような格好をした婦人のゴーストが通り抜けた。

『探索魔法で捜せないのは、魔法の靴が魂自体を蝕んでしまうからなのョ』

婦人のゴーストが空中を飛び回りながら初めてミアに話しかけてきた。昼間はいつも奥のベッドで寝ているだけのゴーストのため、ミアはびっくりして顔を上げる。

「ああ、この人、夜になると元気になるんだよ」

アブサロンがミアの反応に笑いながら説明をした。

「……ゴーストさんはずっとここに居たよね？　何か気付かなかった？」

『見ていたワ。イーゼンブルク家のお嬢さんが部屋を出ていくところを』

ゴーストと会話をしたことはあまりないため緊張しながら問いかけると、婦人のゴーストは優しい声音で答えてくれた。校舎内にいるゴーストたちは、基本的に生徒には優しいのだ。

「それでどうなったか、分かる？」

『不気味な気配がした……ワタシは近付くことができなかったワ。あれは、世にも恐ろしい魔女の魔力だったワ』

「……じゃあ、魔女の魂がまだ生きてるって話は本当なの？」

『同じ死者だから分かる。魔女の魂は本当にあるワ。この学校に、あと五つ』

「五つ？　魔女の魂は七つって聞いたんだけど違うのかな」

『最初は七つ。今は五つ……二つの魂は、歴代のオペラが滅ぼしたから』

婦人のゴーストがちらりと意味ありげにアブサロンを見たが、アブサロンはにこにこと笑うばかりだ。

『探索魔法は生きている人間を対象とする場合魂を捜すものだから、魂に影響を与えられたら探索できなくなるノ』

「もう魔法で捜すのは無理ってこと？」

『そうネ。魂に干渉されたら、魔法学上ではその人は別人という扱いになるから』

ミアはしばらく顎を指で触れながら考え込む素振りをしていたが、ハッとして保健室にある時計を見て気付く。

「やばい、そろそろテオが迎えに来る時間だ……！　ありがとうゴーストさん、アブサロン先生！」

そして、慌ただしく魔法茶を飲み干し、黒いローブを羽織って保健室を出ていった。

＊　＊　＊

ミアがいなくなった後の保健室。アブサロンは座ったまま短い杖(つえ)を軽く動かし、魔法でミアが使った後のティーカップを片付ける。空中を飛び回っていた婦人のゴーストがさきほどまでミアが座っていた椅子に座り頬杖(ほおづえ)をつき、アブサロンに問う。

『今回は手を出さないつもりなノ？』

「セオドラのことかい？　ぼくが動いて何になるのかな。それは老害の過干渉だよ」

『生徒が危険な目に遭っているかもしれないのに？』

「彼女たちが魔女相手にどう動くか見ものじゃないか。現生徒たちが学校内の治安維持制度をきちんと受け継げたかどうか、確認しないとよくないだろう？」

クックックッと意地の悪そうな表情で肩を揺らすアブサロン。その耳にぶら下がるローズクォーツのピアスが揺れた。

『この学校の先生って、基本的に学校内の問題を生徒に丸投げよネ。放任しすぎじゃない？』

婦人のゴーストが呆(あき)れたように言う。

「生徒たちの問題解決能力の育成のためだよ。この学校の生徒たちは、将来国の運営を担う仕事に就く者も少なくないからね。今のうちにその力を養っておかないと。少なくともぼくは甘やかさないよ」

それに、他の教員たちは魔法学の最新研究をしている研究者でもあるため、忙しすぎて生徒たちの問題には手が回らないのだ。

『卒業しただけで年寄りぶっちゃって。アナタだってワタシに比べたらずっと若いくせに』

「まあ、そりゃあ君よりは若いよ」

平気な顔で婦人のゴーストが気にしていることを言ったため、アブサロンは軽く睨まれた。

『……ハア。それにしても、あの子、気を付けた方がいいわョ』

「ミアのこと？」

『普通じゃないわネ。死者の魔力の匂いがする』

「…………」

『この地の精霊由来の魔力も少しは吸収しているようだけれど、今彼女が魔法を発動する基盤として使っている魔力のほとんどは、光の魔力。それもきっと、死者からの贈り物だワ』

言いながらテーブル横のスティック菓子に手を付けようとした婦人のゴーストだが、その手は透けており、実在の物質に触れることはできないのだった。

＊　＊　＊

「へえ。ちゃあんと三分以内に買って帰ってこれるようになったやん」

ミアのバイト先、【魔法使いの弟子】。

ミアは変わらずスヴェンにこき使われているが、最近は要領を得てきたため、時間内に指示されたことを達成することができるようになっている。スヴェンは自分の教育の賜物だと思っているようだが、ミアは自分が努力した成果だと思っている。

「ここで働いてるおかげで加速の魔法が得意になってきた気がするよ。この調子でもっと魔法がうまくなれば、オペラ見習いになれる日も近いかもしんない」

「ちょおっと一年生にしては魔法使えるくらいで調子乗んなよ」

スヴェンはいつも手厳しいことを言ってくる。実はオペラを目指していると伝えた最初の頃も、「君がオペラぁ？」とバカにされ続けた。ミアが高度な召喚魔法を使いこなすという事実もあり、最近は少しは認めてくれ始めたようだが。

オーナーが不在のため代わりに調理をしながら、スヴェンはちらりとテーブル席の方へ目をやって聞いてきた。

「あいつらはなんなん？」

今日は新聞部の生徒たちがいない代わりに、カトリナの信者たちが店の隅の大きなテーブルに集まって勉強をしている。探索魔法の教科書や、歴史書、セオドラについての文献などを広げて、少しでもカトリナを捜すための手がかりを見つけようとしているようだ。

「私の友達」

「探索魔法とか四年の僕でも最近習った範囲やで。君ら一年生やろ？　予習にしては早すぎん？」

「私のクラスで行方不明になった子がいて、みんなで捜してるの」

ただ話しているだけでは「口動かしつつ働けや！」と鬼のように怒られることが目に見えているので、手を止めないようドリンクを作りながら答えた。

そして、カトリナを捜すためにこれまで試した方法について、保健室のゴーストに聞いた内容も加えてかい摘んで話した。魂に干渉されているため探索魔法では限界があったという結果についてもだ。

「それ、君がドゥエルした相手やろ？　昨日のオペラ定例会議で話に上がったわ」

「……！　オペラに話がいったってことは、オペラもカトリナを捜してくれるの？」

学校内で最も優秀な魔法使いたちが味方につくとは有り難い、と喜んだミアは思わず手を止めて顔を上げたが、

「口動かしつつ働けや」

と冷たく言われたので慌ててレモンを搾った。

「まあ、すぐ動くかって言われたら微妙やな。事件性があるって確定したわけちゃうし、他にも行方不明になっとる奴はおるわけやし。加えてこの件に関して第一責任者になった

んがイザベルやし。捜すにしてもカトリナは後回しにされるやろ」

「お姉さんだったらむしろ捜してくれるんじゃないの？」

「イザベルはイーゼンブルク家と関わりたがらへんから。それは妹も例外ちゃうよ」

「……ちなみに、スヴェンも一緒に捜してくれたりとかは……」

「めんどい」

「………」

オペラはこの学校の治安維持団体だという話だったが自分の認識が間違っていたのだろうか、とミアは遠くを見つめた。

ブルーノやテオからは、あまり危険なことには首を突っ込むなと散々言われている。しかし、この状況では多少危険な目に遭ってでも捜さなければカトリナは見つからないだろう。

心配性なブルーノやテオと違って、スヴェンであれば自分が薄っすら考えている案に賛成してくれるかもしれないと思ったのだが……そもそも協力してくれる気が皆無なようだ。

「君、ドゥエルの対戦相手を心配するんやな。仲悪いからドゥエルしたんちゃうん」

「向こうは私のこと気に入らないと思ってるよ。……だから、友達になってって約束したのに。いなくなられたら困る」

ぶすっとしているミアを横目に見てきたスヴェンは、不意に何か思いついたようにぶっぶつと呟き始めた。

「まぁ、でも、ほんまに魔女の魂とやらが関わっとるなら、倒した時には僕の大手柄か……」

少しの間一人で考え込んでいた様子のスヴェンは、急に自分の持っている包丁の刃先をビシッとミアの方に向けてきた。指をさす代わりの動作であるのだろうがスヴェンがやると恐ろしく、ミアは殺されると思って青ざめる。

「僕、何年やと思う？」

「……よ、四年」

「そ。高度な探索魔法も追跡魔法も履修済みや。魂に干渉されてようが、ある程度なら見当をつけられる。条件が揃えば、やけど」

包丁の刃先を向けられて怯えていたところ、スヴェンが期待させるようなことを言ってくるのでごくりと唾を飲んだ。

――どうやらスヴェンも、自分と同じことを考えているようだ。

「ほんまに覚悟あるなら手伝うたる。そのお友達もどきのために自分を犠牲にする覚悟があるならやけど。僕、口だけの女嫌いやし」

「……あるよ。私が誰だか分かってるの？」

ドゥエル後、〝僕が誰だか分かってるん？〟と脅してきたスヴェンを真似して、ミアが言った。

スヴェンはミアの返答に面白そうに笑みを深める。

「ほんま度胸だけはあるねんな。そういうん嫌いちゃうわ」

「嫌いじゃないなら協力してくれる？」

「ええよ。ただし、交換条件がある」

「臓器は無理だよ……？」

「僕のこと何やと思ってんねん」

怯えるミアの反応に呆れながらも、スヴェンは包丁をまな板に置いた。

「僕の活躍の目撃者になれ。ほんまに魔女の魂があって、それを僕が倒したら、そのままオペラとしての僕の成果や。魔法省の最高幹部になるための試験の受験資格は確実になる」

「……私に証人になれってこと？」

ぐつぐつと煮立つ魔法の鍋の中のスープをかき混ぜながら問い返す。

「オペラの人たちって、やっぱり魔法省に入りたいもんなんだね」

「当たり前や。やないとこんな面倒なことせん。特に僕は、魔法省に入って自分の運命を変えなあかんからな」

スヴェンが即答した。

「地中奥深くに隠された秘宝の番人だの、土の精霊に選ばれし魔法使いだの、くだらんと思わん？　土の精霊がそんなに偉いかって思わん？　僕の人生を決める権利は僕にある。国の重要な書物や宝は土の精霊ノームに気に入られた奴が管理するなんちゅうふっるくさい制度、王政廃止と同時に撤廃されたらよかったのになあ。余計な手間かけさせせんなやって思うわ」

土の精ノームに気に入られた時点で、宝を守る義務が発生する。スヴェンは、自分の手でその決まりを撤廃するために魔法省を目指しているらしい。

「実はそんなに嫌だったんだ……？」

「国や精霊に束縛されるんええ気持ちせんやろ。女の子に束縛されるんは好きやけど」

余計な一言を付け足され、この女好きめ……とミアは呆れた。スヴェンは【魔法使いの弟子】にやってくる女生徒たちにいつも愛想を振りまいている。もっとも年上で色気のある女性の方が好きなようで、新入生のミアに愛想よくしてくれたことなど一度もないが。

「分かった。多少盛ってでもスヴェンの活躍を新聞部の生徒に伝えるよ」

気を取り直して、ミアはスヴェンの申し出を受け入れる。どんな動機でも、協力してくれるのなら万々歳だ。

学校で最も優秀な魔法使いの集団〝オペラ〟の四年生と、まだ入学したての一年生であるミア。異例の二人がタッグを組んだ瞬間だった。

アルバイト終了後、ミアはテオとブルーノに、今夜は友達の部屋に泊まるという旨のメッセージを送った。二人にはスヴェンと深く関わることを推奨されていないため、スヴェンと協力してカトリナを捜すなどとは言えない。

しかも、協力して捜すと言っても仲よく二人で並んでカトリナの捜索をするわけではない。

——ミアは囮になった。

魔法の靴は夜に女生徒が一人でいる時に現れる。スヴェンはあらかじめミアに強力な追跡魔法の種を仕掛けておき、多少魂への干渉を受けても居場所を特定できるようにして、校舎内を一人で歩き回るように指示した。

自分を囮にするなど、ある程度好意的に接してくれるようになってきたカトリナの信者たちにも言えず、ミアは一人でこれを実行することにした。

大広間、大食堂、講堂、職員室の前……もう生徒のいない校舎内の廊下を長い間歩いてみたが、魔法の靴が現れる気配は一向にない。炎が照らす暗がりが広がっているだけだ。

強いて言えば【魔法薬学】の先生の研究室の前を通った時にガチャガチャと薬の瓶を動かす音がしたが、そっと覗くと先生が何かブツブツ唱えながら薬の調合をしているだけだった。

（それにしても、いつもなら夜まで魔法の練習をしてる生徒がちらほらいるのに、今日はいないな）

魔法の靴の噂が広まったためか、生徒は夜になる前に寮に帰っているようだ。

この騒ぎを落ち着けるためにも、早めにこの事件を解決しなければ。ミアは魔法の杖をぎゅっと握って歩き続けた。

夜も更けきった頃、ミアは一度立ち寄った図書室にもう一度足を踏み入れた。ギィ、と鳴る昼間なら何も思わない重い扉の音が夜では妙に不気味だ。見上げれば、首が痛くなるほどの高さの本棚が並んでいる。天井に浮かぶランプに灯りを点けようとしたが、チリッと火花が散るだけでなぜかうまく点けられなかった。そのため、杖を振って自分の近くだけを照らした。

（図書室ってこんなに足音響いてたっけ……）

今更ながら怖くなってきた。しかし、ここで引くわけにはいかないと思って奥へと進んだ。開室時間はとっくに終了しているため、当然だが職員は居ない。

自分の靴音だけが響く室内をおそるおそる歩いていると、不意にフッ――と杖の先に灯る光が消えた。辺りを照らす光は消えたはずなのに、何故かうっすらと床が見える。杖の先を見ていたミアは、ゆっくりと顔を上げて、正面を向いた。

本棚と本棚の隙間から、青白く光る美しい靴がミアの方を見ていた。

靴に生命は宿っていないはずであるのに、ミアにはそう感じられた。純白の地に、オレンジ色の可愛（かわい）らしい花が描かれた靴だ。

（……あの靴……）

ミアはその靴に目を奪われた。

（誰か——とても美しい女性が履いていたような——）

しかし、心を奪われたわけではなかった。履きたいとは思わない。ただ、記憶を辿（たど）るように、何か思い出しそうになって頭痛がした。

「……う……」

——まただ。またあの女性だ。保健室でアブサロンからおとぎ話を聞いた時と同じ女性の姿が朧気（おぼろげ）に頭に浮かぶ。

ズキンズキンと痛む前頭部を手で押さえながら、ミアは立ち向かうようにして美しい靴へと近付いた。

そして、ミアの指先が魔法の靴の先端に触れた時——周囲が闇に包まれた。

「どうしてそこまでする？　そいつはあんな男の子供だぞ」

「触らないでくれるかしら。生憎気が立っているの。うっかりあなたのことも殺してしまいそう」

「トーアの魔法使いはマギーと魔法使いを滅ぼす呪いの子だ」

「英雄だとも予言されているけれど」

「あんな男の言うことを本気で信じるのか。聡明なお前が」

「あなたこそ、闇の魔王の言うことを信じるの」

「……今ならまだ間に合う。その子を置いてお前が行け」

「立ちはだかるならあなたを殺す」

「ならその前に俺がその子を殺してみせよう」

「今度は私が問いましょう。——どうしてそこまで？」

「——お前を愛しているからだ、ソフィア——」

大きく息を吸い込むと同時に、ミアは目を覚ました。随分と長い間呼吸をしていなかったように思えた。冷たく硬くゴツゴツとした地面の上に自分が倒れていることに気付くのに数秒。ハッとして起き上がる。

澄んだ青い氷で造られた、トンネルのような空間にミアは居た。土の匂いと湿気があった。ひんやりとした空気に身震いしたミアの手には、純白の靴がある。

ミアはそれを見て図書室で気を失ったことを思い出し、同時に、靴から図書室にあった時のような嫌な感じがしなくなっていることに気が付いた。

そういえば、担任のバルバラが学校の敷地内に氷の洞窟があるという話をしていたな、とミアは思い出し、慌てて身体を温めるための魔法を使った。こんなに寒いのだ。ぼうっとしていたら死んでしまうかもしれない。

（でも、氷の洞窟って校舎からはかなり離れた場所にあるって話だった気がするけど……）

他の生徒も、靴にここまで連れてこられたのだろうか。こんなに遠いところに来ていたなら、校舎の周辺を捜したところで見つからなくて当然だ。

この靴が魔女とやらのマジックアイテムであるならば、さらった生徒たちをフィンゼル魔法学校の周囲から離し、見つからないよう隠すためにここに連れてきたのだろう。

ミアは覚悟を決めて立ち上がり、靴を持ったまま洞窟の中を進んでいった。どちらに向かえば外に出られるのか分からないため当てずっぽうだったが、歩いているうちに風を感じたので、合っている予感がして進み続けた。

洞窟の外へ出ると、広い平地が広がっていた。校舎の付近とは違い雪が降り積もっていて、地吹雪が起こっている。暗闇に目が慣れてきた頃、その雪の中に人が埋まっているのが見えて、ミアは慌てて駆け寄った。雪を降らせる魔法は知っているが、雪を退かせる魔法は知らない。熱を発生させる魔法を使って雪を地道に融かしていくしかなかった。徐々に見えてきた雪の中にいる人間は、フィンゼル魔法学校の制服を着ている。

（フィンゼルの生徒だ……！）

雪を融かしながら辺りを見回すと、埋まっているのは一人のみではなかった。目視できるだけでも十人ほどが雪に埋もれている。呼びかけても返事がない。

早くしなければ死んでしまうかもしれないと焦るミアの全身に、次の瞬間――酷い寒気が走った。鳥肌が立ち、吐き気もする。何か恐ろしい魔力が近付いてきているのを感じる。指先が震えて杖を地面に落としたミアは、その杖を拾おうとしたが、動けないほどの魔力の気配に呼吸すらできなくなった。

大きな闇の塊が、吹雪を吸い込むような圧倒的な質量を持って、ミアの方へ少しずつ近付いてくる。それは人の形をしておらず、何かミアに語りかけてくるわけでもない。ただの闇の魔力の塊だ。

しかしミアにはすぐに分かった。あれが〝魔女の魂〟であると。

あれに飲み込まれたら死ぬ――直感でそう思った。逃げなくてはならないのに、足は全く動かない。心臓の音が大きくなり、汗がだらだらと身体を伝う。

（動け、動け……せめて口だけでも……！）

必死に首にぶら下がる鍵を握り、唇だけを動かす。発声しようとしたにもかかわらず音は出なかった。

しかし——その刹那、ミアは獣の毛に包み込まれていた。

「ロッティ！」

泣きそうになりながらその背中にしがみつく。フィンゼルの獣は、声にならずとも唇の動きで唱えた呪文で出てきてくれたのだ。

ロッティはミアを背に乗せたまま、オオーーーーーンと高らかに遠吠えをし、魔女の魂とは反対方向に走り出す。まだ生徒が雪の中に居るため救出が先ではあるが、ミアにはあの魔女の魂と真っ向から勝負して追い払える自信がなかった。無謀な挑戦はすべきではない。一度逃げてスヴェンの助けを待つことにしたのだ。

「あのスパルタ野郎、何やってんの⁉ ロッティの方が余程頼りになるんだけど！」

一応協力してくれるということであったにもかかわらず一向に助けに来ないスヴェンへの毒を吐く。先輩に対する口の利き方ではないが、本人はこの場にはいないので言いたい放題だ。

ロッティがガフッと鼻息を立てた。褒められて得意げになっているようだ。

その時、ミアが制服のポケットに入れている映像石が光った。映像石は、テオたちとの通話のために持っている魔法具だ。取り出すと、寮の部屋に居る様子のテオたちの映像が空中に浮かんだ。

『ミア、お前何で学校の敷地の最北端にいんだよ!? ぜってぇそこ友達の部屋じゃねぇだろ！ どんな友達だよ！』

「あっ……」

テオたちに自分の位置が分かるような魔法をかけてもらっていたことをすっかり忘れていたミアは、間抜けな声を出してしまった。しかし、今連絡が来たのはちょうどいい。

ブルーノやテオを巻き込むつもりはなかったのだが――バレてしまっては仕方がないだろう。

「テオ！ ちょうどよかった、助けて！」

『……だと思ったよ……。今度は何に巻き込まれてんスか、オヒメサマ？』

「自分から巻き込まれにいったかも！ ごめん！」

『残念ながらそれも予想通りだわ。今からそっち向かうから、概要だけでも教えてくれ』

「行方不明になった女生徒たち見つけた！ あと私は魔女の魂に追われてる！」

『やべえブルーノ、俺卒倒しそうなんだけど』

『思ったより事態が深刻だな。魔女の魂に追われる……？ どうしたらそんなことに……』

短期間でポンポン危険な目に遭うミアに、ブルーノも困惑しているようだった。

『聞け、ミア。フィンゼルの敷地はバカみたいに広い。寮から最北端までまともに行こうとすりゃ数時間かかる。俺らは魔法で飛ばすけど、そう早くはそっちに着けねえ。俺らが着くまで、全力で逃げ切れ。いいな？』

「分かった……！　ありがとう」

テオが最後に全力で逃げることを指示してきて、通話は終了した。ロッティにしがみついたまま、ミアはちらりと後ろの様子をうかがう。凄まじい魔力を感じるが、魔女の塊自体のスピードは然程速くない。

（というか、こっちを追ってきてないかも……？）

あの雪の中に居る女生徒たちを奪い返されることを警戒していて、あの場所を守るために留まっているのかもしれない、とミアは推理した。

「ロッティ、ありがとう。ここまででいいよ。ここからちょっとあいつの様子を見る」

ミアがそう言って頭を撫でると、ロッティは走るのをやめて座り込んだ。

ロッティの上で長い時間考え込んだ。距離を置いて落ち着くと、状況の悪さをより理解してしまう。

まず、杖を落としたまま逃げてきてしまったのは大きいだろう。杖がなければ魔法が使えない。首からぶら下がる鍵を握れば発動できることもあるが、鍵を利用して魔法を使ったことは先程も合わせて数度しかない。経験数の乏しい発動の仕方にはあまり頼れない。

今ある手札――ロッティのみでこの場を凌ぐしかないのだ。そう覚悟した時、ロッティがガルルと唸（うな）った。

ハッとしてミアが自分の手元を見ると、――靴。さきほどまではただの靴だったそれから、不気味な闇の魔力が煙のようにして燻（くすぶ）っている。杖（つえ）は落としたくせに、靴だけはずっと握ってしまっていたのだ。慌てて放り投げたが、闇の魔力が靴からどんどん放流してくる。

（やばい、やばいやばいやばいやばい――）

これは自分では対処できないと焦った次の瞬間、空間を切り裂くように風の魔法で吹雪を巻き込み、闇の魔力がミアに到達するのを防ぐ者がいた。

「ブラーゼン・エズ・ウェグ」

その人物はほうきから飛び降りるようにしてミアの前に降り立ち、トドメとばかりにもう一度杖を振った。すると、靴が小さな竜巻のようなものに巻き込まれ、闇夜へと吹き飛ばされていく。

「は。ザコやな」

褐色の肌とミルクチョコレート色の髪、眼鏡と黒手袋をした、色男という言葉がぴったりの色気溢（あふ）れるその男。間違いようもない、それはミアのバイト先の先輩であり、今回協力していたはずである、スヴェンだ。

ミアはその姿を見て心底ほっとすると同時に一言。

「遅い……！」

「しゃーないやろ、僕方向音痴やし。近くまでは来とったんやけど、そいつの遠吠えでやっと位置分かったわ」

スヴェンはあっけらかんと親指でロッティを指した。そして次に、意外そうにミアの様子を見下ろす。

「君、靴に魅了されへんかったんやな。魂への干渉を受けてへん」

魂への干渉を受けると魔法学的には別人になる、と保健室のゴーストは言っていた。それなのにテオとブルーノにはミアの位置が分かった。すなわち、ミアは本当に干渉されていないのだろう。

「ふうん……君は随分闇の精霊に嫌われとるみたいやねぇ」

足の爪先から頭の天辺（てっぺん）まで舐（な）めるように見てきたスヴェンが目を細めた。

「で？」

しかしそんな不気味な視線を送られたのもほんの数秒のことで、すぐに顔を上げて巨大な闇の魔力の塊の方に視線を向けるスヴェン。

「あれが、噂（うわさ）の魔女の魂か。ほんまにあったんやな」

そう言ってすぐに杖を構えた。嫌な予感がしたミアが、思わずスヴェンに抱きついてその動きを止める。

「ちょ、ちょっと待って！　まず状況説明をさせてほしい。女生徒たちがあっちの雪に埋まってるのを見つけたんだけど」

「あー、そうなん？　君のお友達もちゃんとおった？　生きてるん？」

「カトリナがいるかまでは確認できてないけど、多分いる。生きてるかまでははっきり分かんなかったけどきっと……」

「ふーん、まあ、雪ん中埋まってるんやったらどうせ死んでるやろ。今から魔女の魂ごとあの一帯一気に吹き飛ばすから、退け」

言われたことを理解できず、いや、理解したくなくてスヴェンを見上げた。しかしスヴェンは少しも悪いことを言った自覚がないような顔をしている。

「女生徒たちがいるんだってば」

「女生徒たちの死体が、やろ？」

「死体かどうかはまだ分かんないんだって！」

「正直僕は元々生死不明やった生徒数人これで死んだところでどうでもええんやけど。元々死んでたってことにすれば責任問われんし。魔女の魂さえ消せば、僕はこれ以上被害を広げんために尽力したオペラの優等生ってことになるし」

（私人選ミスったかもしれない……）

最初からテオやブルーノに頼っていれば、とミアはスヴェンの道徳心のなさに絶望した。

しかし、スヴェンが他人はどうなってもいいと思っている人間だからこそこの作戦は成功し、魔女の魂の居場所を突き止められたという部分は確かにある。テオやブルーノであれば、まずミアが囮になることを止めただろう。

「今から大掛かりな魔法使うんやから、間違って殺されたくなかったら離れろ。邪魔や」

そう言ってスヴェンがしがみつくミアを振り払おうとした時――ロッティが横からスヴェンに体当たりした。スヴェンがバランスを崩して雪の中に倒れ込む。スヴェンに抱き着いていたミアも、彼に覆い被さるようにして転んだ。

ロッティナイス……！　とミアはこっそりロッティに向けてグッドサインを送る。

「痛ッたぁ……何すんねんこのクソ魔獣殺したる」

「――させないから」

スヴェンの上に乗ったままその両手を押さえつけた。

「ロッティも殺させないし、カトリナも、生徒たちも、殺させない」

「……生徒たちが生きとるっていう低い可能性のために気ぃ遣いながら魔女の魂とやり合え言うんか？　やるんは僕や。僕が決める。ただ見とるだけでええ君は気楽なもんやろうけど」

「元々私が頼んだことだし、私だって手伝うから、生徒たちの生死も確認せずに死んだことにするのはやめて！　最後は全部スヴェンの手柄にするから！」

声を張って反抗したことで、スヴェンは少し驚いたように目を見開く。そして面倒そうにミアを無理やり退かそうとしてくるが、ミアは意地でも退かなかった。

腕力に差がある分、スヴェンが本気になれば魔法を使わずともミアのことを退かせられるだろう。しかし、隣のロッティに妙な真似をしたらかみ殺すと言わんばかりの眼光で見つめられているせいか、スヴェンは諦めたように力を抜いた。

「強情な奴やな……。ほな聞くけど、君に何ができんねん」

「――映像石で助けを呼んだりとかじゃね？」

それまで誰もいなかったはずの方向から声がした。ミアはバッとスヴェンよりも早くそちらに視線を向ける。

かなり急いで来たのか汗をかいているテオが、ほうきを持ってそこに立っている。その隣には例のごとくブルーノがいた。かなり何か言いたげにミアとその下にいるスヴェンを見つめてきている。

「魔女の魂が見える場所で男といちゃつくとか余裕だな？　ミア。俺らが必死にこの吹雪の中捜しに来たってのによ」

「え……？……いや、これはそういうのじゃないよ！」

チクチク嫌みを言ってくるテオの言葉で自分の状態を理解したミアは、慌ててスヴェンの上から退いた。確かに、傍から見ればまるでミアがスヴェンを押し倒していたかのようだ。

「違うからねテオ！　私、こんな道徳心のない鬼のような男は願い下げだよ」

「へえ、言うやん」

「あっ痛！　いたたたたた！」

思わず本音を漏らしてしまったミアの耳をスヴェンがぎゅううううっと引っ張って痛め付けてくる。ミアは激しく暴れた。

「説教は後だ、ミア。生徒たちはどこにいんだ？」

魔法で戦闘をする際の機能性に優れたローブを羽織りながら、テオが問いかけてくる。

スヴェンとは違う確かな道徳心を感じ、ミアは心底ほっとした。

「雪の中に埋まってる。それをあの魔女の魂が奪われないように守ってるっぽい」

「どっちの魔女の魂だ？」

「……え？」

不可解なことを聞かれ、ミアはテオの視線の先を辿るようにして遠くにある魔女の魂の方を見た。

――さきほどまで大きな一つの塊だったそれが、分裂したかのように二つになっている。

バチバチと、闇の火花を散らすように嫌な魔力を溢れさせせながら。

しかも、そのうちの一つはこちらへとゆっくり近付いてきている。

「何で二体に……最初は一体だったんだよ」

「いや、最初っから二人おる。近くにあったから一個に見えただけやろ。仲よう傍におるうちに一気にぶっ飛ばすつもりやったのに、邪魔したんは君やぞ。どうしてくれんねん、手間増えたやないか」

いらいらした様子で立ち上がったスヴェンが、ふと何かを思いついたように不気味な笑みを浮かべた。

「いや……ちょうどええか」

こいつ今度は何を企んでるんだ、と警戒するミアに顔を近づけてきたスヴェンは、内緒話のように耳元で囁く。

「君、オペラになりたいんやろ？　あっちの広い場所で戦えそうな魔女の魂は僕がやる。近い方は君とブルーノでやれ」

「……え？」

「手柄を半分こしよ言うてんねや。どのみちこんだけ人が来てもうたら僕一人の手柄にはできなそうやしな」

オペラ見習い候補を選ぶ際は、学校内での問題解決への貢献度も考慮されると聞いている。魔女の魂を倒すことは、間違いなく学校内での問題解決に繋がるだろう。

ミアが返答するより先に、スヴェンが場を仕切り始める。

「ブルーノは僕より魔法の精細なコントロールが得意やろ。僕、雪の中におる生徒気にしながら戦うとか無理やし、あっちの魔女の魂はブルーノとミアに頼むわ。こっちに来とるもう一体は僕がやる。そこの犬は嗅覚使って生徒たちの居場所を特定できるやろし、テオは雪魔法が得意やから、雪に埋もれとる生徒たちも救出できる。生徒の救出はテオと犬に任せるわ」

ロッティは犬じゃないけどね、とミアは内心ツッコミを入れた。

「なぜこちらにミアを入れてくる？」

スヴェンの割り振りに違和感を覚えたらしいブルーノが反論した。他は適材を適所に置いているように思えるが、確かにミアだけ不自然である。まだ一年生であるにもかかわらず、わざわざ危険な方に割り振られたためだ。

「え～……いやあ、それは、ミアはブルーノの彼女やし……そばにおった方がテンション上がるんちゃうかな～って」

「彼女ではないと言っている。それに、近くにいられるとかえって邪魔だ。ミアはテオと生徒の救出に向かえ」

——大抵のことは一人でできる、と言っていたブルーノを思い出し、ミアは少し心配になった。

再びほうきに跨(またが)ったブルーノが、真っ黒な空の中へと舞い上がっていった。こちらへ向かってくる魔女の魂の視界に入らないよう、いつもよりずっと高くへ。

「やって。残念やったな」

「大丈夫かな……」

「お前、大事にされとるやん」

くっくっと茶化すように笑ってくるスヴェン。

ミアはブルーノを気にしつつもテオと共にロッティの上に乗り、遠回りしてブルーノとは逆方向から生徒たちの埋まる場所へと向かった。走るロッティの上で揺られながら、後ろのテオが何か考えこんでいる様子だったので、「どうしたの？」と問いかける。

「いや。よく考えたら嫌な予感がすんだよな……。魔王の嫁である七人の魔女の中に、生前すげー仲がよかった二人がいたって話を聞いたことあんだよ。二つ一緒にいるとしたら、もしかしたら……。確か片方は魔法の靴をマジックアイテムとするセオドラで、もう一人は……」

テオが険しい顔でぶつぶつ言っているうちに、ロッティはあっという間に魔女の魂の近くまで来た。

向こうでは、ブルーノが空の上から魔女の魂に攻撃を入れているのがわずかに見える。

ミアは自分たちに保護魔法をかけようとしたが、杖がないためできない。困っていると、ロッティがグルルと唸り、薄い膜のような結界を張ってくれた。あまり強力ではないが、ないよりはずっといい。

「ありがとうロッティ！　杖ないから助かる……」

「は!?　お前杖持ってねえの？」

「逃げる時に落としちゃって。でも生徒たちの近くで落としたから、この辺にあるはず」

テオの顔面に、「やべえ」という文字が書かれている。なぜそこまで焦った表情をするのか分からない。

その時、ロッティがガフッガフッと鳴き声を上げ、雪を掘り始めた。雪の中から制服の袖が見えている。ミアはテオと一緒にロッティから降り、雪を払って生徒の腕を確認した。

「……やっぱりそうか」

テオが生徒のあまりにも硬い皮膚に触れ、眉を寄せた。

「石化魔法がかけられてる。どちらか一体は確実に、セオドラと仲の良かった魔女のミーズだ。ミーズは石化魔法が得意だったって話だからな。ブルーノと戦ってる方がミーズじゃなけりゃいいけど……」

テオが言い切る前に、ドオッと大きな魔法の衝突の音がしたのち、ほうきと共に空中にいたブルーノが落ちていくのが見えた。ほうきは石化しており、地面に落ち打ち付けられた途端にヒビ割れた。ブルーノは魔法で衝撃を緩和し着地自体はうまくいったようだが、さきほど攻撃されたのか腕から血が流れている。

「だ、大丈夫かな？　ブルーノ強いし大丈夫だよね……？」

「つぇーよ。でも、ミーズとは相性が悪い。ブルーノは石化魔法に対抗するのは不得手だ。あの魂を侵食するにはかなり時間がかかるだろうな」

　向こうでは激しい爆音がしており、スヴェンがセオドラと戦っていることが分かる。そうすぐには終わらないだろう。

「どうしよう……！　私たちが助けなきゃ！」

「……俺、杖、忘れたんだよな」

　え？　とびっくりしてテオを見上げた。どうやら、テオはミアに杖を借りる予定だったようだ。

「魔女の魂と戦うのに忘れてきたの!?」

「うるせえな！　お前が追われてるって聞いて焦ったんだよ……！」

　その答えに、ミアはぐっと口ごもる。テオはなんだかんだ言ってミアを気にかけてくれているのだ。ミアが追われていることを知って、急いで部屋から出てきてくれたのだろう。それで忘れ物をしたとしても文句は言えない。むしろ有り難いことだ。

「マジックアイテムは？」

「俺の場合はあのマジックアイテムを使った時の魔力の消費が他の魔法使いと比べてもかなり激しいから、そう短期間に何度も使えねえんだよ。惑いの森を出すのに前使ったばっかだし……」

「私のせい？」

「割とお前のせいだ」

ばっさりと言い切られショックを受けたミアだが、すぐに気を取り直して、必死に自分がどの辺りで杖を落としたのか思い出すことにした。確か、氷の洞窟を出てすぐの場所だ。

「ロッティ、先にあっち行こう！」

雪を掘り続けるロッティにそう指示し、共に氷の洞窟へと向かう。

遠くを見れば、ブルーノは激しい攻撃を受け、かなりの重傷を負っているようだ。

「ブルーノ！　一旦引け！　応援呼ぶぞ！」

見ていられなくなった様子のテオが叫ぶが、ブルーノは聞こえていないのか、あるいは聞こえていないふりをしているのか、反応を返してこない。

空に広がる暗闇を飲み込むように、おどろおどろしい黒雲のような闇の魔力の塊はそのサイズを増大させていく。ブルーノはどうにか消し飛ばそうとしている様子だが、魔女の魂はブルーノの魔法攻撃さえ飲み込むように吸収していく。

明らかに、さきほどよりも強くなっている。おそらくさらった女生徒たちの魔力を勝手に吸収して成長し続けているのだ。

急激な魔力の消費は体内のバランスを崩し、場合によっては生命に関わるとミアは習った。女生徒たちを守るためには、できるだけ早く片を付ける必要がある。

ブルーノはオペラとして、いや、自分の目的のために、女生徒たちの命を救わねばならない。ここで撤退するわけにはいかないのだろう。

ミアはロッティに匂いを辿ってもらい、急いで自分の杖を見つけた。記憶通り、それは氷の洞窟の前で埋もれている生徒の横に落ちていた。

「私、ブルーノを助けてくる！　これはテオが使って」

テオに自分の杖を押し付けて立ち去ろうとしたが、

「ちょっと待て、杖も持たずにどうする気だよ」

一方的に杖を渡して走り出そうとしたミアの二の腕をテオが摑んで止めてくる。

「私には鍵があるから大丈夫。テオはロッティと一緒に雪に埋まってる生徒を全員同じ場所に集めて、私の魔法から生徒たちを守って」

マジックアイテムはそう頻繁に使うものではない。ロッティを呼び出すために鍵を使ったばかりであるため、もう一度使えるかどうか正直かなり不安だが、身を削ってでもやるしかない状況だ。

「いや、あぶねーって！　お前が行くくらいなら俺が行く」

「生徒の安否が優先でしょ。雪魔法はテオの方が得意だし、できるだけ早く生徒たちを見つけなきゃいけないし」

「それはそうだけどよ……」

「スヴェンも言ってたけど、これは私が手柄を上げるチャンスでもあるんだよ？　ほら、ここで魔女の魂を倒せばオペラ見習い候補になれるかもしんないし」

「この状況でそんな呑気なこと言ってる場合かよ!?　命かかってんだからな？」

「命かけてるのは今あっちで戦ってるブルーノも一緒だよ。心配なら、生徒たちの安全を確保できたらすぐにテオもこっちに来て。テオだったらすぐ来れるでしょ？」

その言葉でようやく納得したらしいテオが、ミアの腕を離した。

「つーか、俺をフィンゼルの獣とセットにすんの？　大丈夫かよ、こいつ俺の言うこと聞く？」

テオがちらりとロッティの方に視線をやるが、ロッティはふいっとそっぽを向く。

「可愛くねえ～！」

「日頃の行いだよ、テオ」

「お前に言われたくねえ～！」

ロッティはブルーノの言葉も聞いたことがない。この様子ではテオの言うことも聞かないだろう。ミアはテオにロッティを預けるのは諦めることにし、その背中に乗った。

「ごめん、やっぱりロッティは連れて行く」

「そうしてくれ。そいつと一緒にいたら自分がいつ噛まれるか分かんねーし一人の方が楽だわ」

テオはほっとしたように言い、最後にミアに忠告をした。

「気を付けろよ。ここでお前を行かせたことで死なれたら、さすがに寝覚めが悪ぃわ」

ミアは深く頷くと、ロッティを走らせブルーノのいる方向へと向かった。

＊　＊　＊

ロッティと一緒に走り去っていったミアの背中を見届けた後、テオは杖を振って呪文を唱え、大量の雪を一気に空中へと跳ね上げた。

雪を退かせば、目視で生徒たちがどこにいるのかはすぐに分かった。

魔法で小人を生成し、石化した生徒たちを速やかに氷の洞窟の入り口付近に集め、その硬い体に触れる。

——実は、ミアには言わなかったことがある。

石化魔法はミーズの血を引く者にしか扱えない。そして、レヒトの国の王族は、王政廃止と同時に処刑されてしまっている。

すなわち、石化魔法を解ける魔法使いは現在存在しない。ミーズ本人を説得することができればあるいは可能かもしれないが、ミーズの魂からは自我を感じられないため、おそらく会話は不可能だろう。

幸いにもまだ生徒たちの命はある。石化は解けずとも、アブサロンに頼めばある程度の延命は期待できる。しかし、彼女たちが自発的に動けるようになる可能性はゼロに近い――。

（……あいつ、泣くかな。カトリナの友達になるって張り切ってたもんな）

テオは洞窟の入り口付近に結界を張りながら、ミアの泣き顔を想像して少し可哀想（かわいそう）になった。

と、その時。ざ、ざ、ざ、と地面にわずかに残る雪を踏み分けてこちらへ歩いてくる複数の足音がし、警戒して顔を上げる。

予想外の人物がそこにはいた。――イザベル。オペラ四年生の、カトリナの姉だ。その後ろには、何人もの女生徒たちが続いている。

「お前、何でここに……」

「行方不明者の件を担当させられてるあたしがここにいちゃおかしい？」

イザベルはつまらなそうに自分の髪をいじりつつ、親指で後ろの生徒たちを指して言う。

「この子たちが探索魔法を使って割り出した情報を頼りにここまで来たのよ」

「そいつらは……一年か？」

まだ新しく見える制服を身にまとう女生徒たちに視線を移して聞いた。

「カトリナのクラスメイトのようね」

あのイザベルが妹のクラスメイトと行動を共にしていることを不思議に思いつつも、今はそれどころではないため理由を聞くのは後にすることにした。

改めて結界魔法を発動させるテオの横で、イザベルが膝をつき、石化された生徒の一人に手で触れる。

その瞬間、ゆっくりとだが、その生徒の石化が解けていった。

テオはイザベルが石化魔法の解除を行えることにぎょっとしたが、すぐに合点がいった。

（そうか……！　イーゼンブルク家は、王家と遠い血縁がある）

石化魔法はミーズの血を引く王族にしか扱えない。レヒトの国の王族は、王政廃止と同時に処刑された。

すなわち、石化魔法を解ける可能性がある魔法使いは現在――王政廃止後も生き残った、王族の血を引く唯一の家系――イーゼンブルク家にしか、存在しないということである。

＊　＊　＊

事の始まりは二時間ほど前のこと。女子寮のロビーには、お風呂上がりのカトリナのクラスメイトたちが数多く集まっていた。

「魔法使いの弟子での仕事が終わった後のミアさんの挙動がおかしかったので、気になって探索魔法で少し調べてみたんです」

「あなた、まさかこの時間に寮の外へ出たの？　よくないわよ」

「いいえ。地図上で相手の動きをある程度探索できる呪文がありまして、校舎の地図にそれをかけてみたんですのよ」

信者の一人が黄ばんだ紙の地図を広げ、そこに付着する足跡を見せる。その足跡は校舎内の廊下を何度も行き来していた。それを見て、その場に居た全員が息を呑む。

「きっと私達を危険に晒さないよう、お一人でカトリナ様を捜しに行ったんだわ……」

「なんて人……」

「聞いてください！　図書室で足跡が消えているんです。おそらくカトリナ様のようにここで魔法の靴と接触したと考えられます。しかし、カトリナ様とは違ってまだ気配が消えていないようで……これなら私たちレベルの探索魔法でもきっと見つけられますわ」

「しかし、捜しに行くにしても作戦を練らないと……」

「当然無策では突撃できません。相手の戦力を把握し、知力を使って勝負しましょう。私たちは、知の部屋の生徒なのですから」

話し込んでいて周りの様子に気付かない女生徒たちの横を、ある女生徒が通り過ぎる。

それは、たまたまロビーに魔法ハーブの葉を買いに来た、オペラ五年生のドロテーだった。

女子寮の最上階、オペラしか入ることを許されないその場所の一室に、ドロテーとイザベルは住んでいる。

こぽこぽとキッチンでお茶を淹れているイザベルの隣に、不意にドロテーが現れた。存在感がないうえ音を立てないのでかなり近付いてくるまで分からないのが怖いところだ。

「い、い、いざべる、あの、あのあのあのっ……」

「うわっ。……びっくりした。何よ」

ワインレッドの瞳でドロテーの方を見るイザベルは、寝間着の上に薄いカーディガンを羽織っている。

「あ、あの、イザベルが、あまり聞きたくないかもしれない話をしてもいい……？」

「別にアンタ相手に怒ったりしないから、どうぞ」

「………カトリナちゃんのこと、なんだけど」

「……」

イザベルの眉が不快そうにピクリと動いたため、ドロテーがビクッと体を揺らす。ドロテーはイザベルの一つ上の学年であり一応先輩なのだが、性格上イザベルに強く出ることができない。

「カトリナちゃんのお友達が、すごくカトリナちゃんのこと捜してて。と、図書室でも必死に探索魔法の勉強してたし、い、今も、ロビーで話し込んでて、」

「友達？……あの子に？」

ドロテーの買ってきた魔法ハーブの葉を受け取ってお湯に入れながら、イザベルは疑わしげに聞き返す。

「た、たぶん、カトリナちゃんのお友達の一人も、さっき魔法の靴に攫われたっぽくて……あの子たち、それを捜しに行こうとしてて……」

「心配なら、アンタも行けば？」

「ええっ!? で、でも、わ、わ、わたし、よわ、弱いからっ……わたしじゃ何もできないっていうかっ……」

「……」

ずずっと魔法ハーブ茶を啜ったイザベル。窓ガラスの向こうに見える外の景色を眺めながら、椅子に腰をかけ何か考えるように頬杖をつく。

「あたし、イーゼンブルク家の人間は等しく嫌いなの。無駄にプライドが高くて、血筋に誇りを持っていて、〝イーゼンブルク家ならできて当然〟を強要してくるヤツら。……それを当然のように受け入れて、素直にあの家の色に染まっていくあの子が昔から目障りで仕方なかった」

ぽつりぽつりと小雨を降らすように小さく、珍しくイーゼンブルク家の話をするイザベルに、ドロテーは黙って耳を傾けていた。

「……あの家にあたしの味方は誰も居なかった。あたしはあの子に、一緒にイーゼンブルク家を嫌いになってほしかったのよ」

目を瞑ったイザベルの脳裏に蘇るのは、まだ幼い頃、ちょこちょこと自分の後を追ってきていた小さなカトリナの姿。無垢な少女が徐々に家の思想に染まり、偏っていくのを、イザベルは一番近くで見ていた。

そうしていつしか、拒絶したのだ。

「それは、ワガママだよ、イザベル」

ドロテーが、まっすぐイザベルを見て言い放つ。イザベルが少し驚いてそちらを見た。

ドロテーはイザベルの隣の椅子に腰をかけ、ゆっくりとした口調で問いかける。

「イザベルは、どうしてオペラになろうと思ったの？」

「……家を出たいからよ。魔法省の最高幹部にでもなれば、うちの連中も満足でしょう。家に戻ってこいなんて言わない。跡継ぎはあの子が喜んでするでしょうし、あたしはそれなりの立場にさえなっていれば文句は言われない」

「それだけ？」

「…………」

イザベルは黙り込んだ。

――最初はそれだけだった。優秀な全寮制の学校に入り、家を出ること。さらに卒業後は、家の者たちを黙らせるような進路に進み、家に戻らずとも文句を言われない立場になること。最初はそれだけが目標だった――しかし、今は違う。

「この学校が好きだから。フィンゼル魔法学校は、初めて家以外のあたしの居場所を作ってくれたのよ」

初めてできた友達がいる。尊敬する先輩がいる。恩人である先生がいる。イザベルはこの学校に来て初めて〝こうあるべき〟と押し付けてこられずに済んだのだ。

イザベルは気恥ずかしくなり、頬杖をついたままドロテーにも問う。

「そう言うアンタはどうなのよ？」

「わたしも、同じだよ。オペラの仕事を通してこの学校の人たちの役に立つことが好き。最初は、わ、わたしなんかに、オペラなんか無理だって思って、断ろうとしてたんだけど……初めてオペラの仕事をした時、みんなにすごく感謝されて……わたしなんかにもできることが、あ、あるんだって初めて思えたの」

ドロテーは柔らかく微笑(ほほえ)んだ。そして、次の瞬間には真剣な顔になり、イザベルの瞳をまっすぐ見つめる。

「イザベルは、カトリナちゃんに勝手に期待して失望して、勝手に嫌いになっているだけ。公私混合して、大切なオペラの仕事を、大好きなこの学校の生徒たちをなおざりにするほどの理由には、わたしには思えない」

「…………」

「あ、あとね。これはよ、余計なお世話かもしれないけど。オペラの仕事を全うしてくれてたら、わ、わたしが言うことは何もないんだけどっ……そ、その、イザベルのその気持ちは、カトリナちゃんに言ったの？——分かり合えるなんてことはないかもしれないけど、でも、イザベルは、相互理解をするための努力を怠っていると思う」

イザベルが、魔法の靴に関する記録が乱雑に広がっているテーブルの上に、ティーカップを置いた。

「……そうね。気にかけてくれてありがとう」

ドロテーと話しているうちに、カトリナの存在に左右され多くの行方不明者が出ているにもかかわらずオペラの仕事を適当に流していたこと、何年もカトリナと向き合っていないことの両方を恥ずかしく感じたのだ。

「あの子もこの学校の生徒も、助けに行くわ」

そしてようやく、重かった腰を上げた。

これが、事の経緯である。

＊＊＊

ん、と小さな呻き声を上げて、カトリナは目を覚ました。目を開けた時、すぐ傍にいたのは実の姉であるイザベルだ。夢かと思い、しばらくイザベルを凝視してしまった。状況を把握しきれないまま起き上がろうとするが、頭痛がして動けない。保健室の前で靴を見てからの記憶がない。その場に寝転んだまま改めて周りを見るが、それでもやはり何が起こっているのか分からなかった。

「カトリナ様！」

複数のクラスメイトたちが周りに集まってきた。それと同時に、イザベルが立ち上がってカトリナの隣に横たわっている生徒に触れた。その生徒は石化されているようである。

ひどく喉が渇いている。咳き込むカトリナに、クラスメイトたちが水を差し出してくれた。

（ここは……どこかの洞窟？）

入り口付近にいるのはオペラ三年のテオだ。結界を張ってくれているようで、氷があるにもかかわらず洞窟内は暖かい。周囲には大量の石化した生徒たちがいる。

「カトリナ、スヴェンを手伝ってきなさい」

水を飲みながら、魔法でクラスメイトたちのこれまでの記憶を映像として見せてもらっている途中で、隣のイザベルがそう指示してきた。

横でカトリナの体を支えてくれているクラスメイトたちが、

「イザベル様、カトリナ様は病み上がりですよ⁉」

と口々に抵抗する。

しかしイザベルはふんと鼻で笑った。

「何が病み上がりよ。ただ石化していただけでしょう？　それに、さらわれた生徒の中でまだ魔力が残っているのはカトリナだけよ。他の生徒は魔力をほぼ全て吸い取られているからしばらく魔法を使えないでしょうね。アンタたちは無理な探索魔法と飛行での長距離移動で体力を消耗してしまっているし、この場で戦力になるのはカトリナだけ。カトリナにドゥエルで勝利したっていう優秀なお嬢さんはブルーノの方へ行ったようだし、スヴェンも大丈夫だとは思うけど、念のため応援を向かわせた方が確実だわ。……アンタならできるでしょう？」

「しかし……！」

「――分かりましたわ。散々ご迷惑をおかけしたようですし、少しは働かなければいけませんわね」

見たところ、テオは生徒たちが戦闘の巻き添えを食わないようこの場に強力な結界を張る必要があるようである。そして、イザベルは石化魔法を一刻も早く解除する必要がある。

他の生徒からの記憶の映像を見終わり、状況を全て把握したカトリナは、少しよろけながらも立ち上がった。

「カトリナ様……！」

「もう動いて大丈夫なのですか？」

「ええ。もちろんですわ」

軽く準備運動をして身体に動かせないところがないか確認した後、結界の外へと歩いていく。

（あの子があれだけ体を張っているのに、わたくしが止まっているわけにはいかないですもの）

魔法で見せられた記憶の映像の中で、ミアはいつも、カトリナを捜そうと必死だった。

（……本当に、バカな子）

雪の中を一歩一歩と進みながら、カトリナはきゅっと唇を噛んだ。

飛行魔法を用いて上空からスヴェンに近づく。

辺り一帯の草木はスヴェンの魔法によって全て吹き飛ばされ、荒廃した土地と化していた。環境破壊どころの騒ぎではない。

――しかし、魔女の魂は未だ消えていなかった。それどころか、分裂し、自由自在に形を変え、四方八方からスヴェンを攻撃している。

防衛魔法で全ての攻撃を防ぎ無傷でいるだけでも凄いのだが、これでは攻撃をするタイミングがなさそうだ。

「――ツーリュック・コンメン!!」

スピードを上げてスヴェンの背後に降り立ち、攻撃魔法を発動して魔女の魂から飛んできた攻撃を打ち返す。

「あれ、生きとったんや」

からかうように言ってくる失礼なスヴェンと背中を合わせる。

「前からの攻撃に集中なさい。後ろはわたくしが守りますわ。それとも、わたくしじゃ頼りになりませんかしら?」

挑戦的なカトリナの言葉に、ククッと後ろのスヴェンが肩を揺らして笑う気配がした。

「オネーチャンにそっくりやなあ、その態度。できれば僕一人の手柄にしたかってんけど、正直このまま攻撃されっぱなしやとこっちから攻撃できんから助かったわ」

「無駄口を叩いていたら後輩のわたくしに後れを取りましてよ! ほら――ブラーゼン!」

クラスメイトの一人に借りてきた杖を大きく振り、風の魔法を発動する。すると、魔女の魂の分身は吹き飛ばされて塵となり消えていく。

力がみなぎるような感じがする。どうやら自分は、かなり浮かれているようだ。

(お姉様は、わたくしならできるとおっしゃいましたわ)

実の姉イザベルからの信頼。それは、カトリナを確実に強くしていた。

＊＊＊

魔力の塊を矢のように打ち込んでくる魔女の魂相手に、ブルーノは苦戦していた。片腕は石化され動かせない。石化の影響で出血が止まったのは幸いだが、戦ううえでは不便なことこの上なかった。

——そこへ、ミアを乗せて走ってきたロッティが、魔女の魂に向かって口から火を吹いて応戦してきた。

ブルーノはミアが来たことに驚き、すぐに睨みつけた。

「戻れ。危ないだろ」

「そんなボロボロの状態で何言ってんの！　乗って！」

そう言ってブルーノをロッティの上に半ば無理やり引き上げたミアは、魔女の魂がこちらへ攻撃をしかけてきているのを見て、「ロッティ走って！」と指示する。

ミアの言葉に応えて、ロッティが雪を蹴って走り出す。魔女の魂の攻撃もロッティの足には追いつけず、ロッティが走った後の地面が石化していくだけだ。

ミアが右手でマジックアイテムの鍵を握り、左手でブルーノの頬に触れる。慣れない治癒魔法でブルーノの顔の傷を治してくれたらしい。これくらい自分で治せるんだが、と言おうとしたブルーノはあることに気付く。

（……光？）

ミアの手からは温かい光が漏れている。レヒトの魔法使いが使うのは、全ての魔法の根源となる、闇の魔力のはずである。しかし——治癒魔法を発動するミアの手元は光っている。

光の精霊がいないレヒトの国では吸収できないはずの光の魔力。それを今、ミアは使っているようだった。

「………………」

「ごめん、治癒魔法うまくなくて……。やっぱりまだ痛い？　私じゃ治せてないかな」

「……いや。痛みは引いた」

走るロッティの後ろでは、ドン、ドドォン、と魔女の魂の攻撃が地面にぶつかる爆音がしている。ミアの魔法のことも気になるが、今は他のことを考えている場合ではない。

そうは思うものの、どうしても先に聞きたいことがある。

「なぜスヴェンを頼った？　俺やテオでは不足だと思ったのか」

寮からこの北の地に向かうまで、それがずっと引っかかっていた。ミアはスヴェンと協力して魔女の魂を追ったのだろう。それも、ブルーノやテオには伝えないまま。

「……それは、ごめん」

怒られていると感じたのか、ミアが落ち込んだような表情をする。

「謝れと言っているんじゃない。なぜだと聞いている」

「ブルーノとテオは優しいから、危ないことは絶対させてくれないでしょ。でも、自分を囮にするくらいしないと、カトリナが見つからないんじゃないかと思って……」

気に入らない。自分の知らないところで危険な目に遭おうとすることが。魔女の魂の攻撃を防ぐために魔法を酷使し疲労が溜まっていることもあり、厳しい言い方をしてしまう。

「約束しろ。二度と何も言わずにいなくならないと」

命など簡単になくなることをブルーノは知っている。ミアにはもっと慎重に動いてほしかった。

「分かった。本当にごめんね。結果的にブルーノたちにまた迷惑かけることになっちゃった」

ミアは申し訳なさそうだ。今回ばかりは本気で反省しているらしい。

こうしているうちにも魔女の魂による攻撃は続いている。さっさと切り替えて反撃をしなければならないのに、ミアがいるとどうも調子が狂う。なぜ、これほど嫌な気持ちになるのか。

ふと、ミアがおそるおそるといった風にブルーノを見つめて聞いてくる。

「……もしかして、心配してくれた？」

「心配？」

全く自覚していなかった感情を指摘され、ブルーノはぽつりとミアの言葉を繰り返した。

直後、ミアは自分で聞いておいて恥ずかしがるように目をそらす。

「あ、いや、そりゃ心配だよね！　ブルーノにとっては私の面倒見るのが仕事だもんね」

あはは、とから笑いしながら頭をかくミアを見て、自分がイライラしている理由がようやく分かった気がした。――そうか、自分は心配をしていたのかと。

「変なこと聞いてごめん」

「いや。その通りだ。俺は単にお前のことが心配だったらしい。仕事とは関係ない」

そう言うと、なぜかミアの頬が染まる。なぜそんな顔をするのだろうと不思議に思った。

ミアは喜怒哀楽がはっきりしているが、ブルーノにとってはまだまだ考えていることの分からない未知の生き物である。

「今後は俺を頼れ。スヴェンはいい加減だ」

「そ、そうだね……うん、ブルーノに頼る。今回のことでいかにあの人の倫理観が欠如しているか分かったしね。スヴェンには魔法より先に倫理を学んでほしいね」

スヴェンに対してはやけに厳しくないか？　と思うような言葉を返された。二人はもしかすると仲が悪いのかもしれない。

走り続けるロッティの上で、ミアが覚悟を決めたような顔をしてブルーノを見据えてきた。

「ねえブルーノ、早速頼らせてもらってもいい？　今から転移魔法を使うから、私がマジックアイテムを使用している間、私の肉体にダメージがないようにずっと保護魔法をかけていてほしい」

「……あの魂を転移させる気か？」

「うん。マギーの外へ持っていく」

「そんなことは不可能だ」

「できると思う」

「……」

「私ならできると思う」

ミアがまっすぐ見つめてくる。

ずっと傍(そば)でミアの魔法の練習に付き合っていたブルーノには、ミアならもしかしたらやってのけるかもしれないという、不確かな予感があった。

加えてミーズの魂は加速度的にその巨大さを増しており、推測するにもうあまり時間がない。できるだけ早く片を付けるなら転移魔法が一番だ。危険が伴うとはいえ、やらない手はない。

「でもマジックアイテムを使うのは今日三回目だから何が起こるか分からないし、自分の身体を支えられる自信がない。私のこと、ブルーノに託していい？」

――三度目。個人差はあるにせよ、一日で三度も魔力の消費量が激しいマジックアイテムを利用できる魔法使いはそういない。それこそ生命に関わる力の使い方だ。

魔女の魂を見上げていたミアが、覚悟を決めたようにブルーノに視線を戻し、ブルーノの手首をぎゅっと握ってきた。その手が少し震えていることにブルーノは気付いた。

ブルーノの目に、これまでのミアは怖いもの知らずのように映っていた。実際ミアには度胸があり、フィンゼルの獣を恐れず、あのカトリナにも立ち向かった。

しかし、怖い時は怖いのだ。目の前にいるのは、ただの一人の少女である。

（こいつが何者でも今はいい）

ブルーノはミアの指に指を絡めぎゅっとその手を握り、その目をまっすぐ見つめて告げた。

「――ブルーノ・フリードリヒの名にかけて必ずお前を死なせない。俺はお前を信じるから、お前は俺と自分を信じてくれ」

ミアはその言葉で勇気を得たようにこくりと頷き、ブルーノの手を握り返してくる。そして、もう片方の手でマジックアイテムの鍵を握った。

次の瞬間、轟音がとどろく。大量の魔力が放出した勢いで強い風が吹き抜け、ブルーノの髪とローブを激しく揺らした。

――空が、

――――光った。

厚い雲を吹き飛ばすように、空間を裂いて無から有を生み出すように、ほんの数秒、辺り一帯が光に照らされた。

――突然降ってきた謎の少女。分かるのはミアという名前と、ここの生徒ではないこと。

リスクを冒すことは嫌いな自分が、無理やりにでもミアを追い出さなかったのはなぜか、今になって分かった。顧問のアブサロンに頼まれたから。怪しいミアを近くで見張るため。オペラとしての責任感。どれもあるだろう。しかし、根本的な理由はそこではない。

ブルーノは退屈していたのだ。

妹の死後、ブルーノの世界に色はなくなった。それはフィンゼル魔法学校に入学してからも同じだった。

簡単な魔法。簡単な授業。何も起こらない、何一つ困難ではない、容易で単調で退屈な日々。

——そんな日々を圧倒的な力と無鉄砲さで破壊してくれる者の存在を、ブルーノは心のどこかで待ちわびていた。


「オフネン・トーア！」


ミアが呪文を唱える声が辺りに響き渡り、全てを光で埋め尽くすほどの影響力を持つ強大な転移魔法が発動した。

レヒトの国の上空は厚い雲で覆われており、この惑星マギーの唯一の衛星からの光を遮っている。空の上は常に変わらない闇夜であり、〝レヒトの国に朝は来ない〟という言葉もあるほど。

それゆえ、ブルーノはこれほどの光を間近で見たことがなかった。ブルーノだけでなく、向こうで戦っているスヴェンも、氷の洞窟にいるテオもそうだろう。レヒトの国民であればこのような眩(まばゆ)い光は見たことがないはずだ。

厖大(ぼうだい)な光の渦が巨大化したミーズの魂を丸ごと飲み込み、跡形もなく消えてゆく。

綺麗だ、と思った。

魔力を消耗し気を失いそうになっているミアを保護魔法で支える。ミアの間近で、激しい風に吹き飛ばされそうになりながらも、ミアが発動した転移魔法の光を見つめた。ミーズの魂が完全に転移すると同時に、ミアの体の力が抜けた。ブルーノはその体を抱きかかえ、スヴェンのいた方向もいつの間にか静かになっていることを確認した後、「終わったな」と呟いた。

「へへ、私すごいでしょ」

「ああ。お前がいて助かった」

ミアはへらへらと笑っているがその実かなり疲れているようで、少しの間ブルーノの顔をぼんやりと見上げてきていたが、そのうち安心したように目を瞑った。すうすうと可愛らしい寝息を立てたかと思えば、突然グガー！　と激しいイビキをかき始めたため、ブルーノは思わずぶっと噴き出す。

そして、自分は最近よく笑うようになったのではないかとふと思う。

ミアが自分の世界に彩り——よく言えばだが——を加えていることに、そこでブルーノはようやく気付くのだった。

＊＊＊

ミアが目を開けると、見慣れた白い天井と、普段より甘い魔法茶の香りがした。ゆっくりと枕の上で頭を動かして横を見ると、隣のベッドには婦人のゴーストが眠っている。ということは、今は朝か昼間だろう。

ミアは上体を起こし、体の節々が筋肉痛のように痛むことに気付いた。肉体にはかなりの無理をさせてしまったようだ。

ベッドの脇にあるテーブルに、見舞いの花束が置かれていた。

〝先日は、わたくしの捜索のため貴重なお時間をかけていただきまして誠にありがとうございました。おかげさまでわたくしも他の生徒たちも、体内への魔力の貯蓄にはもう少しかかるとはいえ、体の方はすっかり回復することができました。これもひとえに、ミア様のお力添えのおかげと、心から感謝申し上げます。最後になりましたが、ミア様は今回の件でかなり疲弊されたかと思いますので、ゆっくりお休みください。今後もお体にはお気をつけあそばせ。〟

花束に付いていたメッセージカードを剝がし、首を傾(かし)げる。

（……誰だろ？）

内容からして行方不明になっていた生徒の一人だろう。そう思ってカードの裏を見たミアは、驚いたのち、口元を緩ませた。

——〝あなたの友人　カトリナより〟

どうやらあの高飛車なご令嬢は、文面ではすごく丁寧な人のようだ。

「おや。お目覚めかい」

魔法茶を片手に奥の部屋から出てきた養護教諭アブサロンが、ミアのベッドの隣の椅子に腰をかけた。

「何があったか覚えているかな？」

「うん。多分、ブルーノが私をここまで運んでくれたんだよね？」

「その通り。正確にはブルーノだけでなく、大勢来ていたけれどね。みんなとても心配そうにしていたよ」

「石化されてた生徒たちは？　アブサロン先生、ちゃんと治してくれたよね？」

「もちろん。まあ、治すと言っても石化さえ解除されていればあとは魔力の補給だけすればいいから、しばらく授業は休んで安静にって指示して帰したよ。一週間後また来てもらって、状態を見よう」

ミアは心底安堵(あんど)し、ふう……と大きく息を吐いた。

「ああ、そうそう。ミア、君はこれから正式にうちの生徒だからよろしく」

「……え？」

他愛もない話をするかのような軽い口調で放たれた予期せぬ発言に、ミアは「え？」と思わずもう一度聞き返した。

「この学校には推薦枠というものがあってね。特別な功績を持つ魔法使いは入学試験が免除されるんだ。一般入試と違って良い成績を取り続けないとすぐ退学だけど、君ならそこまで大変でもないだろう。まあ、全教科で八十点以下は取らないようにだけ気を付けてね」

「特別な功績……？」

思い当たる節がなく、首を傾げると、アブサロンが可笑しそうに笑う。

「本当に分かってない？　君はフィンゼルの獣を大人しくさせ、ミーズの魂も倒したんだよ？　申し分ない功績だ。ぼくから学校長に推薦させてもらった」

「え？　でも、私もうこの学校で名前広まっちゃってるし、今更入学資格をもらおうとしたらどういうことってなるんじゃ……」

「まあ、もちろん上の人間にはぼくが不正に正体不明の女子を生徒として受け入れてたってことがバレることになったけど。そもそも部外者の存在を許していた期間が少しでもあるだけで学校全体としての大問題だし、向こうも全力で隠そうとするだろうね。ミアに入学していいだけの実績があるのは事実だし、元からミアがここの正式な生徒だったってことにした方が向こうにとってもお得だよ。ハイ、これ、正式な学生証ね」

ふふっと悪戯（いたずら）っ子のように笑い、発行された〝正式な〟学生証をミアに手渡したアブサロンは、ミアの制服に入っていた偽の学生証を魔法で燃やした。

新しい学生証を受け取ったミアは、アブサロンの様子を窺（うかが）うようにおそるおそる聞く。

「……それ、アブサロン先生にはお咎（とが）めなしなの？」

「え？　ああ……まあ、ぼく昔から色々やっちゃってるからね。今回だけじゃない。いつものことかって感じじゃない？　校長も諦めてるよ。周囲をすぐ困らせるって意味ではぼくとミアって同じタイプかもね」

「……まず、ありがとう。でも先生、そんなことしてたら敵増えちゃわない？」

有り難いがアブサロンの立場が心配になってきた。

しかし、アブサロンは穏やかな声で恐ろしいことを言った。

「歯向かう奴は誰であろうと、黙らせればいい」

ミアとアブサロンとの間に沈黙が走った。

（……聞き間違いかな？）

いつも優しく接してくれているアブサロンのイメージからあまりにもかけ離れた発言のため、ミアは自分の耳が悪いことにして片付けた。

そして、しばらくして大切なことを思い出し、バッと優雅に魔法茶を飲んでいるアブサロンの方に向き直る。

「アブサロン先生……！　私、思い出した！」

「うん？　何をだい？」

「お母さんの名前！　ソフィアっていうの」

アブサロンがほんの一瞬、動きを止めた。しかしそれは本当に刹那のことで、ティーカップを口から離し、

「へえ。母親の名前だけ思い出すとは珍しいね」

と興味深そうに続ける。

「魔法の靴を見た時、靴の柄が、昔お母さんが履いていた靴の柄だった。あの靴は見る者が最も美しいと感じる姿になるらしいから、多分私が人生で見てきた中で一番美しかった靴がお母さんの履いていた靴だったんだと思う。そこから、多分子供の頃に見た光景が思い出されて……男の人と、お母さんがいて。男の人がお母さんのこと、ソフィアって呼んでた」

「そこがどこだったか分かるかい？」

「うーん、場所までは……」

必死に思い出そうと頭を押しながら唸るが、あの時思い出したのは霞がかった映像記憶

と会話の声と内容のみで、やはりそれ以上の情報は得られない。

「少し思い出しただけでも大きな成長だよ。焦らずゆっくり思い出していけばいい」

アブサロンは優しくミアの頭を撫(な)で、「ぼくはそろそろ職員会議があるから行くね。外傷はないし帰ってもいいけど、安静にしておくんだよ」と言って立ち上がった。

ミアは「はーい」と言ってベッドの下にある靴を履く。

「……ソフィア、か」

職員会議に必要な書類を魔法で呼び寄せたアブサロンが意味ありげにぽつりと呟いたのが気になったが、それよりもブルーノたちに会いたかったミアは、すぐに保健室を後にした。

＊＊＊

「まだ見つからないのですか？」

魔法省。冷酷な統率者エグモントが、姿勢を低くし青ざめている部下たちに淡々と問いかける。部下たちはその声音に冷や汗を流していた。

「申し訳ございません！　ただ、本当に、国中どこを捜しても毒の花(ギフティゲ・ブルーマ)の模様が体にある者は見当たらず……っ」

「僕がミスをしているとでも?」

「い、いえ、まさか、そんな！　エグモント様ほどの魔法使いが……！」

「僕のミスでないなら……侵入者を未だ殺せていないのは、誰の問題でしょうね。無能な者を雇用してしまったこの魔法省と、これまでその無能さに気付かず殺してこなかった僕でしょうか?」

氷のように冷たい瞳で部下たちを見下ろしたエグモントは、ドアの近くに立つ護衛の騎士に短く命令する。

「こいつらを始末しろ」

部下たちが絶望したように目を見張った。しかしその命令は撤回されることなく、彼らはずるずると引き摺られるように別室へと連れて行かれる。

部屋に残ったエグモントは、トントンと指でデスクの表面を叩いてた。

(……うちの捜索部隊が国中を捜しても見当たらないということは)

深く考えるように、一定の場所を見つめて。

(もしかすると侵入者が身を潜めているのは——かつての王族の結界魔法がまだ残っている、あそこか?)

デスクの上には、レヒトの国の地図が貼られている。

その地図の上をゆっくりとなぞったエグモントの視線の先にあるのは——国内最高

峰の魔法学校、フィンゼル魔法学校だった。

宝探し

魔法の靴事件も一段落した頃。

「カトリナカトリナー！」

あのお礼の手紙と見舞いの花束をもらって以来、ミアはカトリナを見ると愛(いと)しくてたまらなくなり、すぐ抱きつくようになった。

「あなた……！　毎度毎度暑苦しいですのよ！」

「ごめん、カトリナいい匂いがするからつい……」

「言い訳が変態……！」

あれだけミアに対してチクチクと針を刺すような嫌味ばかり言っていたカトリナも今では大人しくなり、【知(ち)の部屋(クラス)】の生徒たちは全体的に仲がよくなった。

ドゥエルの敗者として形だけでも友達にならねばならない、かつ助けてもらった恩もあるためベタベタされても断りきれないカトリナの姿は、【知の部屋】の名物と化している。

「宝探し大会がもうすぐ始まりますのよ。気を引き締めてくださいまし」

ごほん、と一つ咳払(せきばら)いをしてカトリナが言う。

――宝探し大会。全学年合同で行われる、クラス対抗のイベントだ。

ルールは、学校の敷地内のあちこちに隠されたカラフルな玉――手毬サイズのそれを多く獲得したクラスの勝ち、という単純なもの。

一年生にとっては初めての学校全体イベントなので、楽しみにしている生徒も多いようだ。もちろん、負けず嫌いのカトリナもこの大会が始まる一週間前から毎日気を引き締めろとミアに言ってきていた。

「闇の魔法が得意で、狡賢い手段を使ってきそうな占の部屋の連中には警戒しなければなりませんね。攻撃魔法を得意とする者が多く、下手したら争いになりそうな体の部屋の連中とは戦いたくありませんし、膨大な魔力を扱う者の多い北の部屋の生徒は大胆な魔法を使いそうで恐ろしいです……」

「まあ、変に怖がらずに楽しもうよ。とにかく玉を多く取れば勝ちなんだし」

不安がっている他の生徒たちを安心させようと、ミアは体操着に着替えながら優しい声をかける。すると、既に体操着に着替えているカトリナがミアをぎろりと睨んできた。

「そんな甘っちょろい考えでどうしますの。やるとなったら勝ちますわ」

ミアはこういうイベントごとは勝ち負けよりも楽しむことを重視するが、負けず嫌いのカトリナは違うらしい。

カトリナがぱちんっと指を鳴らすと、ハヤブサの大群が窓から教室内に入ってきた。

「うちの使い魔のハヤブサたちに、この日のために訓練を受けさせましたわ。魔法を使えば会話もできるはずです。一人一羽持っていきなさい」

「まあ……！　イーゼンブルク家の庭で飼っていらっしゃるハヤブサたちではありませんか！　ありがとうございます、カトリナ様！」

カトリナ、庭でハヤブサ飼ってんだ……とミアは経済力の違いを感じて震えた。

「これは玉を素早く取るためだけでなく、玉を持つ生徒を見つけたらわたくしかミアに連絡するためのハヤブサですの」

「え？　何で私たちに連絡？」

「もちろん、玉を奪い取るためですわ！　このクラスで戦闘慣れしているのはわたくしとあなたでしょう」

カトリナの手荒すぎる提案にミアは内心いいのかそれは、と思った。しかし、他の生徒たちはなぜか目をキラキラさせているので反論を呑み込んだ。

ハヤブサが生徒それぞれに一羽つき、ミアのところにも大きな子が一羽やってきた。ミアの腕に止まったハヤブサは、じっとミアの瞳を見つめている。

「ちなみに餌はこちらですわ」とカトリナが餌の袋も一人一人に配る。

「あと五分ほどで大会の始まりです。皆様、お手洗いや水分補給などは済ませてますわよね？」

カトリナの問いに、生徒たちがコクコクと頷いた。カトリナが声をかければこのクラスの生徒たちの心は一つになる。見事な統率力だ。

ミアはもう一度ハヤブサを見た。ハヤブサもミアの方を見ている。しかし、どれだけ見てもこのハヤブサが何を考えているのかは全く分からない。

（……やばい。動物と会話する魔法分からないや……）

動物と会話をする魔法はとても初歩的なもので、レヒトの国民は通常幼いうちに親に教えてもらう。いわばレヒトの常識——分からないのは記憶喪失のミアだけだ。

ロッティとなら何となく意思疎通ができるのだけど、とミアが内心焦っているうちに大会開始のゴングが鳴り、ミア以外のクラスメイトたちが一斉に走って教室から出ていった。

——重たい。

ハヤブサを肩に乗せて廊下を歩いていると、およそ十歩ほどでハヤブサは重たいという事実に気付いた。地面を歩くか飛んで付いてきてほしいが、そう伝える手段がない。体重軽減の魔法をかけてもいいのだが、そうすると飛行に何らかの影響が出ることが予想される。

ミアはハヤブサを肩からおろし、両手で抱っこして図書室に入った。

「え～っと、動物との意思疎通、動物との意思疎通……」

まず、図書室の魔法動物コーナーにて初心者向けの本を探すことにしたのだ。

(みんなちゃんと宝探しに行ったのに、私だけサボってるみたいだな……)

カトリナとかカトリナとかカトリナにこんな場面を見られては怒鳴られそうなので、ミアはさっさと魔法を身に付けようと必死にこそこそと魔法動物コーナーを歩き回る。すると、随分と高いところに一冊、『初心者でも分かる★世にも分かりやすい動物と会話する魔法』という薄い本が置いてあるのが見えた。

ミアはハヤブサを椅子に座らせ、脚立を持ってきてその本を取ろうとした。しかし高すぎて手が届かない。それでも必死に手を伸ばしていると、体重のかかる部分が偏ったのか、脚立がぐらりと揺れた。

「うわっ！」

脚立が倒れると同時に体が落下していく。急な事態に何もできず、ぎゅっと目を瞑って衝撃に備える。

――その瞬間、突然自分の中になかったはずの記憶がフラッシュバックした。

目の前に広がる美しい青と緑、そして飛行物体。地球だ、と思った。遅れて、これは地球じゃないとも思った。よく似ている。けれど空気が違う。肌で感じる――ここは地球ではない。地球のずっと遠くにある、物理法則の通用しないもう一つの惑星。地上には大きな大陸が二つある。

「……やっと来れた……魔法の星」

そう言った自分の長い髪が風で大きく揺れていた。

思い出すのはあの——急速に落下していく、感覚。

記憶の映像が止まる時、誰かがミアを受け止めていた。おそるおそる目を開くと、モスグリーンの髪をした、この学校の制服を着た美男子がミアを受け止めていた。

ミアは彼を初めて見た。けれど、どこかで会ったことがある気がした。

「ドジっ娘じゃのう、ミアちゃんは」

その男子生徒はくすくすと笑い、何か呪文を囁いて、倒れかけていた脚立を魔法で元に戻した。

(この人今、杖を使わずに魔法を使った……!?)

抱き抱えられたまま驚くミアをゆっくりと床におろした男子生徒は、ミアがさっきハヤブサの隣に置いた杖を手に取った。

「やっぱり。この杖はお前さんに合うと思うたんじゃ」

「え……?」

「覚えとらんか？　俺のこと」

男子生徒がそう言うと同時に彼の身体から白い煙が発生し、しゅううと音を立ててその姿が変貌していく。次の瞬間、そこに立っていたのは、顔にそばかすのある地味な見た目の男子生徒だった。

「あっ！」

ミアは思わず声を上げ、ここが図書室であることを思い出して慌てて自分の口を両手で塞いだ。

彼は、ミアに中庭で杖を渡した人物だ。杖を返さなければならないものの、名前が分からず捜し続けていた。

「どうして姿を変えてるの？」

「俺有名じゃし？　本来の姿のままその辺歩いとったら生徒にきゃーきゃー言われてまうんよ。まあ、このフィンゼル魔法学校のアイドル的存在っちゅうの？」

「はあ……」

自分で言うか、というようなことを得意げな顔で言われ、ミアは薄い反応を返してしまった。すると、男子生徒はむぅと頬を膨らませる。

「もうちっと興味持ったらどうじゃ。こ～んな美男子じゃぞ？」

また煙がたち、男子生徒の顔が変わり、髪もモスグリーンに戻った。

「確かにかっこいいと思うけど……」

「そうじゃろそうじゃろ。ちゅーか、俺のこと見てそがいな反応ってことは、やっぱお前さん、変じゃなあ……。まるで、元々この学校の生徒じゃなかったみたいじゃな？」

男子生徒が意味ありげな視線を向けてくるためミアは焦った。さきほどこの男子生徒は自分のことを学内の有名人だと言った。それが本当だとするならば、自分が彼を知らないことは怪しまれる要因となる。

「し、知ってるよ。そりゃね！」

「じゃ、俺の名前言ってみぃ」

「………」

「やっぱ知らんじゃろう」

すっと目をそらすと、男子生徒は笑って自己紹介してきた。

「俺の名前はラルフ。五年生のオペラじゃ」

――ラルフ。ミアが初めて転移魔法を使用した時、テオたちが口にしていた名前だ。フィンゼル魔法学校の生徒の中でも最強と謳われる男であると。

(またオペラ⁉　ブルーノたちに関わるなって言われてるのに……！)

下手に関わりを持つとまた怒られると思い逃げようとするが、後ろから面白そうにがっしりと肩を摑まれ動けなくなった。

バタバタ暴れているうちにふと、これまでとは違う点に気付く。

（いや、もう私は正式な生徒だから逃げ隠れする必要はないのか……）

これまでの癖でつい逃げようとしてしまったが、これからは堂々としていればいいのだ。それに、杖を貸してくれた相手を見て逃げるのは失礼だろう。

ミアは暴れるのをやめ、くるりと振り向いてラルフにお礼を言った。

「あの、杖本当にありがとう。ドゥエルの時も使わせてもらったし、この杖のおかげで結構魔法が使えるようになって」

「俺の目に狂いはなかったようじゃな。その杖あげる」

「ええっ⁉　いいの？」

「杖には困っとらんのよ」

ラルフが杖を差し出してくる。

もらえるのは有り難いことだ。なんせ、魔法の練習や授業、ドゥエルで何度も共に戦ってきた杖である。既に愛着が湧いてしまっていた。

ミアが受け取ろうと手を伸ばすと、ラルフはひょいと杖を高いところまで上げて取れなくしてきた。ぴょんぴょんと跳んでみるが届かない。

「でもその前にぃ、少しお話しせんか？」

ラルフが机の上に腰をかけ誘ってくる。一体何なんだ、とミアはラルフを見つめ返す。

「お前さんとは一度話してみたかったんじゃ。ドゥエルでの転移魔法は大したもんじゃったからな」

テオが強いと言っていた魔法使いに褒められいい気分になったミアは、得意げに胸を張った。

「そうでしょそうでしょ。私、うまく転移できるように沢山練習したんだよ」

「うんうん、すごいすごい。それに——正式な生徒でもない段階でドゥエルに挑むその根性もすごい」

冷や汗が流れる。なぜなら、ミアがこれまで正式な生徒ではなかったという事実は生徒たちには知らされていないはずであるからだ。それは教員間でのみ共有されたとアブサロンが言っていた。

「何で……」

「盗み聞きが趣味なもんでのう」

にやりとこちらを見透かすように笑うラルフが不気味に思えてきた。

固まったまま黙り込んでいると、「なんちゅー顔じゃ」とラルフが楽しげに笑う。

「別にお前さんの不正入学のことを広めようなんて思っとらん。あの人の気まぐれに呆れとるだけじゃ。あの先生、いつか解雇になってもおかしゅうないのう」

「アブサロン先生のこと？」

「そうそう。むちゃくちゃなことばっかやりよる。俺もあの人の気まぐれに助けられた側じゃからなんも言えんけど」

　そう言って足を組み替えたラルフは、改めて持っていた杖をミアに渡してくる。どうやら本当にくれるらしい。

　杖を受け取った時、不意にラルフがミアの腕を摑んで袖を捲（まく）り上げてきた。急に触れられたため、驚いて悲鳴をあげそうになった。

　ラルフが見ているのは——毒の花（ギフティゲ・ブルーマ）の形をした、ミアの腕の傷痕だ。

「やっぱりか。随分と面倒な奴に目をつけられとるみたいじゃなあ？　お前さん」

「……この傷に心当たりがあるの？」

　おそるおそる聞いてみた。この国の魔法省の長官に目を付けられているような、犯罪者の可能性がある人間であると知られてはまずいのではないか。

　しかし警戒したところで既に遅かったようだ。全てを察したらしいラルフはミアの腕を離すと、からかうように覗（のぞ）き込んでくる。

「お前さん、見かけによらず悪い子なんか？　エグモントに目ぇ付けられるなんて、相当なことやったじゃろ。大量殺戮（さつりく）とか」

「そ、そこまでのことはやってない！」

　多分だけど、と言うのはやめておいた。さきほど思い出した記憶を辿（たど）れば、おそらくミアが意図せず行ってしまったのはレヒト領空への不法侵入だ。しかしそれは転移先の詳細な指定まではできなかっただけであり、レヒト国を攻撃しようと思ってやったことではない。

「このことは内緒にしてくれない？」

もしかしたら黙っていてくれるかもしれないという一縷の望みに懸け、おそるおそる頼んでみた。

「俺がバラさんかったところで時間の問題じゃろ」

目の前のラルフはふわふわと摑みどころのない綿のようだ。ミアが魔法省の長官に目を付けられるような極悪犯罪者であるかもしれないと分かったにもかかわらず、随分と落ち着いている。

「と言いますと……？」

「その模様を付けられて七日以上逃げれたんは、俺の知る限りお前さんとフィンゼルの獣だけじゃ。フィンゼルの獣は神出鬼没な惑いの森の中におったから見つからんかっただけで、それ以外はみんな捕まっとる。お前さんもそのうち見つかるじゃろ」

ロッティの体にもある毒の花の模様は、やはりエグモントが付けたようだ。ロッティが森から出てきたということを知れば、エグモント、あるいは別の魔法省の人間がこの学校まで確認しにくる可能性も十分ある気がしてきた。エグモントに見つかるまでに彼より強くなってやろうと意気込んでいたが、さすがに今の自分にそれだけの力があるとは思えない。学校内ならあと何年かは安全と思い込んでいただけに衝撃だった。

ミアはちらりとラルフを見た。

「エグモントとラルフってどっちの方が魔法の精度高いの？」

「んー。俺？」

「ほんとに？」

少し希望を抱けたような気がしてラルフに近付く。

「適当。どっちが上かとか、キョーミもないしのぉ」

しかし、ラルフはかなり適当に答えていたらしい。ミアはがくりと肩を落とした。

ラルフが机の上から降り、面白そうにミアを覗き込んでくる。

「俺の方が上やったら、何かさせたいことでもあるのかの？」

「私がもうちょっと強くなるまで、魔法で隠してくれたりしないかな～って……」

「俺にこの国の実権を握る魔法省のトップに反逆せえっちゅうんか。なかなか図々(ずうずう)しいおねだりじゃの」

「そこを何とか」

「やーじゃ。何で俺が犯罪者の肩を持たにゃあいけんの？」

にやにやと笑いながら断ってくるラルフ。

図々しいという指摘はごもっともなので、ミアはそれ以上頼むことはやめた。

「俺が見たいのは、生徒たちが苦しみながら試行錯誤してもがいて努力して、死に物狂いで理不尽や強大な力に立ち向かう姿なんじゃ。俺が助けたところで成長には繋がらんじゃろ」

「何その教育者的目線……」

「アブサロンの受け売りじゃからな」

その時、図書室の入り口のドアが開く音がした。ラルフは本棚越しにそちらを見ると、すぐに魔法でさっきの地味な見た目の男子生徒に変化した。

「誰か来たみたいじゃけぇもう行くね。機会がありゃあまた話そ」

そう言ってあっさりと立ち去ろうとするラルフ。

姿を変える魔法はかなり高度で、そう簡単には使えないと聞いている。やはりラルフはこの学校でも随一の魔法使いなのだろう。そこでミアはハッと気付いた。

(――ということは、この人に勝てたら私、この学校で最強ということなのでは?)

そして、思わずラルフを呼び止める。

「あの、ラルフ！」

そばかすのある男子生徒の顔をしたラルフがミアの方を振り向いた。

「いつか私と勝負してね！」

横暴で人の話を聞かないらしいエグモントに対抗できるだけの力を付けるための第一歩。まずは、ラルフに勝ちたい。身近に倒したいと思えるライバルがいた方が力を付けやすいような気がする。

ミアが唯一他の生徒よりもずば抜けてできていると感じる転移魔法でさえ、テオからすればラルフと同等という評価だった。それ以外の魔法でなんてボコボコにされるに決まっている。今のミアでは絶対に勝てない——けれど。

「私がもっと強くなったら、ドゥエルしてほしい！」

数秒ぽかんと驚いたような顔でミアを見つめてきたラルフは、その後ゆるりと口元に弧を描いた。

「ええよ。俺のこと倒せたら、規定通り何でも言うこと聞いちゃる」

ラルフは続けて何か言おうとして口を閉ざし、少し考えるような素振りをした後また口を開く。

「お前さん、ソフィアって名前に聞き覚えあるか？」

突然その名前を出され、びっくりしてラルフを凝視してしまった。

「……何でその名前知ってるの？」

聞き返した途端、ラルフがあっはっはと心底楽しそうに声を上げて笑った。

「なーるほどなぁ？　やっぱりなぁ？　瞳の色が変わっとったけぇ確信持てんかったわ。

そうかぁ、お前さんじゃったか。その怖いもの知らずは母親譲りっちゅうわけじゃ」

一人納得したようにうむうむと頷いたラルフは、驚くミアが何か質問するより前に言った。

「気ぃ変わった。俺のおる時じゃったら守っちゃるよ。お前さんは俺の特別じゃからな」

そして、次の瞬間にはふっと煙のように消えていった。

(どういうこと……？　何でラルフがお母さんの名前を知ってるの？)

ミアが困惑していたその時、校内に音量の大きいアナウンスが響いた。

『現在の状況を放送します。現在の状況を放送します。現在トップは占の部屋！　宝の合計獲得数は――』

そういえば宝探しの真っ最中だったことを思い出し、こんなことをしている場合ではないと慌てて落ちた本を拾い上げて開く。

早くハヤブサと意思疎通するための魔法を習得しなければ――けれど、ミアの頭の中は宝探し以外のことで埋め尽くされており、本の内容は全く頭に入ってこない。ラルフのこともそうだが、さきほど頭に浮かんだ映像、いや、記憶の断片も気になる。あれはおそらく、自分がこの惑星マギーに来た時の――。

(……やっぱり、記憶の混乱なんかじゃない)

自分は元々この魔法の惑星、マギーの人間ではない。何かなすべきことがあってここへ来たのだ。しかしそれが何だったのかを思い出せない。

「あれ？　ミアじゃん」

思考の途中で聞き慣れた声がして、びっくりして振り返った。そこには、少しウェーブのかかったグレーの髪をした男子生徒、テオが立っている。

「お前も図書室に探しに来たのか？……つーかハヤブサ……？」

椅子の上にいるハヤブサを見て怪訝そうな顔をするテオ。

テオを見てミアはほっとした。そうだ、テオであれば魔法を教えてくれるかもしれない。

「テオ、動物と会話する魔法分かる？」

「ああ、まあ、ある程度は」

「やったー！　テオ、一緒にお宝探そう？」

「いや俺、体の部屋の生徒だし。お前とは敵だぞ？」

ミアはテオの話を聞いているのかいないのか、返事をせずにきょろきょろとテオの周りを見回す。

「ブルーノは？」

いつもセットのイメージがあるため、ブルーノが見当たらないことがとても不思議だったのだ。

「ブルーノは占の部屋の生徒だよ。ブルーノとも今回は敵だ」

「なーんだ……残念。一緒に頑張ろうねテオ」

「いやだから俺たちも敵同士だって」

聞いてんのかコイツ？　という顔をしてきたテオは、次にきょろきょろとミアの周りを見回した。

「ミア、さっきまで誰かと話してたか？　こっちから話し声が聞こえたから来たんだけど」

「ああ、さっきオペラの人と会ったよ」

「はぁ？」

テオがあからさまに眉を寄せるので、慌てて言い返す。

「な、何。別にもういいんじゃないの？　私、正式にここの生徒なんだから」

ミアが胸を張って正式に新しく支給された制服を見せびらかすように手を広げる。テオはミアの制服姿を上から下まで流し見て、感慨深そうに言った。

「それもそうか……。いやあ、まさかマジでここの生徒になっちゃうとはな……これで前よりはハラハラせずに済むと思うと俺……俺……」

「私も！　これで気を使わず大胆なことできると思うと嬉しいよ」

「ちょっとは遠慮しろ？」

べしっとチョップを入れられた。テオはミアが正式な生徒でないことを隠すためにそれなりに神経をすり減らしていたようであるし、ミアの発言は能天気なものに聞こえたのかもしれない。

「それで、会ったのはオペラの誰だ？　オペラは変わり者が多いからな。一応把握させろ」

魔法の靴の事件でスヴェンと勝手な行動を取ってしまって以降、テオはいちいちミアの友好関係を把握しておきたい様子だ。

「ラルフって人だよ」

「ラルフぅ？　珍しいな。滅多に顔見せねぇのに」

「同じオペラなのに顔見ないの？」

「オペラの定例会議も出ねぇからなあの人。授業もほとんどサボってるって話だ」

そんなに姿を見せないということは、意外と人見知りなのだろうか。あるいは、ただ単に会議や授業が面倒くさいだけか。

「授業サボっててオペラになれたのすごいね……」

「ラルフは天才型なんだよ。入学前から既に魔法の教育機関なんてわざわざ来る必要もないような実力ではあったらしい。どんな魔法も杖(つえ)を使わずに発動させられるなんていう化け物じみた能力も持ってやがるしな。無杖(むじょう)の魔術師はレヒトの国には数百年いなかった逸材だ」

サボり魔であるのに成績は優秀であるというのなら、他の生徒たちから反感を買っていそうだとミアは思った。ラルフ本人は自分のことをこの学校のアイドルだなどと主張していたのでそうでもないのかもしれないが。

「俺もオペラ見習いの頃からたまーに会ってっけど、掴みどころのない人だよ。何考えてんだかよく分かんねぇし。ああ、でもアブサロン先生には懐いてるような……」

そこでテオはふと思い出したかのように一人でけらけらと笑い始めた。

「そういやあいつ、アブサロン先生がまだフィンゼルの生徒だった時に〝落ちてきた〟らしいぜ？ このフィンゼル魔法学校に。ウケるよな～どんだけ人落ちてくんだよこの学校」

テオは面白くて仕方がないらしく笑い続ける。ミアはラルフが自分と同じ境遇であることを知り少し考え込んでしまった。

「……ラルフはその後ちゃんと自分の家に帰れたの？」

「お前みたいな記憶喪失っていう厄介なパターンでもなかったはずだし、すぐに帰れたって聞いてるけど」

そう言って、テオは周りをきょろきょろと見回した。図書室でうるさくしていたらさすがにまずいと思ったらしい。誰もいないことを確認してから話を続ける。

「ラルフのことが気になるなら俺よりアブサロン先生の方が知ってると思うぜ。つーか、ちょっと話し込んじまったな。そろそろ戻んねぇと……」

そこでテオは、ミアの後方の椅子に座っているハヤブサに視線を移して——ニヤリと笑った。

「——お前、こっち来いよ」

テオがハヤブサに向かってクイクイッと自分の元へ来るように人差し指を動かすと、バサバサと羽を鳴らして飛び上がったハヤブサがテオの腕にとまる。あっさりとハヤブサを自分の肩に乗せたテオに驚き、それを見て「すご！」と拍手し素直に褒めた。

しかし、よく見るとテオが悪い顔をしていることに気が付いて動きを止める。

「……テオ？」

「悪ぃな、ミア。言ったろ？　敵同士だって」

テオが持っていた杖を振ると床からつたのようなものが発生しミアを縛り上げてきた。

ミアが身動きできなくなったのをいいことに、ハヤブサと一緒に走り去るテオ。

カトリナからもらったハヤブサを奪ったうえに、拘束までしてここを去る気だ。

「さ、サイテー！　人でなし!!」

「いつも困らされてるお返しだっての。お前は大会が終わるまでそこで大人しくしとけ？」

悪戯っ子のように舌を出したテオに対しミアは「ブルーノにチクるからね!?」と言って

みた。しかしそんな脅しは全く効かず、テオは見えなくなってしまった。

残されたミアは試しにくねくね動いてみるが、つたは体に絡みついて離れない。

（まあテオの魔法だしね……。そう簡単に解除できなくて当たり前か）

手首を縛られていて杖に手を伸ばすこともできないので諦めて脱力した。

玉を探しにこの図書室を訪れる生徒もそのうち出てくるだろう。そういった生徒に助けを求めればもしかしたら助けてくれるかもしれない。【知の部屋】の生徒でなければ、敵とみなされて無視される可能性もあるが。

（暇だな……）

拘束されてしまったせいでできることが本当になくなったミアは、ゆっくりと目を瞑（つぶ）った。できることがなくなっては仕方ない。寝よう。

＊　＊　＊

一方その頃、校舎裏では。

「おほほほほほ！」

――カトリナの悪役さながらの邪悪な高笑いが響いていた。

カトリナの手には大量の魔法の玉が入った袋がある。それはカトリナが元々持っていたものではなく、【北の部屋】の生徒がこっそりと運んでいたものだった。

「あれはイーゼンブルク家の……！」

「クソッ舐めてたぜ、知の部屋！」

彼らは【知の部屋】が魔法の実践を重視しないとされるために油断したのだろう。きっと、【知の部屋】の生徒であれば魔法で打ち勝てると――余裕だと考えていたのだ。

「たまりませんわ！　その格下だと勘違いしていた相手に敗北してしまう屈辱の表情……ッ！」

「カトリナ様！　お気持ちは分かりますがその態度では我々が悪役のようになってしまいますのでお控えください……！」

横にいるクラスメイトたちが気分よく高笑いしていたカトリナを窘めてくる。

そこでハッとしたカトリナは、「こんなことをしている場合ではありませんわね。次は海洋館へ向かいましょう」と冷静に今後の予定を決定した。

フィンゼル魔法学校には、海洋館と博物館、美術館が隣接している一帯がある。中でも海洋館は水中生物の学習のため生徒たちによく利用されている。歴史的に珍しい生き物も数多く保管されており、外部の研究者たちが許可を取って見学に来るほどだ。

海洋館へ校舎から行くには地下トンネルを歩いていく必要がある。カトリナはさきほど確保した玉を他のクラスメイトに預け、結界魔法を利用して隠しておくよう指示した。

「海洋館へはわたくし一人で行ってきますわ。あなた方は引き続き校舎の周りを探索してくださいな」

そう言い残し、カトリナはハヤブサと共に地下トンネルの入り口へと降りていく。

【北の部屋】から玉を奪い取ったことで、【知の部屋】の現在の順位は上がったはずだ。しかし【北の部屋】の生徒たちも相当な数の玉を獲得していたのに、それでも【占の部屋】の方が途中結果の順位が上だったことを考えると、なかなか厳しい状況である。

「一体どんな手を使ってますの？　占の部屋の連中は」

本来、カトリナたち魔法使いは闇の魔力を吸収し、それを風の魔力や火の魔力などと合わせて発動する。闇の魔力を魔法を発動するための基盤としてはいるが、その魔力をそれ単体で魔法として利用するということはできないのだ。

例外は【占の部屋】の生徒たちのような、闇の魔力をそのまま闇の魔法として発動できるような一定数いる特殊な魔法使いたち。レヒトの国の魔法使いは魔法を発動させる際に必ず闇の魔力を利用している分、闇の魔法を感知することができない――自分と同じ匂いに気付かないように。

「やはり、最も警戒すべきは占の部屋ですわね」

すなわち、闇の魔法を利用して何かされていてもカトリナたちには分からない。感知できないわりに一つの魔法の種類として片付けるには応用力が凄まじいものだ。

カトリナは幼い頃から魔法に関する学術論文などを幅広く読んできたが、闇の魔法を使ってできることに関してだけは、覚えることが多すぎて全てを把握しきれていない。それくらい、闇の魔法でできることは幅広いのだ。闇の魔法を短期間のうちに何度も発動すると人格が歪むリスクが跳ね上がるので、頻繁に使うことができないという弱点はあるようだが。

そこまで考えて、カトリナはふと昔読んだ論文のことを思い出した。

「そういえば闇の魔法って……生贄を捧げることで精度が上がるって話もありましたわね……」

その時、ふと前方に人影が見えて立ち止まる。薄暗い地下トンネルの向こう、誰かが自分と同じ方向へ向かって歩いていた。

生贄などという不気味な単語を思い出してしまった直後なので少し怖くなったカトリナだが、目を凝らしてじっと見つめると、それは見たことのある人物だった。

この学校の生徒であれば知らぬ者はいないオペラの三年生、さきほどから考えている【占の部屋】所属のブルーノだ。

「ごきげんよう」

探りを入れるために速足でブルーノに近付いたカトリナは凛とした声で挨拶してみせるが、ブルーノは返事をせず歩き続けた。その目は前を見据えたまま、カトリナの方に向けられることはない。何かに集中している様子だった。

　カトリナは無視されたことに腹が立ち、さらに速く歩いてブルーノの前に立ちはだかる。

「ごきげんよう、と言っているのが聞こえませんの？　オペラの一員だからといって調子に乗っているのか知りませんけど、挨拶くらい返すのが礼儀ではなくって？」

　すると、ようやくブルーノがカトリナの方を見た。次にカトリナの傍を飛び回っているハヤブサを見て訝しげな顔をした後答えてくる。

「何の用だ？　俺は宝を持っていないぞ」

「あなたも海洋館の方へ向かうんですわよね？　折角ですしお話ししましょう」

　カトリナは外向きのスマイルで愛想を振り撒きつつ、ブルーノの隣を歩き始めた。

「先日はご迷惑をおかけしたようで。あなたにはお礼ができていませんわね」

「迷惑をかけてきたのはお前じゃない。それに学校で起こった問題に対処するのはオペラとして当然のことだ」

「あら、責任感の強いこと。けれどお礼の品は後日きちんと送らせて頂きますわ」

　ブルーノは冷たい態度だが、カトリナは特に気にせず話し続けた。社交界で鍛えた様々な人間との交流力は伊達ではない。

　それに、あの後ミアから、ブルーノはとてもいい人だと聞かされた。正直カトリナは離島出身のブルーノをあまりよく思っていなかったのだが、ドゥエルを機に友達となったミアが言うのであれば呑み込むしかなかった。

「わたくしあなたとは一度お話がしてみたかったんですのよ。学者の間でも有名ですわ。離島出身なのに、最初から魔法が使えたと」

探りを入れるという目的とは別に、ブルーノに関する知的好奇心もある。

本来離島にいる人間は魔法が使えない。この地に魔力を生み出しているとされる精霊が離島にはいないからだ。しかしブルーノは例外的に魔法を使うことができ、離島出身でありながらこのフィンゼル魔法学校に入学した。

なぜブルーノが魔法を使えるのか、その理由はまだ解明されていない。

「何歳頃から魔法が使えたんですの？　周りに魔法がなかったのに、どうして……」

「自分のことを聞かれるのはあまり好きじゃないんだ。悪いが俺に興味があるなら論文にでもあたってくれ」

「…………」

これにはさすがのカトリナも固まる。驚きの社交性のなさだ。

（……おかしいですわね）

魔法の靴事件後、カトリナがミアに直接お礼を言おうと緊張しながら様子を見に行った時、ミアがブルーノと一緒にいるのを見たことがあった。その際のブルーノの表情は柔らかく、見かけより友好的な人物なのかもしれないという印象を受けたのだが……実際に会話をしてみると、噂通りの堅物である。

「ミアは一体この方とどうやって意思疎通を……」

「……ミア？」

カトリナがぼそりと口にしたミアという名前に、ブルーノがぴくりと反応した。

「お前はあいつと同じクラスだったな。ミアは入学時期が遅れたようだが、知の部屋の授業には付いていけているのか？」

さきほどまで素っ気なかったブルーノがミアには興味を示している。オペラの一員に気にかけられているとはさすが自分のライバルだと、カトリナは少しいい気持ちになった。

「ええ、もちろん。このわたくしにドゥエルで勝った逸材ですのよ？　成績はわたくしに次いで優秀です」

カトリナはクラスでのミアの様子を思い出す。そういえば、午前の魔法薬学の授業では魔法の出力を誤って薬瓶を割っていた。他にもそのような事例があるため、ミアは裏で先生たちに破壊魔と呼ばれているという話も聞く。

「まあ、優秀ですけれど力の加減がとにかく不得手ではありますわね。おそらく一度に保有できる魔力量が多いせいで、あえて魔力量を絞って発動しなければならないような細かい作業が苦手なのでしょう」

【知の部屋】では他の部屋の生徒と比べて魔力量の少ない生徒がほとんどである。そういう意味ではミアはクラスで浮いていると言えるだろう。

「彼女、結局どちらのご出身なのかしら？　魔力のキャパシティは遺伝しますし、実は高貴な家の出だったりしますのかしら……」

言いながら、同時に思い出すのは魔法体術の授業中品性の欠片もない戦い方をしたり、昼休みに学内のレストランに誘ってもテーブルマナーを全く知らない様子だったりしたミアの姿だった。

（いや、そんなはずありませんわね……幼い頃から名家で教育を受けていればあんなことには……）

自分で自分の考えを否定するカトリナの隣で、ブルーノは何か考えるように黙り込んでいた。

しばらく歩いていると海洋館の入り口に辿り着いた。

入り口付近に水色に光る玉があるのが見えた。ブルーノより先にそれを目視で確認したカトリナは内心焦る。

相手は離島出身とはいえオペラに所属できるほどの実力を持った三年生。タイマンを張って勝つには相手の情報を十分に得ている必要がある——しかし、カトリナはブルーノのことを深く知らなかった。

情報量が少なすぎる。——となれば、より速く攻撃しなければ勝てない。

「敵同士ですもの——恨みっこなしですわよ！」

これは真剣勝負だと覚悟したカトリナは、ポケットから出した杖を振り、花の魔法でブルーノを拘束する。無数の花びらがブルーノの体に重く纏わり付き、その動きを制止した。

急いで玉を拾ったカトリナは、すぐにその場から離れようとした。ブルーノほどの魔法使いであれば拘束を解除されるのも時間の問題だ。玉を奪い返される前に逃げなくてはならない。

地面を勢いよく蹴って去ろうとしたカトリナは、しかし自分の足が動かないことに気付く。下を見れば、地面から黒い煙のようなものが発生し、カトリナを下からゆるりゆるりと包み込んでいく。

——……闇の魔法は通常ほとんど目に見えることがないが、ここまで密度が濃くなるとさすがに気付く。汗を垂らしながら背後を振り返ると、通ってきた道が全て、黒く染まっている。

こんなにも広範囲に張り巡らされているのにどうして気付かなかったのだろう、と唇を嚙んだ。

（さきほど歩きながら仕掛けていたのは、これですの……っ⁉）

何かに集中していた様子のブルーノのことを思い出す。

学校中の床に仕掛けられた闇の魔法。それを踏む者が気付かず闇の魔法の影響を受けているとしたら——。

カトリナの意識がはっきりしていたのはそこまでだ。

カトリナの血のように赤い瞳が、どんよりとした灰色に染まっていく。無意識のうちに、自分の手の中にある玉をブルーノに渡していた。

数分後、カトリナの意識が戻った。

「……あら？　わたくし何をしていたのかしら。ああ、そうそう、海洋館の中を探しに来たんでしたわ」

途中で誰かに会ったような気がするが、夢のようにぼんやりとして思い出せない。カトリナはそれ以上気にするのをやめ、海洋館へ向かった。

＊　＊　＊

——第二回中間報告。

【知の部屋】宝の獲得数、０個。
【体の部屋】宝の獲得数、０個。

【北の部屋】宝の獲得数、０個。

【占の部屋】宝の獲得数、１２６個。

夕方となり、宝探しイベントの終了時刻が迫る中、校内のあちこちで騒ぎが起こる。

「はぁ!? これまでゲットしたはずの宝が全部なくなってる!?」

「結界で守ってたんだろ?」

「どうなってんだよ……」

【知の部屋】、【体の部屋】、【北の部屋】の三クラスは大混乱に陥っていた。

＊　＊　＊

「ベフライウング」

どこからか呪文を唱える声がしたかと思えば、体に巻き付いていたつたが消え、ミアは地面に倒れ込み頭を打った。爆睡していたところだったが、その衝撃でさすがに目を覚ます。

「はっ！ ここは……あっ私寝てたのか……」

体を起こし勢いよく周りを見回したミアは、銀髪ショートカットのセクシーな女性がミアを至近距離で見つめているのに気づいた。

その手に杖を持っていることから、彼女がつたに絡まって眠っていた自分を助けてくれたのだと察する。慌ててお礼を伝えた。

「どうもありがとう！　助かった。えっと、お名前は……？」

「……あたしを見て誰か分かんないわけ？」

彼女は不可解そうに聞き返してきた。どこかで会ったことがあっただろうか……とミアは必死に記憶を辿るが、思い出せない。うーんと唸っていると、彼女が呆れたように言う。

「随分とぼうっとしながら生きてるのね。あたし、アンタが仲よくしてるカトリナの姉なんだけど。イザベルって名前、聞いたことあるでしょ？」

「え、カトリナのお姉さん？」

確かに、髪の色や目の色がそっくりだ。カトリナはそんなに制服を着崩していないから、イザベルとは随分雰囲気が違うが。

（お姉さんの方も美人なんだなあ……）

ミアはしばらくイザベルに見惚れていたが、自分が今何をしなければならなかったかをハッと思い出し、焦ってイザベルの手を取った。

「イザベルってどこの生徒？」

「知の部屋だけど」

「じゃあ一緒に宝探しに行こう⁉ 私ずっと爆睡かましてたからカトリナに怒られそうで……！」

【知の部屋】にはフィンゼル魔法学校に多額の寄付をしているお金持ちのご子息ご令嬢が多いと聞いている。イーゼンブルク家のイザベルは、ミアの予想通りカトリナと同じ【知の部屋】所属だ。

味方であれば力を貸してくれるかもしれないと期待したのだが、当の本人はあまりイベントごとに興味がない性格のようで。

「いやよ。めんどくさい。勝ったところであんまりメリットないし。それに、もう終盤よ？」

「終盤……？」

びっくりして壁にかけられた時計を見る。そして、自分が夕方まで眠っていたことに驚いて放心した。

「今ってどういう状況なの？」

「さあ。中間報告ではボロ負けだったけど？」

「ボロ負け？ カトリナがいるのに？」

心底不思議だった。カトリナやカトリナ信者たちの結束力がどれだけ凄いかは、ミアが一番近くで見ている。集団で競うタイプのイベントごとにはそれなりに強いと思うのだが……と違和感を覚えた。

「――いや、諦めちゃだめだ！　ここで諦めてたらカトリナにもっと怒られる！」

しばらく考え込んで俯いてしまったが、勢いよく顔を上げた。そして、強引にイザベルの手を引っ張って歩いていく。ひとまず図書室を出なければならない。

「ちょ、ちょっと」

後ろのイザベルが戸惑うような声を出す。

ミアは急いで宝を探し回ろうと意気込むが、廊下に出たところで驚いてぴたりと足を止める。

「うわ！　これ何!?」

廊下の床は禍々しい暗黒の煙のような気体で埋め尽くされている。あきらかに吸ってはいけないような不気味な気体のためそれ以上進めず、イザベルを振り返った。

「……何の話？」

目が合ったイザベルは怪訝そうな顔でミアを見返してくる。

「そこ、何もないけど。怖いからやめてくんない？」

「……見えないの？」

「ただの床でしょ。幻影魔法でもかけられたんじゃない」

「いやいや！　ここにいっぱい黒い煙が……」

ミアは思い切って廊下に出て、腰を低くして床のあたりで手をばたばたさせる。途端にその煙がミアの手にまとわりつき、ピリッとした感覚が走った。慌てて煙から手を離したミアは、自分の腕を見た。薄っすらだが赤くなっている。

「痛っ！　ちょっとだけ痛い。イザベル、この煙素肌で触れないように進んだ方がいいかも」

イザベルは眉を寄せてミアの赤くなった腕を見つめ、急にその手を引っ張ってきた。

「……これ、闇の魔法による攻撃ね。何でアンタにだけ反応するのかは分からないけど……ていうかアンタ、闇の魔法の気配が見えてんの？」

イザベルは納得がいかないようで、さきほどミアが手をばたばたさせていたところで同じように手をばたばたさせた。そして、自分の腕がどうにもなっていないことを確認すると、ミアの方に向き直る。

「いい？　あたしたちは普段常に闇の魔力を基盤として魔法を生み出しているの。常に使ってるから闇の魔力に慣れすぎてて、闇の魔力単体でそのまま発動する闇の魔法の気配に気付けない」

「それは知ってるけど……つまりどういうこと？」

イザベルはハァァ～と大きな溜め息を吐いた。

「闇の魔法の気配に気付けるあんたが相当な特殊体質ってこと。ほんとにレヒト国民なんでしょうね？」

イザベルがじろりとミアに疑いの眼差(まなざ)しを向けてくる。ミアはハラハラしたが、イザベルはしばらくして飽きたように言った。

「まぁとにかく、本当にここら一帯に闇の魔法が仕掛けられてるなら負け確定よ。闇の魔法なんて何でもアリなんだから。あたしは帰るわ」

そしてひらひらと手を振ってためらいもなく真っ黒な煙の上を歩いていく。その途中で、ふと思い出したかのようにミアを振り返った。

「ああそうだ、ミア。行方不明の生徒たちを捜してくれたこと感謝するわ。あたし、変な意地張っちゃってたから。──ありがとう」

つたに絡まっていたミアをイザベルが助けてくれたのは、お礼を言いたかったからなのだろうか。

ミアは嬉(うれ)しくなって大きく頷(うなず)いた。イザベルはふっとおかしそうに笑い、今度こそどこかへ行ってしまった。

ミアはその背中を見届けた後、もう一度床一面を覆う黒い煙を見下ろし考える。

自分には闇の魔法が見えた。闇の魔力に慣れすぎているこのレヒトの国の民には見えないはずの闇の魔法を目視できたのだ。

首からぶら下がる鍵をきゅっと握りしめる。ソフィアという母親の記憶。美しい靴を履いてた彼女もまた、光の魔法を使っていた。

光の魔法を使える魔法使いはレヒトの国にはいない。光の魔力を基盤として魔法を生み出すのは、隣国のリンクスだ。

──『ミア』

その時、蘇った記憶があった。魔法の靴に北の地まで移動させられた時に見た、あの記憶の中の女性がミアに囁く。

『誰かがあなたを呪いの子と呼ぶかもしれない。でも私たちにとってあなたは、英雄なのよ』

ミアは手に持っていた杖を落とした。杖がからからと床の上を転がっていく。

──思い出した。自分の本当の目的を。

(私は──闇の魔王の予言を覆すためにここへ来たんだ)

＊　＊　＊

──最終報告。

優勝【占の部屋】
準優勝　該当クラスなし

＊＊＊

――【北の部屋】では、生徒たちが悔しがっていた。

「くっそー！　どうやったんだよ占の部屋！」

「まあしゃあないやろ。それより打ち上げ行こうや。美人なおねーさんがおるとこがええな」

「占の部屋ってこれまでこんなイベントに力入れてたっけ？」

「やっぱ敵に回すとこえーなあ」

――【体の部屋】では、生徒たちが羨ましがっていた。

「あーあ。いいなぁ優勝クラス。賞品のリゾート地への旅行券、欲しかったんだけどな～」

「まじそれな。彼女と旅行行きたかったわ」

「俺もー。まぁこの間の長期休みに行ったばっかだけどな」

「あーでもテオって彼女と一年に一回しか会えないんじゃなかったっけ？」

「ナニソレ。遠距離恋愛？……つーかそのハヤブサ何？」

――【知の部屋】では、生徒たちが盛り上がっていた。

「カトリナ様、そう落ち込まないでください」

「くっ……。必要なのは反省と分析ですわ！　来年こそは勝ちますわよ！」

「失敗を次に活かすその姿勢、素敵です！」

「さすが我らがカトリナ様！」

「カトリナ様バンザイ！」

敗北した各々のクラスで生徒たちが騒ぐ中、宝探しイベントは幕を閉じた。

＊＊＊

その夜、ブルーノはミアの元へ向かっていた。

広いグラウンドでは宝探しイベントの打ち上げのキャンプファイヤーがあちこちで行われている。夜は危険なゴーストが集まる時間帯なのだが、今日ばかりは特別に教員たちがグラウンドに結界を張り、ゴーストから生徒たちを守っている。

生徒が誰一人いない校舎内の薄暗い廊下から、ミアはキャンプファイヤーの様子を見守っているようだった。何か考え事をしているような表情だ。

そこへ、こつりこつりと靴音を鳴らして近付いていく。窓枠に頬杖(ほおづえ)をついていたミアは、警戒するようにこちらを向いた。しかし、ブルーノの姿を見て安心したのか、ふにゃりと気が抜けたような笑顔になる。

「こんなところで何をしてる？　キャンプファイヤーには参加しないのか」

「私、イベント中爆睡してたからカトリナと顔合わせづらくて……。っていうか、それを言うならブルーノもじゃん。こんなところで何してるの？」

外灯はもう消えている。窓の外、遠くのグラウンドで行われるキャンプファイヤーのオレンジ色の炎の灯(あか)りだけが、ミアとブルーノを照らしていた。

「お前を捜していた」

ブルーノは端的に答え、ミアから少し距離のあるその場で立ち止まる。

ブルーノの様子がいつもとは違うことに気付いたのか、ミアは黙り込んだ。

「その腕。やはり、闇の魔力に拒否されているようだな」

ローブを脱いでいるミアの腕は目視できる。その腕は闇の魔法にやられて赤くなっていた。

ミアがレヒトの国の民であるならば、闇の魔法はここまで抵抗しないはずだ。

「本来、この程度のイベントにあれだけ大掛かりな闇の魔法は使わない。俺があれだけ加担したのは、お前のことを探るためだ」

ミアは少しショックを受けたような表情をして、上目遣いで聞いてきた。

「……私のこと疑ってる？」

「ああ」

「そうだよね……。普通は闇の魔法には気付けないみたいだし。あ、でも、私ブルーノが前疑ってたみたいなスパイとかではないはずで……」

ミアが慌てて否定してくる。以前スパイである可能性を疑っていたと伝えたからだろう。

しかし、そんなことはもう疑っていない。今出てきたのは、そんなことよりももっと最悪の可能性だ。

ブルーノは「聞き方を変える」と付け足し、再び問うた。

「お前はトーアの魔法使いか？」

ミアが目を見開いた。すぐに答えが返ってこない。ミアのその態度が何を意味するのかは、ブルーノにも分かった。

「お前がトーアの魔法使いなら俺は——……今すぐにでも、お前を殺さなければならなくなる」

しばらくの間、互いの間に沈黙が走り、無言で見つめ合う時間ができた。ミアの表情からは何を考えているのかは読めない。

ゆらりゆらりとグラウンドで揺れる炎が、より一層燃え盛っている。

次の言葉を待つブルーノに向けて、ミアがしばらくしてようやく口を開いた。

「ブルーノにも何か事情があるんだね。でも、私にも事情があるみたいなんだ。やらなきゃいけないことがあってこの惑星に来たんだ」

ミアはいつになく真剣な表情をしている。この様子からして、記憶のほとんどが戻ったのだろう。

この惑星に来た——その発言が、ミアがトーアの魔法使いであることの証明の一つのようにも思えた。なぜならトーアの魔法使いは、太陽系の地球という星から来ると予言されているからだ。

「それに私——ブルーノのこともテオのことも、同じクラスの同級生のことも、このフィンゼル魔法学校のことも好きになっちゃった。まだ死にたくない。もう少し待ってくれない？」

ブルーノは、その言葉を無視してミアに向かって杖を構えた。

本当は、ミアに魔法を教えていた途中から違和感はあった。ミアが突然降ってきた謎の存在であること。ミアの発言に、断片的にあの予言と重なる部分があったこと。ミアが強力な転移魔法を扱うこと。まるで最初から偉大な魔法使いであったかのように、異様に魔法の呑み込みが早いこと。ブルーノはそれらの事実から導かれる答えから、自分でもよく分からない理由でいつの間にか目をそらし続けていた。

自分をごまかしてばかりもいられなくなったのはあの時——……ミーズの魂を光の渦で包み込んだミアを間近で見て、あまりにも似ていると思ったのだ。

幼い頃読んだおとぎ話に出てくるトーアの魔法使いに。

——トーアの魔法使いは、マギーと魔法使いを滅ぼす呪いの子。

そんなおとぎ話を信じる理由がブルーノにはある。そんな存在を討たなければならない理由も。

殺すべきだ。今すぐにでも。トーアの魔法使いは、この惑星にいる魔法使いの脅威になる。

(また殺すのか)

不意に、ブルーノの脳裏に今は亡き妹の笑顔が浮かんだ。そしてそれは、目の前でブルーノを見つめる瞳とわずかに重なる。

杖を構えていたブルーノは、しばらくして——杖をおろした。

そして、自分に落胆した。

せめてもっと醜悪な存在であってくれたならためらうこともなかったかもしれない。しかし目の前にいるのは、このフィンゼル魔法学校で少なからず時間をともにし、純粋に自分の魔法が好きだと言ってくれた少女なのだ。

自己を嫌悪し、憎悪し、恨んできた。

お前は悪だ。生き続ける価値などない。妹を殺した手で魔法を扱う資格はない。約束を果たせば死ぬべきだと、何度も自分に言い続けた。繰り返してきた。間違っても自分を肯定しないように、生きていいなどと思わないように、自分自身を否定し続けて生きてきた。

だが、ミアはそんなブルーノのことを笑顔で肯定し続けた。

ミアはブルーノの魔法を好きだと言う。ブルーノのために怒り、感謝を述べ、無邪気な笑顔で追ってくる。まるでブルーノに価値があるかのように。

その結果が全てではないと言う。何人も人を殺めた獣を捕まえて、殺したという突き放そうとした。ブルーノがこれまで押し殺してきた感情、自己肯定を、ミアが代わりにやってくるから。

――せめて、もっと醜悪な存在であってくれたなら。

ブルーノが杖をおろすと同時に、おそるおそるといった様子で、ミアが俯くブルーノの顔に触れてくる。

「ブルーノは、トーアの魔法使いを倒したいの？」

「当たり前だ。そうしなければこの惑星の魔法使いは滅びる」

「でも、それってただの予言でしょ？」

「予言は覆らない」

「でも私、覆したいんだ」

ミアが予想外のことを言った。ブルーノは驚いて顔を上げ、ミアを見つめる。

「私のお母さんはね、私のことをマギーを救う英雄だって言ってくれたの」

ミアはどこまでも無邪気だった。

闇の魔王の予言は絶対であるにもかかわらず、闇の魔王の予言よりも母親の妄言を信じるなどと言う。状況の深刻さを理解しておらず話にならないと思ったブルーノは目を伏せた。

しかし、ミアは明るい声で続ける。

「だから私、このフィンゼル魔法学校でもっと勉強して強くなりたい。まだ記憶が全部戻ったわけじゃないから、もっとちゃんと思い出せるように王立魔法図書館に入って記憶に関する魔法書を読み漁りたい。私の記憶の中に、予言を覆すヒントがあるかもしれないし。

私頑張るよ。もしかしたら私のせいで滅びちゃうかもしれないマギーを、私の力で救えるように」

入学前から想像していたトーアの魔法使いとは全く違う、能天気で楽観的で前向きな、自分よりも年下の少女。

――いつか後悔するかもしれない。この脅威を見逃したことを。

そう思うのに、ミアが切り開く未来を見たいとも思ってしまった。ミアなら自分が信じてきた結末を、未来を、予言を、本当にひっくり返してしまうかもしれない。

「……お前が入りたがっている王立魔法図書館には、あのおとぎ話の基となった闇の魔王の予言書の全文が置いてある。だから俺は魔法省を目指している」

気付けば、ブルーノも自分の目的を打ち明けていた。

「……ブルーノも予言を覆したいってこと？」

「俺はトーアの魔法使いの手がかりがほしかった。トーアの魔法使いを殺すために」

「そ、そっか」

少し残念そうに、気まずそうに目をそらすミアの顔に触れてこちらを向かせた。

「でも、お前に懸けてもいい。本質的な目的は同じだ。俺がトーアの魔法使いを殺したいのは、妹が魔法使いを助けたいと言っていたからだから。どんな形でも、妹の望みを叶えられるなら俺はそれでいい」

闇の魔王——歴代の王族の中でも特に強大な魔法使いであった者の予言を覆すなんてことは無謀だ。それでもミアであればやってのけてしまうような気がするのは、あの時見た転移魔法の凄まじい光のせいかもしれない。

ミアのライトブラウンの瞳が揺れ、期待するようにじっと見上げてくる。

「殺さずにいてくれるの？」

「しばらく様子を見るだけだ」

ブルーノにもう殺意がないことを感じ取ったのか、ミアの表情がぱあっと明るくなる。そして、「ありがとう、ブルーノ」なんて礼を言ってくるものだから調子が狂う。自分を殺そうとしてきた存在に礼など言ってくる危機感のなさが心配になる。

「言っておくが、お前のことを信じ切ったわけじゃない」

「それでも嬉しいよ。記憶が全くなかった頃の私が魔法に興味を持てたのはブルーノのおかげだもん。ブルーノに、私のこれからの成長ももっと見てほしいって思ってたんだ」

ミアが唐突に手を差し出してきた。

「踊ろう！　こんないい夜は」

「……急に何だ？」

「だって外のみんなも踊ってるし。私も相手がいたら踊りたいな〜って思ってたところなんだ」

緊張が解けたらしく、そう言って柔らかく笑いかけてくる。その姿はどこからどう見ても年相応の普通の少女で、おとぎ話に出てくる邪悪なトーアの魔法使いにはとても見えない。

ブルーノはその手を取り、わずかに聞こえてくる遠くのグラウンドを飛び交う妖精たちの演奏に合わせて踊りだしていた。

しかし、ミアがつまずいたことによってすぐにそのダンスは中断される。

「ごめん、私踊り方分かんないや……見てる分にはいけそうと思ったんだけど」

「……」

「なんかこうやって手を上げてここに潜ればいいんだよね？」

「違う」

「えっ違うの？　じゃあここで回ればいいんだ！」

「それも違う」

単純なダンスであるにもかかわらず不気味な動きを繰り返すミアに、ブルーノは思わずふっと笑ってしまった。

「教えてやる」

ミアの手を引き、腰を抱いた。見下ろした先にいるのは、少しお転婆で出自不明の、いつも自分たちを振り回す、自分たちより少し年下と思われる可愛らしい少女。

なぜ殺せなかったのか。直前で留まった理由は妹と重なったからだ。しかし、それ以外にも原因はある。

二人以外には誰もいない校舎の暗い廊下でともに踊りながら、自覚せずにはいられなかった――自分の魔法を好きだと言ってくれたこのミアという少女に、自分が惹かれていることを。

かちり。

時計の短針がXIIIを指し、これにて運命が動き始めた。

Epilog

フィンゼル魔法学校の廊下の天井や壁には、ペガサス、サラマンダーといった魔法生物の彫刻が施されている。この彫刻は実はミアの担任バルバラの趣味で予算を削って彫らせたのではないかという噂（うわさ）がある。バルバラは生粋の魔法生物好きらしい。よくできた彫刻だなぁ、とミアは何度見ても感心するのだった。

いつも優しい微笑（ほほえ）みを浮かべているゴーストにぺこりと会釈をしてから教室へ入ると、中では【知（ち）の部屋（クラス）】の女生徒たちがきゃあきゃあと騒いでいた。

「『オペラ四年生スヴェン、一年生カトリナとともに魔女の魂セオドラを豪快に倒す』——やはりカトリナ様はすごいですわ！」

「同じ知の部屋一年として誇らしいです！」

生徒たちが読み上げているのは、今日の学内新聞の大見出しだ。魔法の靴事件の全貌が、ようやく今朝学校の生徒たちに公にされた。

新聞部にしては記事を出すのが遅かった印象だ。今回は事件の規模が大きく、調べることも多かったが故だろう。新聞部には〝記事を書く時は徹底的な取材を！〟という信念があるらしく、今回も魔法の靴の被害者やオペラなどと数ヶ月にわたり連絡を取っていたようだった。ブルーノもしつこく取材を迫られ毎日うんざりしている様子だった。無口なブルーノの代わりにテオが状況を説明していたらしく、ブルーノが生徒たちのために命がけで魔女の魂と対峙したことも記事となったはずだ。これでブルーノへの生徒たちからのイメージはもっとよくなったかもしれない、とミアは期待する。

もちろんミアもインタビューを受けた。新聞部は相変わらず、一度捕まえるとなかなか解放してくれなかった。

ミアは約束通り、「スヴェンが凄くて……とにかく凄くて！　ほんとに凄くて！」とできるだけ誇張してスヴェンの活躍を伝えた。ミアはミーズの魂を転移させることに必死でスヴェンの活躍など見る余裕はなかったのだが、そこは想像で補った。つまりほぼ妄想である。

あれだけ取材に協力したのだから、さぞいい記事になっていることだろう……とミアも新聞を覗き込んだ。

「あら、ミアさんも見ます？　カトリナ様のご活躍もさることながら、ミアさんのことも沢山書かれていますわよ！」

「おお……ここまで大げさに褒められるといい気分になっちゃうね……」

ミアはその記事に目を通し、うんうんと頷く。

記事の中でミアはカトリナと並べられ、『友人を助けようとした魔獣使いミアとイーゼンブルク家の令嬢カトリナの美しき友情』『期待の知の部屋新入生二人』『ドゥエルで死闘を繰り広げた二人だが、ここまでの活躍から次期オペラ見習い最有力候補か!?』などと書かれている。

「しかし、喜んでばかりはいられません。このように書かれたことで、他の部屋の生徒の間でカトリナ様やミアさんを敵視する者が現れる可能性もあります」

いつも冷静に物事を見るカトリナ信者の一人がぽつりと心配そうに呟いた。

確かにこのように目立ってしまっては、オペラを目指す同学年の生徒たちに嫉妬感情を向けられる可能性はある。浮かれていたミアは気を引き締めた。

「──あら、そのような小物にわたくしやミアがどうこうされるとお思いですの？」

しかし、すぐにそのような不安を吹き飛ばすかのような凛とした声が教室内に響いた。

カトリナ本人だ。

「もしそのような方が出てきたところで、返り討ちにして差し上げますわ」

きゃーっと黄色い声が上がった。このクラスの生徒たちは相変わらずのカトリナ信者っぷりである。

「それにしてもスヴェン様、かっこいいですよね」

「え～？　わたしはテオ様の方が……」

「あら、あなた意外とそっち派なの？　確かに一般家庭出身なのに地道な努力でのし上がった泥臭いところは男らしくて評価できるわよね」

カトリナへの称賛の声が落ち着いた後、生徒たちは今度は新聞に載っているオペラの写真を見てキャーキャーと騒ぎ始めた。元気だなあ、と自分の席に戻ろうとしたミアをそのうちの一人が止めてくる。

「ミアさんはどうなんですか？」

「え？」

「ミアさんが一番オペラとご交流があるでしょう」

ミアがよくブルーノやテオといるところはたまに目撃されている。まさか同じ部屋に住んでいるとまでは思われていないようだが、何らかの交流があることは全員が知っていた。おまけにスヴェンとも同じバイト先だ。確かに、ここまでオペラとよく話している一年生はミアくらいのものだろう。

「ミアさんは誰がかっこいいと思います？」

真っ先に思い浮かんだのは、魔女の魂と対峙する時、しっかりと自分の手を握ってくれたブルーノの手の力強さだった。

テオにもいつもお世話になっているし、魔法使いとしてかっこいいと思う。でも、テオはミアにとって兄貴分のようなものだ。今聞かれているのは男性として誰に惹かれるかということだから、テオと答えても主旨とずれるだろう。

「私は……ブルーノ……」

口にしてみると何だか恥ずかしく、声が小さくなってしまった。

ミアの発言が意外だったのか、生徒たちが不思議そうな顔をした。

「確かにクールな美形ですよね！　でもいつも仏頂面なのがもったいないというか……あまり表に立たない人ですし、どちらかと言えば近寄り難い印象です」

「でも、笑顔は思ったより優しいんだよ。誤解されがちだけど、今回だって記事に書かれてるみたいに生徒に危険が及ばないように頑張ってくれて……魔法もかっこいいし、頼りになるし、ああ見えて料理も得意だし、魔法の練習も付き合ってくれて、いつも勇気付けてくれて、前ハンカチをプレゼントした時も素っ気ないように見えてちゃんと細かいところまで見てお礼言ってくれて……」

「………」

生徒たちが顔を見合わせた後、急に身を乗り出してくる。

「ちょっと待ってください！　ミアさんってもしかしてブルーノ先輩のことが好……」

「ち、違うよ！　憧れてるだけ！」

「でもブルーノ先輩の話をする時の顔が明らかに恋する乙女でしたわよ!?　必死に否定してくるところも怪しいです！」

ぶんぶんと首を横に振って否定するが、生徒たちは納得していない様子でさらに問い詰めてくる。

ふと、それまで興味なさげな顔をしていたカトリナも神妙な面持ちで聞いてきた。

「ミア、本気ですの？　許嫁（いいなずけ）や家にはなんと言うおつもりですか？」

「カトリナ様、そこを追究してはいけません！　これがきっと今流行（はや）りの自由恋愛というやつなのです……！　さすがミアさん、わたしたちにできないことをやってのけますわね！」

話が嚙（か）み合っていないような気がして慌てて訂正する。

「私に許嫁はいないよ？」

「え、そうなんですの？」

「いないなんてことありますの!?」

カトリナ含む生徒たちが驚きの目を向けてくる。どうやらこの金持ち集団にとって許嫁がいることは当たり前らしい。世界が違うな……とミアは思った。

「おい、そろそろ授業始まるぞー。何騒いでんだー？」

そこで、【妖精言語学】の担当教員が教室へと入ってくる。

「あとで詳しく聞かせてもらいますよ、ミアさん！」

先生の声を聞いて、カトリナや他の生徒たちはわらわらと自分の席へ戻っていった。

あれ以上深掘りされなかったことにほっとしつつ、ミアは教科書を開いた。

今日の【妖精言語学】の授業は実際に教室に妖精を連れてきてコミュニケーションを図る実践だ。意外にもこれを苦手とする生徒は多い。しかし、発音が難しいだけで、次の授業の【古代呪文学】よりはマシだとミアは思う。あれだけはいくら勉強してもなかなか点を取れない苦手科目だ。変わらず成績一位のカトリナとの差もそこでできている。

「妖精の言語を話せるようになればお前らの寮にいる悪戯好きのピクシーにも注意できるかもしれないぞー。あいつら聞かねえだろうけどなー」

先生の話を聞きながら、ふと窓の外を見た。ライトの数々が外を明るく照らしている。その景色は美しく、やはりこの学校が好きだとミアは思った。


——記憶が戻った後も、ミアのフィンゼル魔法学校での日常は続いている。

毎朝早起きして準備体操と授業の予習や調べ物をし、軽く朝ご飯を食べ、早めに教室へ行ってクラスメイトや彼らが使役している可愛い使い魔たちと交流する。

昼休みは大抵売り子の妖精からパンを買って席の近い生徒たちと一緒に食べる。たまにカトリナとその信者に連れられて大食堂や少し離れた学内のレストランへ行くこともある。

「あら、そんな貧相なもの食べてますの？　わたくしがより良い場所へ連れて行って差し上げてもよくってよ」など、カトリナの誘い方はいつも偉そうだが、彼女なりにミアを気遣ってくれていることは感じられる。日によってはその後保健室でアブサロンと談笑し、魔法茶を飲んでから午後の授業に挑む。魔法茶の効果でリラックスしすぎて眠ってしまいそうになることもある。

放課後は【魔法使いの弟子】でスヴェンにこき使われる。たまにオーナーも来るが、オーナーは何やら他に本業があるようで、あまり長く滞在してくれない。オーナーがいる間はにこにことミアにも愛想のいいスヴェンだが、いなくなるといつものように口が悪くなるため、ミアはオーナーにずっといてほしいと思っている。

このように、基本的には変わらない日々だ。けれど、ただ一つ——今日から変わることがある。

ミアはブルーノとテオの部屋から出ていくことになった。

時期外れのためなかなか空きがなかったのだが、ようやく部屋が見つかったのだ。本来オペラしか入れない特別な寮の最上階に、いつまでも滞在することはできないとミアも薄々感じてはいた。

分かっていたことだが、この学校に落ちてきてからずっと一緒に暮らしていたブルーノたちと離れるのは少し寂しいものがある。

(今日でこれを上るのも最後か……)

テオと【星の階段】を上りながら、ミアはきらきらと輝くその段板を目に焼き付けようとじっと見つめた。

寮の部屋の中に入るとブルーノがご飯を用意してくれていた。グラスが三つ置いてあり、その横にボトルがある。

それはあの日、ミアが空から落ちてきたせいで飲めなかったワインだった。

「これって夜空の輝きの香りがするっていう有名なワインだよね？　私もちょっと飲んでみたいかも」

「お前にはまだ早い」

ブルーノがばっさりとミアの要望を切り捨てた。

レヒトではビールやワインなどのアルコール度数の高くない酒は十六歳から、度数の高い酒は十八歳から飲むことができる。しかし、ミアは正確な年齢が分からない身だ。表向きは十六歳だが、それより少し下の年齢である可能性もある。そのせいでブルーノに念のため飲酒を止められていた。

見た目としては十六歳くらいだけれど、もしかしたらブルーノたちよりも年上の可能性もあるのにな、とミアは不満に思って唇をとがらせる。

テオはミアのその顔が面白かったのか、けらけらと笑いながらノンアルコールカクテルが入ったグラスを渡してきた。

「乾杯」

かちん、と音を立てて三人のグラスが重なった。

「今日は空から降ってくるやつもいねーから平和だな」

からかってくるテオを軽く睨んだ。ミアも空から落ちたくて落ちたわけではない。

「お前もついに俺らから卒業かあ」

テオがワインを飲みながら感慨深そうに言った。本来、ミアがフィンゼル魔法学校の正式な生徒になった時点でテオたちの仕事は終わっていたはずである。しかし二人はその後もこの寮の一室でミアの面倒を見てくれていた。

「お前のせいで慌ただしい日々だったけど、悪くなかったぜ」

――それも、今日で完全に終わりだ。

寂しいなどとは言えない。不正にこの最上階に住まわせてもらっていた身でそんなことを言うのは他の生徒に失礼だと思ったから。だから代わりにぽつりと言った。

「ここから見る景色好きだったな……」

レヒトの国で最も美しい景色と言われている外を眺める。

「本当に今までありがとう。テオも、ブルーノも」

ミア一人では【星の階段】を上れないからといって、ブルーノとテオは毎回ミアを迎えに来てくれていた。沢山迷惑をかけた。けれど二人は、自分を一人の友達として受け入れてくれていたように思う。

（うっ……やっぱり寂しいかも）

もう完全に会えないというわけではないのだが、住む場所が変われば必然的に二人と会話を交わす機会は少なくなるような気がしている。元々オペラなど自分からは遠い存在だ。

少し落ち込みながらもブルーノのおいしいご飯を口に運んでいると、ブルーノがワイングラスをテーブルに置いて言った。

「ここからの景色なら、オペラになってまた見に来ればいいだろう」

ミアはぱっと顔を上げる。まるでミアがオペラになれることを信じているかのような言い方であったため驚いたのだ。

ブルーノは優しく笑っていた。

「お前ならできる」

カトリナとのドゥエルの前にも言ってくれたその言葉が、どれだけミアの心を勇気付けたか、ブルーノは知らないだろう。

ミアは感動して少し涙が出そうになりながらも、元気よく返事した。

「――うん！　また戻ってくるね！」

フィンゼル魔法学校。レヒトの国で初めて設立された歴史ある魔法学校であり、多数の試験で高水準を記録した、国内で最も将来有望な魔法使いの卵たちが揃う、名誉ある教育機関。

そこへ〝落ちてきた〟ミアの、この魔法学校での魔法使いとしての成長は、まだ始まったばかりだ。

あとがき

こんにちは。春が一番好きな季節だから淡雪（あわゆき）という名前にしたのに、今年から夏が一番好きな季節になってしまった淡雪です。来年には冬が好きとか言っているかもしれません。

さて、後書きです。作品の世界観の余韻を残すためにも、後書きを書くかどうかギリギリまで迷いました。しかし、やはりこの本に関わってくださった方々にどうしても本に印刷される形でお礼を言いたかったので、こうして書かせて頂いております。

担当編集者様へ。

小説の視点とは何だ？という状態からお世話になりました。この作品を初稿よりもっとずっと良（い）いものにできたのは、間違いなく担当様のおかげです。この作品を読み込んで様々なアイデアを出し、魅力を引き出してくださり、本当にありがとうございました。

イラストレーターの駒木日々（こまきひび）様へ。

カバーイラストが送られてきた時、歓喜の声を上げ、何度も繰り返し見ました。なんという美麗イラストなんだ……と。こんなにかっこいい＆可愛い＆魅力的なキャラクターや背景を描いて頂くことができて私は本当に幸せ者です。ありがとうございました。

デザイン・校正・制作・営業・宣伝等の各ご担当者様へ。

それぞれのご活躍分野でこの本に携わってくださっていること、本当に感謝しております。本の制作には多様な職種の方々が関わってくださっていることを日々実感しております。ありがとうございます。

皆様の素晴らしいお仕事に最大の敬意を込めて。

魔法のｉらんど運営チームの皆様へ。

サイトの一利用者としていつもお世話になっております。実は、私が魔法のｉらんどで創作を始めたのはまだ小学生の頃でした。その頃から子供ながらに、魔法のｉらんどで将来何かしら賞を取って書籍化してみたいと憧れていました。夢が叶って嬉しいです。

受賞を喜んでくださったこと、裏でその後のサポートをしてくださったこと、本当に感謝しております。

最後に、この作品を手に取ってくださった読者の方へ。

いかがでしたでしょうか。今回書籍化するにあたって、初稿から更に世界観設定を深掘りし、特にブルーノとミアの関係性について考え直す機会を得ました。結果的に、この新しい形で読者様へ送ることができて本当に良かったと思っています。私一人で完成させることはできなかったので、この作品は私のものというよりは、一緒に作ってくださった担当編集者様含む全ての仕事人たちとの共同制作物だと思っています。素晴らしい方々と作ったこの作品、楽しんで頂けていますように。

折角後書きを書く機会を頂いたので改稿中の裏話でもします。

ミアたちのいるレヒトは現実で言うドイツをぼんやりモデルにしているのですが（本当にぼんやり……）、それによってレヒトの飲酒法についてもドイツをモデルに設定することができ、十八歳であるブルーノたちの飲酒シーンが違法な飲酒にならずに済みました。最初の方の打ち合わせ時点では登場人物たちの年齢が確定しておらず、ブルーノたちって何歳？　このシーンっていいんだろうか？　という話になったのは良い思い出です。最終的にはいい感じに設定した年齢と法律との辻褄（つじつま）を合わせられてラッキーでした。

あと話すとしたら、作中のキャラクターの方言についてですね！

淡雪は関西育ちなのでスヴェンのような関西っぽい方言は比較的書きやすいのですが、ラルフは苦労しました……。個人的に「〜じゃろ？」みたいな喋り方が好きなので書きたかったのです。しかしそのような方言の人が身近におらず、モデルが全くない状態で……。ファンタジー方言なのでどうか許してください。そこも含めて彼は謎ということで。一応は現実で言う広島弁と土佐弁を混ぜたものをぼんやりイメージしていますが、ラルフの喋り言葉について、担当編集様から「広島弁、あるいはおじゃる丸のような感じですか？」と聞かれたのが面白かったです。

さて、後書きとはこんな感じで良いのでしょうか。後書きを書くか迷ったのは、気の利いたことを言えないからでもあります。

そろそろお別れの時間ですね。

読んでくださったあなたが少しでも楽しい時間を過ごせていたら、私は何より嬉しいです。

本書は、魔法のｉらんど大賞２０２２小説大賞異世界ファンタジー部門・部門賞を受賞した「トーアの魔法使い」を加筆修正したものです。

お便りはこちらまで

〒一〇二―八一七七
富士見L文庫編集部　気付
淡雪みさ（様）宛
駒木日々（様）宛

富士見L文庫

トーアの魔法使い
魔法学校と呪いの少女

淡雪みさ

2023年11月15日　初版発行

発行者　山下直久
発　行　株式会社 KADOKAWA
〒102-8177　東京都千代田区富士見2-13-3
電話　0570-002-301（ナビダイヤル）

印刷所　株式会社暁印刷
製本所　本間製本株式会社
装丁者　西村弘美

定価はカバーに表示してあります。　◇◇◇

ISBN 978-4-04-075163-4 C0193